SARAH CHICHE

# AIMER

*roman*

julliard

Conception graphique de la couverture : Valérie Gautier


ISBN : 978-2-260-05684-3
Éditions Julliard – 22, rue du Pont-Neuf 75001 Paris

# I

# 1

Comme Alexis, Margaux avait neuf ans. Ils étaient dans la même classe, mais ne s'étaient jamais adressé la parole. D'ailleurs, personne ne parlait à Margaux, sauf l'institutrice de cette école où elle était arrivée trois jours après la rentrée scolaire. Margaux ne cherchait pas davantage la compagnie des autres. Pendant les récréations, elle s'aventurait parfois à jouer aux billes ou à l'élastique si, sur l'insistance d'un surveillant, un enfant venait la chercher. Mais, le plus souvent, on la retrouvait vissée sur un banc, toujours le même, sous le préau. Elle parlait bas, et peu, utilisant des mots compliqués, adoptant le ton d'une fausse adulte, avec des intonations pointues qui n'étaient pas d'ici, des inflexions dont les autres se moquaient. Son visage, rond et pâle, rappelait celui des poupées de papier à découper dans les journaux pour enfants, ses yeux n'étaient ni tout à fait verts ni complètement bleus, perpétuellement voilés de fatigue. C'était une petite fille négligée, aux cheveux châtains, les mains toujours tachées d'encre. Elle avait régulièrement mal au ventre. Elle tombait souvent, par maladresse. Certains jours, elle ne venait pas en classe. Pourtant, lorsqu'elle était présente, elle exécutait les tâches demandées avec une précision mécanique, une docilité troublante et une orthographe irréprochable. Mais, face à cette enfant instable, l'institutrice en vint à conclure qu'on n'en tirerait rien de plus. Après la classe, Margaux rentrait directement chez elle, seule. Les week-ends, on pouvait l'apercevoir, postée derrière la fenêtre embuée du chalet de la route de Collex, où elle vivait avec sa mère et l'amant de celle-ci, nez et petites mains collés au carreau. Elle pouvait rester ainsi des heures, à regarder le monde sans y participer.

# 2

Dès qu'il était sorti du ventre de sa mère tel un coucou de sa pendule, Alexis Keller avait été privé de tout ce qui donne le sentiment d'avoir à livrer bataille contre l'adversité. Son histoire semblait destinée à se déployer un jour dans les colonnes des revues académiques dans lesquelles publiait son père, ou les bilans positifs de la pharmacie de sa mère. C'était bien là tout le mal que les amis de ses parents avaient souhaité à ce bébé placide qui ne pleurait jamais. Les Keller, expatriés français, qui s'étaient rencontrés à la fac de biologie, avaient emménagé en Suisse au début de l'année 1970, se taillant une réputation d'excellence qui les plaçait haut dans l'estime de tous ceux dont l'opinion comptait à Bellevue. Ils vivaient pourtant modestement, pour les standards des environs : leur chalet, leurs vêtements et leur voiture étaient ce qu'à leurs yeux ils devaient être, purement fonctionnels.

Henri Keller, plongé dans la création de substances qui pourraient un jour devenir des médicaments, travaillait pour un géant de l'industrie pharmaceutique. Il avait contribué au développement d'un anti-inflammatoire non stéroïdien utilisé pour traiter la douleur et l'arthrite, appelé à devenir l'un des plus prescrits au monde – un succès dont il ne se vantait jamais. Ses parents, professeurs dans un collège de Strasbourg, elle en sciences naturelles, lui en mathématiques, avaient tout mis en œuvre pour que leur cadet étudie à Paris. Ils avaient organisé son hébergement chez une cousine dans le quinzième arrondissement, à Cambronne, refusant que leur fils, faute d'argent, soit privé du destin qui semblait l'attendre. Sa ténacité et la nécessité d'être à la hauteur du sacrifice parental firent le reste, à une époque où le mérite pouvait être plus facilement récompensé qu'aujourd'hui. Lorsque ce grand laboratoire suisse lui avait proposé un poste, avec logement à Bellevue pris en charge par le groupe, Henri n'en était pas revenu. Quatorze ans plus tard, il n'en revenait toujours pas. Si vous aviez croisé dans la rue cet homme brun et osseux, aux sourcils broussailleux, vous auriez eu l'impression d'avoir affaire à un de ces employés de bureau dont le patron ne se souvient jamais du nom.

Sa femme, Élise, pharmacienne, gérait une officine discrète mais florissante, à Genève, rue de Cornavin, où elle distribuait les inventions de son mari, des confrères de ce dernier et de leurs rivaux, avec une efficacité et un charme tels qu'à son contact, même les hypocondriaques les plus résistants ne pouvaient s'empêcher de se sentir un peu mieux. Élise dissimulait son ambition sous un masque de professionnalisme impeccable et de poudre matifiante, et la beauté de ses yeux verts derrière le métal argenté de ses lunettes. Un observateur attentif aurait peut-être remarqué la façon dont elle détournait imperceptiblement le regard quand une petite fille entrait dans la pharmacie, ou cette habitude qu'elle avait de ranger obsessionnellement les médicaments pour troubles cardiaques, comme si l'ordre parfait des boîtes pouvait conjurer quelque désordre plus profond. Mais ces détails échappaient à la plupart des clients, tout comme ils échapperaient à Alexis un demi-siècle durant.

Cette distance qui permettait à Élise de tenir sa pharmacie comme on dirige un petit royaume, s'étendait aussi à sa vie privée, créant autour de la chambre conjugale une zone de silence que nul n'aurait osé questionner. Les marques d'affection entre elle et Henri étaient discrètes, parfaitement mesurées. On aurait pu les confondre avec la simple courtoisie régnant entre deux figurines Playmobil que l'on couche, côte à côte, dans leur lit de plastique, après une journée passée à les faire jouer aux cow-boys et aux Indiens. Aussi, à neuf ans, Alexis n'avait-il pas la moindre idée de ce qui, dans l'alcôve, pouvait réunir des adultes – et cela resta de longues années ainsi. Ses parents le choyaient.

Son père participait volontiers à la construction de châteaux forts en Lego, prêtait main-forte dans les luttes pour la survie de tout un tas de lions, de tigres et d'éléphants (Henri Keller imitait bien le barrissement de l'éléphant).

Longtemps, sa mère avait pris Alexis sur les genoux pour lui lire des histoires de *Oui-Oui* et du *Club des cinq*, jusqu'au jour où elle lui avait simplement dit : « Maintenant tu es trop grand pour ça. » Alexis s'était alors enfermé dans la salle de bains pour s'observer dans le miroir, de face, de trois-quarts, de profil, de loin, de près, cherchant à comprendre ce que signifiait « être grand ». Il avait ôté son pull. Il s'était trouvé tout fluet, maigrichon, mais avec un visage plutôt joli dans sa pâleur presque translucide, encadré de boucles noires, épaisses, qui magnifiaient l'intensité de ses yeux sombres. Il n'était pas pressé de quitter la douceur de l'enfance. Mais il se mit à lire, seul, en quête d'indices sur ce que grandir pourrait impliquer.

Si l'on regardait la bibliothèque d'Alexis, soigneusement rangée sur l'étagère blanche en contreplaqué de sa chambre, on devinait quelques contours de ses mondes secrets. Des *Aventures de Tom Sawyer*, il aimait les moments où la nature se faisait complice d'une rébellion douce ; il goûtait l'idée d'une existence en bordure des règles, à peine assez audacieuse pour se libérer des contraintes d'une enfance trop bien ordonnée. Au cœur des pages bruissantes du *Livre de la jungle* s'épanouissait une étrangeté farouche et fascinante, mais il n'aurait jamais consenti à troquer son univers de chalets et de forêts alpines contre la jungle torride et menaçante de Mowgli. *Sa Majesté des mouches* l'avait hanté jusqu'à l'insomnie : cette possibilité que sous le vernis de la civilisation puisse surgir une telle sauvagerie le fascinait d'autant plus qu'il reconnaissait, dans les profondeurs de sa propre sagesse d'enfant modèle, l'écho assourdi de cette violence primitive. *Les Aventures de Blake et Mortimer* et *Bob Morane* lui offraient ces échappées vers des contrées lointaines, où il pouvait se voir intrépide, affrontant les dangers cachés sous les eaux paisibles de sa vie suisse. L'audace gourmande de *Charlie et la chocolaterie* l'avait amusé par son inventivité ; dans cette cathédrale des délices, tout pouvait être subverti, l'innocence triomphait de la démesure, le plus ordinaire des enfants devenait un héros. Parfois, il s'asseyait avec *Heidi*, même si ce monde, par ses attaches profondes avec les montagnes et ses liens avec la nature, lui semblait trop familier pour qu'il s'y perde vraiment – une Suisse simple et bucolique, presque trop proche pour nourrir ses rêves, mais vers laquelle il revenait toujours, comme on retourne vers une amitié qui rassure et console.

Il savait déjà qu'un jour il faudrait rentrer en France. Non qu'il en éprouvât un désir pressant : tout au fond de lui, il comprenait que c'était là le cours naturel des choses, une suite aussi logique que la croissance d'un arbre sous le soleil. Il comprenait, sans que ses parents aient à le formuler explicitement, que ses années suisses ne formaient qu'un prélude, un avant-goût de ce qui l'attendait – un passage, presque, qui le mènerait ailleurs, là où les efforts scolaires prendraient des contours plus affirmés, des allures de destin. Élise et Henri, eux-mêmes issus de cette tradition exigeante, n'auraient jamais envisagé qu'il puisse en être autrement. Un jour, leur fils traverserait la frontière, et ce retour au pays, loin d'être un exil, deviendrait une forme de transmission, un acte presque solennel. Peut-être entrerait-il dans un de ces internats où l'on cultive l'excellence dans une rigueur presque ascétique, où les bibliothèques exhalent cette odeur de vieux papier et d'encre séchée, que seul l'esprit français semblait savoir préserver. Ainsi, Alexis se préparait, à sa manière. C'était une idée latente, un fil invisible que son enfance déroulait sans en connaître encore le terme ; mais cette idée le berçait de certitudes. Quand il fermait *Les Aventures de Tom Sawyer* ou son exemplaire du *Livre de la jungle*, il lui semblait qu'il déposait une part de lui-même, en attente de ce jour où, plus tard, il retournerait en France pour se forger enfin une place dans cet environnement de mots et de devoir que ses parents appelaient, sobrement, « l'avenir ».

Mais cet avenir n'était qu'une promesse lointaine, un horizon qui ne parvenait pas à effacer le présent suisse, ses amitiés, ses rituels. Sur une photographie de cette époque, on le voit vêtu d'un jean élimé, d'un T-shirt à l'effigie d'E.T. l'extraterrestre, avec une improbable coupe de cheveux entre la crêpe et le casque de cosmonaute. À ses côtés, un garçon aux cheveux blonds, oreilles décollées, en pantalon bleu marine et K-Way. Sur une autre image, Alexis est en combinaison de ski verte, à côté du même garçon, habillé du même K-Way. Au dos, une main maternelle a écrit, sur l'une, *Alexis et Martin, Bellevue, 1982*, sur l'autre, *Alexis et Martin, Verbier, 1983*. Martin Milshtein traînait partout son K-Way comme une seconde peau. L'hiver, il le zippait entièrement, le printemps venu, il le laissait ouvert, l'été, il le roulait sur lui-même en une sorte de boudin serré, puis le gardait ceinturé autour de la taille. Si bien que plus personne, à l'école du Jardinet, ne l'appelait Martin, mais « K-Way ». Avec ses neuf ans bien entamés, K-Way était le genre de garçon qui attirait les regards sans le vouloir. Ses cheveux, toujours en désordre comme s'il venait de sortir d'un rêve agité, encadraient un visage d'un rose délicat. Mais c'étaient ses mains surtout, ces mains d'une finesse déconcertante, presque trop fragiles, qui fascinaient Alexis. Dès que Martin s'asseyait devant un piano, dès qu'elles en effleuraient le clavier, elles devenaient les instruments d'un génie troublant. À cette époque, tout le reste de la classe rêvait d'avoir un walkman, comme celui que le père de Sophie, souvent absent pour des voyages d'affaires « indispensables », lui avait rapporté de Tokyo et qu'elle avait même le droit d'utiliser tout en faisant ses devoirs. Alexis et Martin préféraient passer leur temps libre à élaborer des jeux de stratégie compliqués, à grimper sur les toits des garages, ou à se taire ensemble, cela leur suffisait. À l'école, ils se partageaient toujours la tête de classe. Un coup, c'était Alexis, un coup, Martin. Cependant, si Martin cherchait sans cesse les compliments avec avidité, rien que pour le plaisir de dire modestement « merci », Alexis, lui, s'en tenait à une austère réserve. Il n'aimait pas qu'on lui fasse remarquer qu'il était doué, surtout en maths. Il détestait les emportements du cœur qu'il observait parfois chez ses camarades, incapables de cacher leur admiration ou leur envie, et chez l'institutrice, qui roucoulait en lui rendant ses copies. Le monde des émotions, les gestes trop vifs, les regards trop appuyés lui semblaient indécents, une rupture dans l'harmonie de la vie telle qu'il la concevait – claire, mélodique. C'est peut-être la raison pour laquelle Martin avait jeté son dévolu sur Alexis, comme on s'accroche à une étoile dans un ciel trop vaste, lequel n'aurait su nommer ce qu'il ressentait pour Martin. Une après-midi de mai pourtant, ce dernier s'était penché vers lui pour lui montrer quelque chose dans son cahier. Alexis avait senti, contre sa volonté, l'haleine de son camarade sur sa joue. Il n'y avait rien de remarquable dans ce souffle, rien de spécial dans cette proximité. Toutefois, à cet instant précis, Alexis avait perçu une tension sous sa peau, une brûlure glacée qui montait de sa nuque à ses tempes. Il avait retenu sa respiration, sans s'en rendre compte, espérant presque que Martin recule, sans pour autant le désirer réellement. Il aurait voulu que ça passe. Ou que ça dure. Il ne savait plus.

Alexis grandissait, puisqu'il fallait bien grandir, bercé par la certitude que les vrais sentiments ne s'expriment pas et la nécessité tout helvétique de toujours attendre que le feu soit au vert avant de traverser, même quand il n'y a aucune voiture dans la rue. Il ne cherchait ni plus ni moins que ce qu'il avait : une existence calme, linéaire, sans trop de surprises. Sa vie était stable, ordonnée. Ses parents, toujours suffisamment présents, quoique travaillant beaucoup. Ce cadre rassurant, cette routine immuable – le dîner à 19 h 30, le ski l'hiver, les vacances au même endroit chaque été, une chambre propre et bien rangée – lui convenaient parfaitement. L'été, pourtant, une transformation s'opérait. L'étreinte saline de l'océan breton libérait en lui un enfant sauvage, tenu caché tout le reste de l'année par la ville. Chaque saut dans les vagues devenait le chapitre d'une histoire, chaque nage une épopée à travers des eaux vives qui chantaient les exploits d'anciens marins et de lointains voyages. Tout était bonheur, tout était révélation : le sel irritant les petites égratignures sur la peau, les rochers couverts d'algues visqueuses et de moules coupantes, le sable où des créatures minuscules menaient des existences discrètes, le goût iodé qui imprégnait les lèvres et ne s'estompait que lorsqu'on rentrait se doucher. Les amis de plage, compagnons éphémères, rencontrés chaque été, étaient les fidèles sujets de ses royaumes imaginaires. Les mamans des vacances sentaient bon la crème solaire et avaient toujours une serviette chauffée au soleil dans laquelle s'envelopper au sortir de l'eau. Les papas des vacances étaient ces ours à qui il ne fallait pas parler avant le deuxième café du matin, mais qui ne rechignaient pas à sortir de leur grotte pour participer à la construction de châteaux forts ou jouer au monstre dans l'eau. Mais bientôt venait le temps de quitter la Bretagne, de retrouver l'odeur des cahiers neufs, le cartable baptisé Dagobert, et K-Way, son cher K-Way. Au fond, peut-être Alexis aurait-il continué éternellement à attendre que le feu des piétons soit au vert pour traverser une rue déserte. Et puis, un jour, Margaux percuta sa vie.

# 3

L'année 1984 s'écoulait alors dans une nonchalance teintée de tensions. Aux États-Unis, Reagan, avec son charme cow-boy, déroulait un film à grand spectacle contre l'empire soviétique, où les missiles clamaient leur vérité plus fort que les diplomates. De l'autre côté de l'Atlantique, Margaret Thatcher, l'indomptable Dame de fer, resserrait son étreinte sur la politique économique britannique, la main aussi ferme sur les rênes de la privatisation que sur son célèbre sac à main. En France, François Mitterrand, sur fond d'inflation et de chômage, tentait de convertir le pays au tournant de la rigueur. Pendant ce temps, en Suisse, Bellevue, un joyau discret situé entre Genève, le lac et la frontière française, continuait de déployer son élégance retenue. Ses villas d'un blanc immaculé ou d'un pastel subtil, ses chalets Heimatstil, dont l'intérieur, meublé avec soin, reflétait la discrétion calviniste de ses occupants, se dressaient le long de rues si calmes qu'elles semblaient soumises à un couvre-feu tacite. Chaque jardin rivalisait de perfection, dans une compétition de roses les plus rouges et de pelouses impeccablement tondues. Plus loin, dans les profondeurs des terres, les sous-bois de chênes et de châtaigniers offraient des échappées où se devinaient les lointains vaudois. À l'extrême opposé, Port Gitana, jadis fief d'une Rothschild, puis scène de concerts et de théâtre financée par un philanthrope prodigue (qui avait accueilli Jean-Luc Godard, Sacha Distel, Claude Chabrol ou Jeanne Moreau), était devenu un centre de loisirs nautiques, où le drapeau aux armoiries de la commune, « d'or à trois aiglettes de sable, armées, becquées et lampassées de gueule », claquait fièrement au vent. Au-delà, le lac, ses voiliers et bateaux à vapeur glissant sur l'onde. En arrière-plan, le Môle et le Salève. Et, plus loin encore, dans une perspective presque céleste, le majestueux mont Blanc.

Les résidents de Bellevue, un mélange de vieilles familles genevoises et d'expatriés probablement attirés par l'air frais de la diplomatie internationale, échangeaient des civilités lors de réceptions où l'on parlait anglais, français, et allemand, passant d'une langue à l'autre avec une aisance qui frisait la performance artistique. Derrière leurs sourires mesurés et leurs verres de chardonnay, ils discutaient des affaires mondiales et des trivialités locales avec une gravité laissant supposer que le destin de Bellevue, sinon du monde, en dépendait. Tous se sentaient moins suisses que genevois, moins genevois que bellevistes. Les Vaudois étaient arrogants, les Zurichois drogués, les Valaisans bouseux, quant à ceux du canton de Neuchâtel, ils étaient insignifiants – et c'était pire.

Les Milshtein, famille de mélomanes passionnés, savaient donner vie à ces réunions. Dans leur demeure bordant le Léman, ils organisaient des déjeuners, après lesquels leurs enfants, Esther, Nathan et Martin, offraient des concerts à un auditoire choisi – Martin au piano, Nathan au violon, Esther au violoncelle. Ce jour de fin février 1984, il faisait extraordinairement beau. Le foehn, venu des Alpes, avait dévalé les pentes, libérant les terres de leur engourdissement, balayant, à Bellevue, les dernières traces d'un hiver qui se croyait encore maître du paysage. Le déjeuner s'était tenu en plein air, une de ces agapes où les adultes, absorbés par leurs préoccupations mondaines, relèguent les enfants au rang de simples intermèdes culturels.

Nelly Milshtein, la maîtresse de maison, coordonnait ces rencontres avec la précision du chef d'orchestre conscient de son public. Grande tige blonde sculptée par vingt ans de régimes, elle disposait ses invités autour de la table comme autant de petits fours sur un plateau – chacun à sa place, selon son poids social et culturel. Sa maigreur, fruit d'une guerre sans merci contre le moindre gramme, lui donnait l'air d'un squelette en Issey Miyake.

Quarante ans plus tôt, drapée dans son manteau de neutralité, la Suisse avait offert le thé aux Allemands d'une main, tout en cachant maladroitement de l'autre la clé de sa porte de derrière, par laquelle quelques Juifs, dont les grands-parents de Nelly, étaient passés pour trouver refuge. Lorsque la guerre s'acheva et que des comptes furent demandés, la Suisse, avec une dignité offensée, avait d'abord fouillé dans sa mallette pour présenter des excuses quelque peu froissées. Puis, au fur et à mesure que les enquêtes avaient révélé des montagnes de documents compromettants, le pays fut contraint de payer quelques compensations, tout en expliquant qu'il avait toujours fait de son mieux, sans perdre son sens de l'hospitalité. Les parents de Martin furent donc, dans les années 1970, invités à rejoindre la fête helvétique. Monsieur, un jeune et brillant avocat fiscaliste, et Madame, une pianiste émérite, étaient de ces individus que même la plus prudente des nations alpines pouvait non seulement accepter mais célébrer comme enrichissant sa société.

On en était au café. Nelly Milshtein, qui avait servi à tous des mets dignes des tables de rois en exil, jouait avec la mie d'une boule de pain, qu'elle n'avait pas même, de tout le repas, portée à ses lèvres. Martin était parti répéter à l'écart avec son frère et sa sœur. Alexis, resté à table, observait les petites pyramides de mie blanche que la mère de son camarade empilait soigneusement les unes à côté des autres, guettant le moment où on le libérerait de cet enfer.

Brusquement, cette Margaux, figée sur sa chaise depuis le début du déjeuner et à qui il n'avait pas adressé un mot, se leva avec une rapidité surprenante. Alexis suivit des yeux le frou-frou d'étoffe bleue de sa robe, les longues spirales de ses cheveux bruns. Elle traversa le jardin, se mit à cueillir des violettes avant de disparaître derrière une statue d'Aréthuse. Sans trop savoir pourquoi, il demanda à sortir de table, et se dirigea vers la nymphe de marbre. Elle n'était plus là. Il fouilla un bosquet, puis un autre, en vain. Balayant l'horizon du regard, il finit par apercevoir une ombre bleue, là-bas, au bout du ponton. Elle se tenait contre l'horizon du lac.

Puis soudain, tout bascula. Le lac l'accueillit dans un claquement sourd, referma sur elle sa mâchoire liquide. Margaux s'était jetée à l'eau comme on se débarrasse d'un caillou sans valeur. Alexis ouvrit la bouche : sa langue resta collée à son palais. Le monde chavira : le Léman était dans le ciel, et le ciel, constellé de points blancs, gisait à ses pieds. Une note de piano, venue de la maison, flotta jusqu'à lui. Le froid le gifla. Alors seulement Alexis reprit ses esprits. Ce n'était pas une histoire de Playmobil, pas une figurine de plastique tombée dans un précipice imaginaire. Ses jambes se mirent en mouvement avant même que son cerveau ne leur en donne l'ordre. Il courut jusqu'à la table des adultes.

La mère de Margaux se leva d'un bond. Son visage passa en un instant de l'incrédulité à l'horreur. Elle fit un pas, chancela, puis s'effondra, inconsciente. Le bruit de sa chute résonna dans un silence stupéfait. Quelqu'un cria. La foule des invités se scinda en deux : ceux qui restaient auprès de la mère, et ceux qui s'élançaient vers le ponton. D'abord on ne vit rien. Puis une forme, que l'on avait prise pour une confuse masse de branchages, troubla la surface de l'eau, et cette révélation les pétrifia dans ce qu'ils faisaient de mieux : avoir l'air concernés sans se compromettre. Henri Keller rompit le tableau. Sans un mot, sans même retirer sa veste, il plongea, nagea jusqu'à la petite fille, la ramena jusqu'à la rive. Dans un chaos de gestes, on extirpa l'enfant des eaux. Un liquide glauque s'échappa de ses lèvres bleues. Elle respirait encore, à peine. Sa main n'avait pas lâché la poignée de fleurs.

On alla chercher des couvertures, une pour Margaux, une pour sa mère, qui avait repris ses esprits, et une pour Henri. Puis on escorta Margaux jusqu'à la maison, sous les yeux effarés des petits musiciens qui, concentrés sur leur répétition, n'avaient sans doute rien vu, rien entendu. On la conduisit dans la salle de bains, on ôta ses vêtements, on la mit sous une douche brûlante, longuement. On la frictionna puis on la coucha dans une chambre. On lui prit la température à trois reprises. Quand le thermomètre atteignit 36,5 °C, on la laissa seule avec sa mère qui réapparut quelques minutes plus tard.

« Elle va mieux, annonça-t-elle d'une voix qui ne tolérait aucune contradiction. Il faut la laisser dormir, maintenant. »

La petite communauté accueillit ces paroles avec soulagement. Chacun s'empressa de requalifier l'incident – un accident, rien qu'un accident, comme il en arrive aux enfants maladroits. Margaux était tombée bêtement, cela lui arrivait souvent, sans doute avait-elle aperçu un poisson et s'était-elle penchée un peu trop, plus de peur que de mal.

« Tout est bien qui finit bien », conclut Nelly. Puis s'adressant à son mari : « David, veux-tu bien prêter un de tes costumes à Henri ? Allons donc écouter ce que les enfants ont préparé. »

Dans le salon feutré des Milshtein, le trio d'enfants était disposé tel un petit orchestre. Nathan, l'aîné, se tenait droit comme un *i*, violon en main, avec le sérieux d'un vieux maître de musique. Les premières notes s'élevèrent, le violon engagea un dialogue intime avec le piano et le violoncelle. Chaque instrument cherchait l'autre, tous se répondaient, tissant une trame sonore si délicate qu'un murmure d'approbation se fit entendre parmi les convives. Mais bientôt, les doigts de Nathan peinèrent à suivre la danse capricieuse des notes. Depuis sa chaise, avec un sourire qui se voulait encourageant mais qui ressemblait plus à un avertissement, Nelly lui lançait des regards lourds de promesses de répétitions encore plus rigoureuses. À la gauche de Nathan, Esther s'abandonnait aux graves onctueux de son violoncelle avec la ferveur d'une Jacqueline du Pré en pleine extase. Mais dans un crescendo mal maîtrisé, son archet se mit à grincer. À mesure que la pièce progressait, ce qui avait commencé, pour Martin, comme une exécution magistrale, se mua en un gâchis imperceptible, sauf pour une oreille maternelle exercée. Le petit garçon martelait les touches avec une détermination qui frôlait l'insolence. Chaque note était une proclamation, chaque accord une déclaration de guerre, une pluie de cailloux jetés dans la mécanique bien huilée de sa performance, que les invités trouvèrent pourtant impeccable. David Milshtein, un homme qui croyait fermement que l'excellence ne pouvait être atteinte sans un peu de souffrance, hochait la tête avec satisfaction, ignorant ou choisissant d'ignorer les regards implorants de sa femme qui semblait prier pour que la terre s'ouvre et les engloutisse loin de ce salon transformé en arène. À la fin du concert, alors que les applaudissements polis retentissaient et que les petits musiciens se courbaient gracieusement, Nelly regarda les visages – sereins – de sa progéniture, qui venait de massacrer Schubert avec la précision froide de ceux qui rendent justice. Car c'était bien un procès, celui des adultes, qui s'était tenu en secret. Et le verdict était tombé : coupables.

# 4

Alexis ne rejoignit pas le cercle de flatteurs qui se formait autour des jeunes musiciens. Son regard rencontra celui de David Milshtein. Les traits de ce dernier évoquaient ces portraits que l'on trouve dans certains palais vénitiens, dont le vernis craquelé laisse deviner d'inquiétantes retouches. Dans ces yeux qui considéraient Alexis, il y avait une intensité singulière, presque douloureuse, comme si l'homme le contemplait à travers une vitre. Une main aux doigts trop longs, pareille à une araignée pâle, vint lisser une mèche de cheveux déjà parfaitement disciplinée. L'instant d'après, le regard se détourna – avec une hâte qui, des années plus tard, prendrait tout son sens – et se dissipa dans le brouhaha des mondanités.

L'attention d'Alexis se porta alors sur Henri. La figure qui se tenait là, dans ces vêtements d'emprunt portés avec une élégance contrainte, ne gardait plus trace du nageur qui, une heure plus tôt, avait fendu les eaux glacées. Son visage avait retrouvé la placidité caractéristique des hommes de science. Seule demeurait, au coin de la bouche, une tension infime, unique vestige du drame qui venait de se jouer – semblable à une de ces imperfections microscopiques dont Henri, dans ses recherches, traquait la présence avec tant de passion. Le mot « héroïsme » traversa l'esprit d'Alexis, notion trop vaste pour ses neuf ans, trop lourde pour être vraiment saisie.

L'enfant quitta le salon avec cette discrétion qu'il avait déjà élevée au rang d'art, s'enfonça dans l'obscurité d'un couloir. La poignée de porte de la chambre tourna sous sa main, révélant une pénombre plus dense encore, où seule une forme sous un édredon trahissait une présence. Un fragment de visage, une masse de cheveux sombres : Margaux s'était réfugiée là, tournée vers le mur.

« Margaux », dit-il, et sa voix lui sembla venir de très loin, comme si l'obscurité de la chambre avalait les sons eux-mêmes.

Il essaya encore, tâtonnant vers elle avec des mots maladroits :

« Moi aussi je suis français, tu sais. »

Elle ne bougeait pas. Seule sa respiration, à peine perceptible, indiquait qu'elle était vivante. Alors il lança ces mots qui le brûlaient depuis qu'il l'avait aperçue chuter :

« T'as sauté, je t'ai vue. »

La vérité tomba entre eux comme une pierre dans l'eau, formant des cercles de silence de plus en plus larges.

Enfin, elle se contenta de souffler, d'une voix froide et cassée :

« Laisse-moi tranquille. »

Il aurait pu obéir. C'était ce qu'on attendait de lui, Alexis Keller, l'enfant qui ne dérangeait jamais rien ni personne. Mais quelque chose, une force obscure, plus grande que sa propre volonté, lui fit simplement répondre :

« Non. »

Un bruit de papier aluminium déchira le silence.

« T'aimes le chocolat ? »

Elle tourna la tête. Ses yeux, dans la pénombre, semblaient presque transparents.

« Maman ne veut pas que j'en prenne », dit-elle, et dans sa voix il y avait tout un monde d'interdits, de corps surveillés, de petites filles à qui l'on apprend trop tôt que même la faim doit être disciplinée. « Avec la danse, j'ai pas le droit de grossir. »

Il cassa une pointe de chocolat, qu'il lui tendit. Quand leurs doigts se frôlèrent dans l'obscurité, ce fut comme un court-circuit dans l'ordre établi des choses. Le courant qui les traversa n'avait rien à voir avec l'électricité statique ordinaire que produit parfois le contact avec un pull en laine ou un toboggan en plastique. C'était quelque chose de plus ancien, de plus profond, qui les fit se regarder avec une stupeur partagée.

Après une hésitation, Margaux prit le morceau et, d'un coup sec, le fourra dans sa bouche. Ses petits yeux délavés s'ouvrirent en grand. C'était amer et sucré, un tourbillon de sensations contradictoires qui se heurtaient et s'équilibraient à la fois.

Des pas se firent entendre. Alexis se glissa dans une armoire qui l'engloutit dans son obscurité accueillante. La porte s'ouvrit. La lumière s'alluma. Il reconnut la silhouette trapue de l'amant de la mère de Margaux. Dans la chambre, le temps semblait s'être figé. L'homme se tenait là, immobile, projetant son ombre sur le lit – une tache d'encre qui s'étalait lentement sur du papier blanc. Margaux s'était recroquevillée, mais pas comme une enfant qui boude ou qui dort. Non, elle s'était repliée sur elle-même tels ces petits animaux qui, face au danger, ne peuvent ni fuir ni combattre. Depuis l'armoire où il se trouvait, Alexis vit se dérouler une scène qu'il ne comprit pas. Ni l'homme ni la petite fille ne se disaient un mot. Seuls leurs regards parlaient. Ce qu'il y vit était affreux.

# 5

Pour comprendre comment tout avait basculé, il faudrait remonter sept mois en arrière, à ce jour où Bellevue avait vu débarquer, dans un tourbillon de soie et de parfum, une créature qui semblait échappée d'un film de Visconti : Ève Gennaro. Qui aurait pu deviner, sous cette élégance travaillée, les échos d'une enfance qu'elle avait méthodiquement réinventée ? De ces années, il ne restait rien – ou presque. Quelques papiers jaunis dans un dossier de l'Aide sociale à l'enfance, peut-être. Une mère internée dont le nom même s'était perdu dans les méandres administratifs d'un hôpital psychiatrique de province. Un père évaporé. Les foyers s'étaient succédé, anonymes, interchangeables, leurs murs servant de toile de fond à une adolescence qui n'en avait pas vraiment été une. Ève avait appris très tôt que la beauté pouvait être une arme, et la séduction un passeport. Elle s'était construite comme on érige un donjon médiéval – pierres infranchissables depuis l'extérieur, oubliettes soigneusement dissimulées à l'intérieur.

À trente-quatre ans, cette femme, dont la beauté rappelait celle de Romy Schneider ou Charlotte Rampling, portait déjà le deuil de son mari, un jeune publicitaire qui avait fait fortune chez J. Walter Thompson en participant, au début des années 1970, à la mise en place de stratégies, d'une rare sophistication pour l'époque, sur les attitudes, les besoins et les comportements des consommateurs. Il avait rencontré Ève chez Régine, lors d'une de ces soirées où les jeunes prodiges de la pub côtoyaient ces filles que l'on appelait « mannequins » afin de ne pas avoir à préciser pour quelles campagnes elles posaient, et l'avait épousée trois mois plus tard, avec la fougue de ceux qui savent transformer un coup de foudre en coup d'éclat. Dans un monde où le pouvoir se mesurait aussi au nombre de conquêtes, il cultivait une douceur presque anachronique, une façon de parler aux femmes sans jamais les déshabiller du regard, en ne s'intéressant qu'à ce qu'elles avaient dans la tête. Peut-être était-ce pour cela qu'Ève l'avait choisi. C'était alors l'âge d'or de la publicité française : l'ère de « Un Ricard, sinon rien », de « Crunch, le chocolat qui croustille » et de « Du pain, du vin, du Boursin ». Une époque où la réclame devenait un art, où les slogans s'échangeaient dans les dîners en ville, où les créatifs régnaient sur les Champs-Élysées comme des demi-dieux. Le mari d'Ève avait surfé sur cette vague jusqu'à ce qu'il soit emporté par ce que l'on a l'ironie d'appeler, quand cela arrive si tôt, une longue maladie. Son décès avait laissé un vide, et une fortune – le père du défunt ayant succombé à son tour, terrassé par le chagrin, et n'ayant pas d'autre héritier direct que sa petite-fille, depuis son divorce, la petite Margaux, fille unique d'Ève, hérita d'un patrimoine coquet, qu'elle n'avait pas désiré.

Gardienne de cet héritage, Ève, qui avait connu la misère avant d'apprendre comment monnayer sa joliesse, s'était écroulée à la mort de son mari. Puis, passé deux ans de crise nerveuse, elle avait fini par remiser son voile de veuve, pour voguer vers une existence qui aurait pu être arrachée aux pages d'un roman-feuilleton. Comme si le destin, après lui avoir tout pris, s'était amusé à tout lui restituer en monnaie de singe : une fortune qui ne pouvait acheter ni l'amour ni l'oubli, un carnet d'adresses où ne figuraient que des numéros d'urgence mondaine, et cette solitude vernie qui est la malédiction des veuves trop riches et trop belles. L'argent, Ève l'avait d'abord regardé avec la méfiance de ceux qui en ont trop longtemps manqué. Puis elle s'était jetée dedans à la manière dont on se jette dans une passion destructrice, sans mesure, ni limite. Elle consumait les billets comme on brûle les souvenirs. Hormis Margaux, à qui elle avait expliqué dès l'âge de six ans que les rapports sexuels n'étaient pas une chose bien passionnante, mais que « quand on ne sait pas cuisiner, c'est ainsi qu'on tient les bonshommes », nul n'aurait su dire ce que cette panthère aux yeux émeraude, assoiffée de chair, cherchait en chacun de ces corps qu'elle ramenait jusque dans sa tanière, être aimée ou avoir accès à un portefeuille bien garni.

Au reste, Ève n'avait pas l'esprit comptable. Chaque jour la trouvait dans les boutiques, chaque soir dans les restaurants. Elle traversait ces lieux en ange exterminateur, laissant derrière elle une traînée de billets froissés, des fragments de chagrin éparpillés dans le luxe pourpre d'une étoffe Saint Laurent ou d'une bouteille de Dom Pérignon. Robes, jupes en soie, tailleurs en tweed… tout était devenu un rideau d'opulence que l'on a tiré pour échapper à une douleur. Signer un chèque, réserver un voyage, coucher avec un homme, tout se faisait de façon mécanique. Certains comptes bancaires étaient au nom de Margaux, d'autres à celui d'Ève. Elle déposait parfois des chèques provenant du patrimoine de Margaux sur ses propres comptes, sans malveillance, finançant son train de vie à partir des fonds de sa fille, incapable de discerner clairement ses besoins personnels de ceux de son enfant. Et ne consultait jamais ses relevés bancaires. Après tout, quand elles partaient au Sénégal ou aux Antilles dans un club de vacances, c'était ensemble. Quand Ève réservait trois semaines dans le meilleur hôtel de la côte normande, c'était pour que la petite s'amuse sur la plage. Une fois par an, elle prenait soin de présenter des comptes justifiant des dépenses élevées au juge des tutelles, en invoquant des besoins liés à l'éducation ou au bien-être de sa fille.

Puis, un soir, elle avait rencontré Daniel Velcourt. Il était plus petit qu'elle, affichait, à trente-six ans, un front déjà dégarni et une bedaine généreuse, mais compensait ces imperfections par une éloquence hypnotique. Dès qu'il parlait, il passait pour un homme doux, compréhensif, qui savait trouver exactement les mots qu'il fallait pour donner à son interlocuteur le sentiment qu'il le comprenait parfaitement. Il se présenta à Ève comme un ami de jeunesse de son défunt mari, ressuscita des souvenirs avec une précision chirurgicale, infusant dans l'air ce qu'il faut de nostalgie teintée de douceur et de regrets pour faire vaciller le cœur d'une femme, fût-elle vénale. Il l'écouta longuement, en la fixant avec de bons yeux bleus pleins de compassion, parler de son veuvage, de la difficulté d'être la mère célibataire d'une petite fille taciturne mais adorable. Il était suisse, de Genève, ou mieux, tout à côté, d'une petite ville, Bellevue, dont il lui fit une description enchanteresse mais sobre. Daniel était tout ce qu'Ève n'était pas : ordonné, réfléchi, d'une élégance simple et maîtrisée. Le lendemain de leur rencontre, il fit livrer chez elle un automate de porcelaine pour la petite Margaux. Ève s'en émut, accepta une nouvelle invitation à dîner. Elle s'offrit à lui dans sa voiture. Il refusa. « Ça n'est pas une histoire sans lendemain, lui chuchota-t-il. Je veux cette nuit emporter avec moi l'image intacte de votre beauté. Il y a tant de façons de la contempler. » Il partit en Suisse ; ils s'appelèrent ; il revint à Paris. Très vite, les choses prirent entre eux un tour définitif. Daniel exposa le tableau idyllique de leur futur possible en Suisse. Il était à Bellevue directeur d'un club sportif huppé. Il vivait dans un vaste chalet entouré de beaux arbres centenaires, offrant une qualité de vie incomparable, aux portes de Genève. Il promit à Ève non seulement un refuge mais un nouveau départ, se portant volontaire pour endosser le rôle de protecteur dévoué de la petite Margaux. « En quinze minutes de voiture on est au cœur de Genève, en moins d'une heure, je peux t'emmener à Lucerne, si tu savais comme c'est beau, Lucerne, et puis en Italie, on ira à Milan où tout est moins cher, même les bijoux et le prêt-à-porter ; je connais dans la Vallée verte des prairies sublimes, et dans les Alpes vaudoises, un monde entièrement fait de neige et de glace, où l'on peut hiver comme été faire de la luge et manger la meilleure fondue du monde dans un refuge… pour une petite fille c'est un terrain de jeu idéal. L'école, ça n'est pas un problème, il y en a une tout près de chez moi, la petite pourra même y aller à pied, l'avantage avec la Suisse, c'est qu'il ne s'y passe jamais rien, tout est tellement sécurisé. » Ève capitula sous le poids des espérances et des flatteries. En moins d'un mois, la décision fut arrêtée.

Le déménagement s'était fait dans un tourbillon, une évasion plutôt qu'un départ. À leur arrivée, un chalet qui semblait échappé d'un rêve pastoral les attendait. Façade en bois, fenêtres à croisillons, aux volets bleus comme ceux des contes que Margaux lisait. À l'intérieur, une pièce pourvue d'une cheminée faisait office de salle à manger, se prolongeant sur la gauche en cuisine, sur la droite en bureau-bibliothèque qui ouvrait sur un petit balcon et le jardin. Un escalier en chêne conduisait à l'étage où se trouvaient une salle de bains, une autre bibliothèque, celle-là remplie de bandes dessinées, et deux chambres. Dans la plus petite, un lit en bois, décoré d'une couette rose sertie de cœurs, sur lequel Margaux avait trouvé deux cadeaux qu'elle avait demandés à Daniel parce qu'elle s'était dit « On n'offre pas ça à une petite fille, il ne le fera jamais » : un costume de Zorro et une paire de gants de boxe.

Le lieu avait surpris Margaux, déplu à Ève. Daniel l'avait rassurée : ce n'était bien sûr qu'un logement temporaire, convenant à un homme célibataire mais pas à une famille. Ils s'installeraient bientôt dans une maison somptueuse, actuellement en rénovation. Il s'était proposé de la leur montrer. Ils avaient pris la voiture, s'étaient arrêtés à la lisière d'un chemin piétonnier, avaient traversé un pont de bois. Une bâtisse, à l'allure de petit château savoyard, avait surgi au milieu d'une clairière. Sa façade, d'un jaune passé tirant par endroits sur un gris strié de coulures noires, était à demi cachée sous des bâches que le vent soulevait parfois. Mais ses volumes étaient splendides. Des outils gisaient çà et là, traces d'un chantier en cours, qui s'était interrompu avec le week-end. Tout autour, le silence des bois était presque absolu. Dans quatre mois, leur avait dit Daniel, notre maison sera prête. Ève n'avait pu s'empêcher de ressentir un frisson d'excitation.

Le jour même, Daniel leur avait fait visiter son club sportif. Un écrin de modernité où chaque coup de raquette, chaque plongeon, chaque swing célébrait la gloire d'une ère de prospérité et de culte du corps. Sous de vastes bulles translucides, des terrains de tennis s'étendaient, éclairés par une lumière douce qui filtrait à travers le plastique semi-opaque, créant une atmosphère de station spatiale. Plus loin, le practice de golf offrait une échappée verdoyante, où les affaires pouvaient se nouer non pas dans la rigidité des bureaux, mais dans la fluidité du mouvement et la convivialité du jeu. À l'intérieur, le bar en acajou du club-house donnait sur une piscine chauffée à vingt-huit degrés qui scintillait d'un azur profond et dans laquelle se mêlaient nageurs expérimentés et enfants joyeux. À l'étage, il y avait même des cours d'aérobic et de barre au sol, menés par des instructeurs charismatiques en justaucorps fluorescents. Margaux pourrait bien sûr utiliser les salles à sa guise pour continuer de pratiquer la danse. Le mieux serait de faire venir un professeur particulier pour elle.

Daniel avait posé une main sur l'épaule de Margaux. Elle avait levé la tête et rencontré le métal bleu de ses yeux. Elle avait tenté de se dégager, mais il avait serré légèrement sa prise, la retenant contre lui.

Le lendemain, ils avaient conduit Margaux à sa nouvelle école, main dans la main. « On est une famille, maintenant », avaient-ils répété comme une formule incantatoire, tandis que Margaux fixait le sol. On lui avait acheté un cartable de grande qui, rempli de cahiers neufs, semblait prêt à éclater : une tortue ployant sous le poids de sa carapace. À l'intérieur, bien caché, son ours en peluche : le dernier cadeau de son père.

# 6

Sur la route de Collex, Margaux repoussait chaque jour les frontières de son territoire. Un pas, puis un autre – exploratrice prudente sur cette banquise de bitume. Au début, elle se contentait de ne pas s'arrêter devant le chalet de Daniel, mais d'aller quelques dizaines de mètres plus loin. Les autres chalets ressemblaient tous au leur, seule la couleur des volets changeait. Elle vérifiait toujours l'heure à son poignet. Quand la Swatch en plastique rose que Daniel lui avait offerte marquait 17 heures, elle rentrait et trouvait sa mère, tout juste revenue de son cours d'aérobic, qui l'attendait pour l'aider à faire ses devoirs.

Un jour, la route la happa vers l'horizon. La lumière du couchant noyait une aire de jeu ceinte de buis. Le toboggan orange jaillissait de la cabane perchée, sa surface patinée par des milliers de glissades. Deux chevaux, l'un rouge, l'autre bleu, ployaient sur leurs ressorts fatigués, échines tendues vers un galop impossible. Plus loin, un tourniquet solitaire attendait son prochain vertige. Les rires passés habitaient encore le métal. Margaux imagina les enfants qui avaient joué ici, à en perdre l'équilibre, avant de devenir grands : leurs cris, leur ivresse de vitesse. Elle songea à Maud et Sophie, ces filles de la nouvelle école, se demandant si, un jour, elles accepteraient enfin de jouer avec elle. Elle enviait leurs cheveux, toujours si lisses et brillants, cette perfection tranquille qui semblait les envelopper. Elles avaient une aisance innée. Leur monde lui paraissait si différent du sien. Non que tout y était plus facile – Margaux sentait bien que les petites vexations, les chagrins ne les épargnaient pas non plus – mais il y avait là une sorte de grâce mystérieuse, une compréhension tacite des règles du jeu de la vie, que Margaux, malgré tous ses efforts pour rire à leurs blagues ou tenter, en vain, de s'asseoir près d'elles à la cantine, n'arrivait jamais tout à fait à saisir. Elles semblaient détenir un secret qu'elle ignorait, un secret qui leur permettait de traverser l'enfance avec cette sûreté de soi qui lui faisait tant défaut.

Margaux savait que dans les dessins animés ou les livres, c'est le moment où les orphelins pleurent. Mais sa vie à elle était bien trop vraie pour qu'elle puisse se le permettre. Elle se souvint de ces paroles qu'elle avait entendues l'année précédente, en France, à la sortie de l'école. Une mère avait dit, les désignant Ève et elle d'un mouvement du menton : « Regardez-les, ces deux-là. Décidément, on pleure mieux dans une Rolls. » La sentence, tatouée dans sa mémoire, survivrait à l'assèchement des comptes en banque, à l'érosion des privilèges. Quand, des années plus tard, les fins de mois seraient marquées par la déroute. Quand, sur la table de la cuisine, les factures s'empileraient. Dans ce nouveau monde, un billet de cinquante euros deviendrait un royaume.

Le tourniquet grinça dans la brise. Neuf ans, et déjà trop vieille pour pleurer, trop jeune pour comprendre. Margaux ferma les yeux très fort. Un, deux, trois… Si elle comptait assez longtemps, peut-être qu'elle disparaîtrait ? La lumière, elle n'en voulait plus. Elle était trop éclatante, aveuglante. Dans le noir de ses paupières, c'était doux et calme – un endroit secret où personne ne pourrait la trouver.

# 7

Au même moment, Alexis s'avançait vers le terrain de jeu. Ses baskets crissaient sur le gravier et, à chaque pas, il jetait une balle de tennis en l'air, la rattrapant sans effort. Il était seul, comme il aimait l'être. Les fous rires, les histoires qu'on se raconte en se suivant en petits groupes serrés, tout cela lui paraissait futile, une sorte de mascarade dont il n'avait pas besoin. De loin, il aperçut Maud et Sophie, leurs cheveux – fils d'or sous le soleil. Leurs rires se diluaient dans l'air – simple bruit blanc pour Alexis. Il les effleura d'un regard indifférent. La cour les proclamait jolies : verdict sans importance pour lui. Leur magnétisme, qui aimantait toutes les filles de la classe et métamorphosait certains garçons en satellites dociles, glissait sur lui sans l'atteindre. Au bout de l'allée se devinait la silhouette de K-Way, son éternel coupe-vent bleu marine ouvert sur un pull irlandais. Ils se saluèrent d'un simple hochement de tête. « On va au terrain ? », demanda K-Way, d'une voix neutre. Alexis haussa les épaules et lança la balle. L'objet jaune et pelé traça un arc parfait dans le ciel d'automne avant de retomber dans sa paume avec un bruit mat. Ils franchirent la haie de buis. C'est là qu'ils la virent.

« La nouvelle » trônait sur le tourniquet, immobile. Paupières closes, visage offert aux nuées, elle semblait capter une musique céleste, inaudible aux oreilles des mortels. La balle déserta les mains d'Alexis et rebondit avec un son mat contre la terre battue de l'aire de jeux. Les paupières de Margaux se soulevèrent d'un coup. Son regard heurta celui d'Alexis. Les yeux du garçon, vierges de moquerie ou de défi, luisaient d'une lueur fugace de curiosité. Le tourniquet exhala sa plainte dans l'air froid quand elle se redressa d'un geste brusque. Sans un mot, elle s'enfuit, abandonnant derrière elle le cercle de métal qui continuait sa rotation, berçant encore le fantôme de sa présence.

# 8

En France, le juge des tutelles a pour mission de surveiller la gestion des biens des mineurs. En cas de décès de l'un des parents, la loi française prévoit que certains actes concernant lesdits biens doivent recevoir une autorisation préalable. Cela inclut, par exemple, la vente de patrimoine immobilier, les emprunts importants, ou les donations. Cependant, la gestion quotidienne des revenus du mineur est souvent laissée à l'appréciation du parent survivant, sous réserve qu'il en rende compte annuellement. Au début des années 1980, les systèmes informatiques et les bases de données permettant de suivre les flux financiers n'étaient pas aussi développés qu'aujourd'hui. Les placements au nom de Margaux ne produisaient que peu de revenus visibles. Le juge des tutelles était un peu amoureux d'Ève. Il n'avait pas trouvé grand-chose à redire quand une enfant-automate avait récité d'une voix plate que oui, bien sûr, elle était contente de partir vivre dans le pays de Heidi avec sa maman et son nouveau papa.

Une fois Heidi et sa maman installées dans son chalet, Daniel déroula devant Ève le tapis rouge helvétique. La Suisse offrait une fiscalité allégée, un environnement sécurisé et, surtout, le velours de la discrétion bancaire, loin des griffes inquisitoriales de l'administration française. Le juge des tutelles n'était sûrement pas un homme de confiance. Le gouvernement français, dans sa frénésie égalitariste, avait, avec l'instauration de l'impôt sur les grandes fortunes, concocté une recette parfaite pour ponctionner les bâtisseurs de richesse, tel le défunt époux d'Ève – dont la fortune était le fruit d'un labeur acharné et de son génie créatif. « Les socialistes ont trouvé un moyen de financer leur démagogie sur le dos de ceux qui ont su construire quelque chose, lui avait dit Daniel, et sur le dos de ceux qui, comme toi, exercent des responsabilités, ont des héritages à préserver. Aujourd'hui, c'est l'impôt sur la fortune, demain, qui sait, une taxe sur l'air que nous respirons. Mieux vaut prendre les devants avant qu'il ne soit trop tard. »

Daniel persuada Ève de transférer ses actifs financiers de la France vers la Suisse. Il la mit en relation avec un avocat fiscaliste de Genève, David Milshtein, le père de Martin, qui promit que tous les fonds seraient gérés avec une discrétion exemplaire. Séduite par la promesse d'une vie sans souci grâce à un homme qui semblait avoir le sens des affaires, Ève se laissa faire. Pour éviter toute question du juge des tutelles qui, depuis la France, était censé garder un œil sur les intérêts de Margaux, l'opération s'effectua en plusieurs fois. Daniel proposa également à Ève de sécuriser une partie des actifs en créant une structure offshore. Il justifia tout cela par la nécessité de protéger l'avenir de Margaux, et de diversifier les risques. Là encore, Ève accepta, sans poser de questions.

Au fil des semaines, les cadeaux se mirent à pleuvoir. Les peluches colonisaient le lit. Les poupées Tinnie, sentinelles aux yeux d'acrylique, montaient la garde. Kipling, Stevenson, Jules Verne empilaient leurs mondes d'aventures, les albums Panini ajoutaient leurs strates précaires. Les valises de Margaux étaient restées fermées, remplies d'un amas de vêtements qu'elle ne portait plus. Écrire une carte postale à sa grand-mère paternelle lui était devenu impensable car trop douloureux. C'est Ève qui finit par dicter les mots, voix douce mais ferme, modelant chaque phrase selon l'usage qui convenait. Pas de superflu, pas de place pour le doute.

*Chère Mamie, j'espère que tu vas bien. Ici tout va fort bien.* [Non, ne mets pas « fort », mets simplement « bien ».] *Ici tout va bien. Je m'amuse bien. La nouvelle école est jolie. Je travaille très bien. J'ai un professeur de danse pour moi toute seule.* [Rajoute que tu sais faire un tour complet maintenant.] *Maintenant, j'arrive à faire une pirouette complète. Je vais bientôt commencer les pointes. Je t'embrasse.*

Chaque soir, Ève prenait un livre pour en faire la lecture à Margaux. Elle était belle quand elle lisait, en chemise de nuit, encore toute parfumée et fardée, yeux aux paupières lourdes empreints de fausse gaieté. Les mots glissaient de sa bouche avec la même douceur que ses mains quand elle tournait les pages. Elle prêtait sa voix à des histoires de petit garçon domptant un cheval sauvage, d'orphelin livré à lui-même dans les rues de Londres et, à la lueur tamisée de la lampe, le vrai récit se confondait avec les rêveries moisies de sa propre enfance. Autour de son cou, un médaillon ancien pendait à une chaîne d'or fin. Il se balançait doucement au rythme de sa respiration, captant par instants le regard de Margaux qui savait bien que sa mère y conservait une mèche de cheveux de son mari défunt. À la fin de la lecture, Ève refermait brutalement le livre. Elle serrait Margaux contre elle, jusqu'à sentir son souffle ralentir, se raréfier. Un étouffement tendre qui marquait le début du jeu des « Je t'aime ».

« Tu m'aimes, Margaux ? »

La réponse était invariable.

« Oui, maman, je t'aime. »

Mais ce n'était jamais suffisant.

« Tu m'aimes comment ? Margaux, réponds, tu m'aimes comment ? »

L'enfant peinait à trouver les mots (il n'y avait pas de mots pour dire la vérité : je te hais de m'avoir emmenée ici, je voudrais que tu meures, toi aussi, et pourtant je t'aime), et se réfugiait dans le connu, le mensonge.

« Passionnément.

— Passionnément, à la folie ?

— Oui, maman, à la folie. »

Ève souriait alors, satisfaite, comme si ces paroles avaient le pouvoir de tout sceller.

« Moi aussi, Margaux, je t'aime à la folie. Je t'aime plus fort que le vent. Plus fort que ces montagnes qui nous entourent. »

Puis, elle se levait. Son médaillon, complice du mouvement de son corps, jetait une dernière lueur avant qu'elle ne s'éclipse dans sa chambre. Sitôt la porte de ses appartements refermée, on entendait des sons indistincts qui traversaient le couloir, s'infiltraient jusqu'au lit de Margaux. D'abord, un murmure. Puis des voix – étouffées par un rire nerveux ou jaillissant en souffles courts, hachés. Les craquements suivaient, les gémissements montaient, vipère sonore qui se lovait dans le cerveau. Et puis, tout s'arrêtait. Mais le silence n'était plus un baume. C'était un froid sournois, qui naissait quelque part dans le ventre, un point de glace et de feu que Margaux sentait grandir en elle, qui s'étendait dans les veines de ses bras, à les brûler. À tout brûler.

# 9

Novembre s'avançait. Le vent descendit des montagnes pour mordre les rives du Léman, transportant avec lui des effluves de résine et de neige. La lumière devint plus grise, imprégnée de cette tension qui précède les orages. Ève était entrée en pleine passion, que Daniel alimentait par des attentions constantes. Il y avait bien parfois de minuscules accrocs dans leur roman-photo. Tantôt il critiquait ses tenues, qu'il trouvait tour à tour trop sages ou trop provocantes, tantôt il lui reprochait le temps passé auprès de Margaux, à l'heure où l'on doit laisser une enfant sombrer dans le sommeil. Mais chaque pique était suivie, le soir même, de réconciliations torrides. Il était possessif, jaloux, et donc très amoureux, se disait Ève, voilà tout. En réalité, depuis le début il avait tout calculé. Il savait parfaitement doser ses effets pour la faire se sentir reine, puis, de temps en temps, bien lui rappeler ce qu'elle était, au fond : une ancienne putain déguisée en maman, avec un polo Lacoste.

Le matin, Ève se faisait servir son petit déjeuner au lit par Daniel, puis se pelotonnait sous ses draps de satin, les yeux agrandis d'une curiosité presque naïve lorsque les images des *Animaux du monde* apparaissaient sur l'écran de télévision et qu'elle suivait les aventures des grands félins traquant leur proie ou des oiseaux migrateurs traversant le ciel. L'après-midi, elle lisait des magazines ou des romans à l'eau de rose, puis elle partait à son cours d'aérobic au Sports Club. Ève aimait ce statut de femme du directeur. Là-bas, dans les couloirs, au bar, dans les vestiaires, on la regardait, on l'admirait, on la saluait. Certains complimentaient sa silhouette impeccablement entretenue, d'autres sa coiffure. Il suffisait qu'elle arbore une nouvelle couleur de guêtres pour que, la séance suivante, une autre femme vienne se pavaner avec des guêtres identiques.

C'est ici que commença le véritable travail d'artiste de Daniel Velcourt : il avait fini par se faire désigner cosignataire des comptes bancaires d'Ève. Entre deux cajoleries et trois cadeaux – elle n'avait plus assez de doigts pour tant de bagues –, Ève signait tout ce qu'on lui mettait sous le nez. Pourquoi se poser des questions ? Daniel était toujours si sûr de lui. Tellement rassurant. Et puis, c'était plus facile ainsi. Ève continua donc à enchanter ses amies parisiennes de récits embellis. Toutefois, l'une d'entre elles, une certaine Rose, tiqua quand Ève lui assura, des trémolos dans la voix, que Daniel voulait adopter Margaux. Elle prit un train pour Bellevue, pour s'assurer que mère et fille allaient bien, vit la chambre débordant de jouets de Margaux, la penderie d'Ève, passa quarante-huit heures à profiter des luxueuses installations du Sports Club et à explorer Genève, sous l'œil attentif de Daniel, et repartit, non sans avoir glissé tout de même à Ève : « Pour l'adoption, attends un peu. »

# 10

La neige tombait dru. Sous le givre, le jet d'eau, ancré dans le ventre du Léman, s'opacifiait, perdant son éclat. Les gouttelettes, détachées de son sommet, se figeaient en poudre glacée. Leur chute lente déposait un linceul nacré sur le lac. Les clochers trouaient à peine le ciel bas. Dans les rues, les rares passants avançaient à pas comptés, lourds sous l'épaisseur des manteaux. Les bottes des enfants crissaient sur le sol gelé, laissant des traces rapidement disparues sous le flot continu des flocons. Certains tiraient derrière eux de petites luges en bois. D'autres, le visage rouge de froid, sourires à peine visibles entre le bonnet et la laine de l'écharpe, échafaudaient des plans pour une bataille de boules de neige à la récréation du lendemain.

Capuche d'anorak rouge tirée sur la tête, Margaux regarda tout autour d'elle. Les chalets, blottis sous leur épais manteau blanc, semblaient s'être repliés sur eux-mêmes. Les lampadaires, allumés plus tôt que d'habitude, diffusaient une lumière dorée qui se réfléchissait sur la neige, étirant les ombres en figures étranges, mouvantes, incertaines.

Elle leva les yeux vers le ciel. Les flocons tombaient, tourbillonnant dans l'air avant de se poser sur ses cils, sur sa capuche, comme pour la couvrir d'un voile invisible.

« Est-ce que c'est toi ? », murmura-t-elle.

Elle ôta ses gants, tendit une paume ouverte pour accueillir un flocon. Il se posa sur sa peau. Elle le regarda se transformer en une minuscule perle qui disparut presque aussitôt.

« Je sais que c'est toi », répéta-t-elle.

Elle inspira profondément, poussa la porte du chalet.

Sa mère se tenait debout à la fenêtre. À l'arrivée de sa fille, Ève se détourna, esquissant un sourire. Margaux ôta son anorak, ses bottes fourrées et ses chaussettes, s'approcha de la table, saisit la tasse de thé chaud, posée là en attente, la porta à ses lèvres. Le crépitement du feu dans la cheminée jetait des éclats sur les murs de bois sombre. Elle observa les flammes, pensive, tout en grignotant sa tartine.

Daniel rentra une heure plus tard. Il avait passé la journée à Genève, prétendument pour régler des affaires. Ève n'avait pas posé de questions. Ces absences étaient devenues son quotidien, preuves supposées qu'il s'agissait d'un homme dévoué, sacrifiant ses heures au bien-être familial.

Était-ce un paquet de biscuits caché sous le lit ou des draps souillés qui avaient déclenché le déluge ? Quand il lui avait dit : « Ta chambre est une porcherie, maintenant tu la ranges », Margaux l'avait fixé droit dans les yeux, et avait rétorqué : « T'es pas mon père, t'as aucun droit sur moi ». Ève ne comprit pas tout de suite ce qui se passait. La première claque s'abattit sur le dos de Margaux. Le choc la propulsa hors de son corps, loin de toute douleur immédiate. Ève bondit vers sa fille. Elle la saisit, la serra avec une force désespérée. Mais Daniel, le visage empreint d'un calme glacial, lui dit simplement : « Il faut qu'elle apprenne. »

Plus tard, Ève avait coupé court à ses propres doutes quand Daniel s'était allongé près d'elle pour lui expliquer :

« Tu croyais qu'aimer un enfant c'est tout lui passer ? Mais non, tout passer à un enfant, voilà le genre de choses que l'on fait quand on ne s'intéresse pas aux enfants. Tu sais, je n'ai jamais souhaité en arriver là, continua-t-il, d'une voix douce. Mais quelqu'un doit bien lui apprendre la vie, n'est-ce pas ? Si ce n'est pas moi qui lui montre le chemin, qui le fera ? Toi ? Vraiment ? Mais ma pauvre chérie, tu as poussé toute seule : une herbe folle. »

Il posa une main sur l'épaule d'Ève.

« Tu es trop faible, trop indulgente. Tu la laisses faire à sa guise, et voilà où cela nous mène. C'est toi qui me forces à intervenir. Mais je le fais pour nous, pour notre famille. Parce que je veux que nous restions soudés. Et pour cela, il faut des règles, des règles strictes. »

Il se leva et, la voix plus ferme :

« Regarde le monde dehors, Ève. Il est cruel, impitoyable. »

Les yeux baissés, elle siffla entre ses dents :

« Tu crois que je ne le sais pas ? »

Il se radoucit.

« C'est pour ça que tu veux tout lui épargner, à cette petite. Mais si elle n'apprend pas maintenant, que crois-tu qu'il adviendra d'elle plus tard ? Moi, je fais ce qui est nécessaire. Un jour, elle me remerciera, quand elle comprendra. »

Il s'approcha d'elle, la saisit par les bras avec une douceur presque caressante.

« Je fais cela par amour, comprends-tu ? Pour toi, pour elle. Parce que je veux que tout aille bien ici. C'est ça, être un homme, un vrai père. Parfois, il faut savoir être dur, savoir infliger la douleur, pour protéger ceux qu'on aime. »

Il s'assit sur le lit. Puis il demeura de dos, bedaine sur les cuisses.

Ses épaules tressautèrent. Il sanglotait : un bambin obèse en pleurs.

Ce fut le premier soir d'une longue série. Les claques revinrent, puis se muèrent en coups de brosse, puis en lanière de ceinture. Parfois, rien pendant deux semaines, et sans le moindre signe avant-coureur, ça lui tombait dessus. Après chaque correction, il y avait toujours des câlins. Puis venaient les proverbes ou les citations de la Bible : « Qui aime bien châtie bien », « Tu honoreras ton père et ta mère ». Et, bien sûr, les confessions de Daniel : « Je suis triste, Margaux, de ce qui s'est passé entre nous. Mais c'est toi qui m'as mis dans cet état. Je t'aime tellement. Je t'aime comme si tu étais ma propre fille. On se ressemble, toi et moi, tu sais. Petit, j'étais comme toi. Je n'aimais pas ranger. Tu dois apprendre l'ordre et la discipline. C'est pour ton bien. »

# 11

Le parquet du studio de danse grinçait sous les pointes du professeur. La salle sentait la résine et la sueur. Margaux ajusta machinalement le ruban de satin autour de son chausson, enchaîna un jeté, une sissonne, un pas de bourrée, mais le cœur n'y était plus. La « Danse de la fée Dragée », de Tchaïkovski, autrefois capable d'allumer une flamme en elle, se résumait à un murmure assourdi qui lui parvenait depuis le magnétophone. Sa jambe gauche, qui aurait dû se tendre avec précision, resta suspendue dans un entre-deux maladroit. Les arabesques graciles, les pirouettes presque parfaites, tout cela lui semblait loin. Elle se voyait encore, quelques mois avant, déployant sa technique avec cette grâce que son professeur qualifiait de « prometteuse », mais ce souvenir, tout à coup, lui sembla appartenir à une autre petite fille. Il y avait eu un temps où le miroir était son ami, où chaque jour elle cherchait dans son reflet la petite danseuse qui voulait grandir, voler.

Mais désormais tout lui paraissait inutile. Elle tenta une autre figure, mais ses pieds refusèrent d'obéir. Elle laissa tomber ses bras le long de son corps. Dans le miroir, la petite danseuse s'effaça d'elle-même, sans bruit.

# 12

Ève, quant à elle, laissait faire. Quelque chose de nouveau était entré dans sa vie. Elle avait découvert qu'on n'éduque pas exactement un enfant comme un chiot : on l'élève. Il lui semblait qu'auprès de Daniel, elle avait enfin trouvé ce que son âme égarée, celle d'une enfant qui avait été livrée au pire, n'avait jamais cessé de chercher : une forme de rédemption. Avant lui, elle avait été une Circé moderne, transformant les hommes en esclaves consentants de ses désirs. Elle les avait saignés de leur argent pour des robes-armures, des bijoux-talismans, parures de guerre pour une bataille sans fin contre le vide qui la dévorait. Et ils s'étaient consumés l'un après l'autre, comme des mèches de bougies alignées dans une cathédrale déserte. Son mari n'avait été ni le premier ni le dernier à brûler dans ce sanctuaire de vanités, seulement le plus lumineux, celui dont la flamme avait projeté les ombres les plus longues. Elle l'avait aimé, oui, trop tard peut-être, quand déjà la cire fondait entre ses doigts. Et sa mort avait failli la laisser dans l'obscurité absolue.

Le 5 décembre 1983, Ève conduisit Margaux chez le pédiatre. Elle resta présente pendant toute la consultation. Margaux faisait de l'énurésie. Elle aimait la danse, mais ne voulait plus danser. Elle se plaignait de douleurs au ventre et d'une fatigue permanente. Peut-être un manque de magnésium ? suggéra Ève. De toute façon, Margaux avait toujours été un peu lymphatique, ça avait commencé dès sa naissance : « Césarienne, parce qu'à neuf mois et deux semaines, elle ne voulait toujours pas sortir de mon ventre, rendez-vous compte. »

Le pédiatre prescrivit du Tofranil, un vieil antidépresseur tricyclique, dont il présenta l'un des effets secondaires, la rétention d'urine, comme une solution bienvenue. « Un par soir, et tout s'arrangera, plus de pipi au lit », dit-il, confiant en son diagnostic.

Chaque soir, Ève donnait le médicament à Margaux, veillant à ce qu'elle l'avale bien sagement, Puis elle disait bonne nuit, refermait la porte, et rejoignait Daniel dans l'autre chambre, où les halètements de bêtes reprenaient, persistants, inévitables. Peut-être que, finalement, c'était cela, grandir : supporter des bruits qui font mal à l'intérieur.

# 13

La nouvelle maison n'était toujours pas prête, l'impatience d'Ève grandissait. Un matin, sans en souffler mot à Daniel, elle décida de se rendre sur les lieux. Les bâches blanches, tendues sur la façade inachevée, frissonnaient sous les rafales de février. Un ouvrier, penché sur le parquet, ponçait la surface boisée avec une application mécanique. Ève s'approcha de lui.

« Je suis la femme du propriétaire. Je viens vérifier l'avancée des travaux. »

L'homme leva les yeux vers elle. Mais son regard ne semblait pas la voir. On finit par aller chercher le chef de chantier, qui lui assura qu'il y avait sûrement erreur : la maison appartenait à un monsieur italien.

Ève éclata de colère, exigea des explications, mais tout ce qu'on lui donna en retour fut un numéro de téléphone, griffonné à la hâte sur un morceau de papier sale.

Rentrée chez elle, elle composa le numéro. Dans la plus grande confusion, elle expliqua l'objet de son appel. À l'autre bout du fil, une voix lui répondit :

« Mais enfin, madame, je ne comprends pas un mot de ce que vous dites. Je suis le propriétaire de cette maison, je l'ai toujours été. »

Quand Margaux revint de l'école, elle trouva sa mère effondrée dans un fauteuil, encore engoncée dans sa doudoune, la tête enfouie entre ses mains. Mais en dépit de l'évidence qui lui crevait les yeux, Ève ne quitta pas Daniel. Elle ne prépara ni valises ni plans de fuite. Elle n'enleva pas Margaux à son bourreau. Ce n'était pas l'amour pour cet homme qui la retenait. La peur ? Sans doute. Mais plus encore la honte. Une honte poisseuse, muette, paralysante. Que diraient ses amies de Paris, ses anciennes connaissances, son ex-belle-mère ?

# 14

Margaux attend, chaque nuit, les yeux rivés sur la porte, le souffle suspendu, le corps tendu sous la couverture – un fil prêt à se rompre. Peut-être ce soir la poignée tournera-t-elle doucement, un crissement dans l'obscurité, et maman apparaîtra. Elle s'avancera dans l'ombre, bras tendus, les yeux brillants. Elle viendra, s'agenouillera au pied du lit, la serrera contre elle, si fort que tout disparaîtra – les peurs, les monstres, les coups. « Viens, on s'en va », murmurera-t-elle. Mais la porte, nuit après nuit, reste close, le silence retombe, lourd, qui engloutit Margaux dans une attente insoutenable. Maman, où es-tu ?

Maman erre dans la maison comme on déambule dans un rêve. Il y a des jours, de plus en plus nombreux, où mère et fille ne se parlent presque plus. Les mots meurent dans leur bouche, à peine esquissés. Ils pèsent trop lourd, impossibles à prononcer, trop douloureux à articuler. Il ne faut pas parler. Parler, ce serait percer la fine pellicule de non-dit qui les protège encore du gouffre. Mieux vaut respirer à peine, exister à peine.

Le pédiatre avait dit que le médicament aiderait Margaux, que ça calmerait les peurs et que, bientôt, elle arrêterait de mouiller son lit. Mais il a menti, lui aussi. Le comprimé, c'est juste une petite chose amère qui fait claquer des dents et tourner la tête. Parfois, Margaux attend que maman s'éloigne, que ses pas glissent jusqu'au bout du couloir, puis elle recrache le cachet. Elle le réduit en une fine poudre blanche, presque invisible, qu'elle laisse s'échapper par le Velux. Ensuite, elle se réfugie dans son lit, se plie en deux sous les draps, les poings crispés contre le tissu, le cœur battant. « Mon Dieu, je vous en prie… » – une prière soufflée, un murmure que le silence semble étouffer. Les martyrs des livres de la bibliothèque de Daniel défilent dans sa tête, ces figures torturées, sanctifiées par la douleur, mais elle, Margaux, n'a rien de sacré. Sa souffrance est brute, enracinée dans ses petites mains qui se ferment sous la couverture, dans sa gorge qui se noue. « Faites qu'il se passe quelque chose, implore-t-elle, je vous en supplie. » Mais à qui parle-t-elle vraiment ? À Dieu ? Au diable ? À ce vide immense qui respire avec elle, qui vibre à l'unisson de sa peur ? Les mots franchissent la barrière de ses lèvres – « Même quelque chose de mal… » Une pensée furtive, coupable, mais irrésistible. Le frisson qui la traverse est glacial. C'est trop tard, elle l'a pensé, elle l'a dit : elle ne peut plus reculer.

« Même quelque chose de mal », répète-t-elle. Les yeux grands ouverts dans l'obscurité, elle voit des tempêtes qui balaient tout sur leur passage. Des flammes qui dévorent le chalet. Un incendie si violent qu'il réduit Bellevue en cendres. Les gants de boxe, jamais utilisés, sortent de leur boîte, frappant Daniel avec une rage sourde, jusqu'à ce que son sourire méprisant ne soit plus qu'une bouillie. Les couteaux dans la cuisine s'animent, s'élèvent et plongent dans son ventre repoussant. Margaux est un chevalier, une guerrière implacable, qui arrache maman à cet enfer et, sur un destrier aux ailes déployées, s'élance avec elle par-delà les montagnes. Elle est un dragon, immense, cracheur de feu, dévastant tout sur son passage. Le chalet brûle, et Daniel meurt, et maman meurt. « Pour que je rentre en France… » murmure une petite voix, à peine audible. La France… Est-ce que ce pays a vraiment existé ?

Chaque nuit, une enfant chuchote cette prière, mais rien ne change. Le matin revient, et avec lui le même paysage pétrifié, la même chambre. Et toujours, cette tache humide sur les draps, ce rappel de sa faiblesse, la honte puante qui colle à la peau comme un vêtement qu'on n'arrive plus à enlever.

L'hiver cède, le printemps renaît. Les poupées la fixent de leurs yeux brillants, accusateurs. Margaux n'est plus dans son lit. Elle flotte désormais au plafond, spectatrice de sa propre vie. Elle voit une enfant morte, une mère brisée, un chalet enseveli sous une neige éternelle. Une conviction implacable se forme en elle : il faut que quelqu'un meure pour que tout s'arrête. C'est ainsi que les histoires se terminent, lui a-t-on appris, par un sacrifice, par l'agneau immolé. Et si Dieu est sourd, si papa ne revient pas, si le diable attend encore dans l'ombre, alors ce sera elle qui mettra un terme à tout cela. Elle seule. Mue par cette certitude, elle finit par se jeter dans le lac.

# 15

Les jours qui suivirent le saut dans le Léman, requalifié en chute malencontreuse, Alexis ne dit jamais à Margaux : « Je t'attendrai à 8 heures. » Il se contentait de surgir, tel un spectre, sur son chemin, sans prévenir. Entre la grand-rue de Collex et l'arrêt du tram, il apparaissait chaque matin, les mains enfouies dans les poches de son sweat-shirt à capuche, l'air préoccupé, comme s'il ne l'avait pas vue, comme si sa présence n'était qu'une coïncidence. Rien dans ses mots ne trahissait l'attente qui précédait leur rencontre : « Je crois que j'ai perdu un bouton ici, l'autre jour. » Il avait un léger tremblement dans la voix, un voile d'hésitation vite étouffé : « Je passais par là, au cas où il y aurait un raccourci que je n'aurais pas encore découvert », ajoutait-il, les yeux feignant une curiosité qu'il ne ressentait absolument pas. Ou bien, il tentait un : « As-tu remarqué que le trottoir ici est plus sombre ? Je me demande si ça n'est pas une erreur de construction. »

Le soir, ils refaisaient ensemble une partie du chemin inverse, marchant toujours du même pas, lent, qui, en fait, était le sien à elle.

# 16

Au Jardinet, comme dans toutes les écoles du canton – et sans doute de l'univers –, l'heure de la récréation avait ses lois immuables. Le territoire se divisait selon une géographie précise : le banc près du marronnier appartenait à Sophie et sa cour. De là, elle régnait sur ce royaume où l'on perdait sa réputation pour une trousse jugée moche ou parce qu'on ne savait pas attacher ses lacets, son walkman rutilant accroché à la ceinture comme un trophée. Maud à sa droite, Céline à sa gauche, une constellation de suivantes gravitait dans son orbite, riant sur commande, imitant le moindre de ses gestes, prêtes à mourir pour elle – ou à l'assassiner, dès qu'elle tournerait le dos. Ce matin-là, quand Alexis traversa le préau avec Margaux, la voix de Sophie claqua comme un fouet : « Alors Keller, tu traînes avec la folle qui pue, maintenant ? » Alexis s'arrêta net. Son regard noir transperça la peste blonde avec une telle intensité qu'elle recula d'un pas. Sans un mot, il posa sa main sur l'épaule de Margaux et la guida doucement mais fermement vers l'avant, comme si Sophie n'était qu'un obstacle insignifiant sur leur chemin. Ce geste, plus éloquent que toute parole, cloua la petite reine sur place. Personne, jusqu'alors, n'avait osé l'ignorer ainsi.

# 17

Martin, lui, les observait, fasciné par cet étrange duo qui défilait sous ses yeux. Quelque chose s'était brisé entre Alexis et lui depuis l'arrivée de Margaux. Ces moments où, en classe, ils se comprenaient d'un regard, où leurs respirations se synchronisaient pendant les dictées, s'étaient effacés ; non pas brusquement, non pas comme on déchire une page ou comme on renverse de l'encre sur une table d'écolier, mais à la manière d'un murmure échangé sous le préau d'une cour de récréation et que le vent dissipe sans qu'on s'en aperçoive. La première fois qu'il les avait vus ensemble à la récréation, Martin n'avait pas manqué de charrier Alexis, dissimulant sous l'ironie une jalousie qui le surprenait lui-même, le pressant d'expliquer ce lien qui semblait défier toute logique sociale avec cette « fille bizarre ». Mais Alexis lui avait simplement répondu : « Il n'y a rien à expliquer, K-Way. Les choses sont comme elles sont, je joue avec qui je veux. » De toute façon, Margaux n'était pas une fille. Margaux était son frère, E.T. l'extraterrestre loin de sa maison, et lui son Elliott, le Luke Skywalker dont il était la princesse Leia.

# 18

Parfois, ils s'arrêtaient, attirés par un recoin où l'ombre des arbres se faisait refuge. Là, leur univers se contractait jusqu'à ne plus abriter que les fourmis occupées à creuser des labyrinthes invisibles sous leurs pieds. Les pierres devenaient des trésors, un bâton se transformait en sabre ottoman, un creux dans une souche s'ouvrait sur un royaume secret connu d'eux seuls. D'autres fois, ils se faisaient face, assis en tailleur, leurs deux petites têtes inclinées au-dessus de l'herbe. Entre eux trônait leur idole, l'objet de leur fascination : le jeu électronique Simon, dont les quatre boutons colorés brillaient, gemmes enchâssées dans un coffret mystérieux. L'air se chargeait d'électricité, celle des esprits concentrés qui refusent de faillir, celle de l'enfance défiant l'infini. Ce n'était pas seulement une distraction, mais un rite guerrier, une danse avec le temps lui-même, où l'erreur était un oracle redouté, porteur de fin et de recommencement. Alexis, les yeux rivés à l'appareil, buvait de ses yeux noirs chaque pulsation lumineuse. Margaux, doigts potelés suspendus dans l'air, se tenait prête à capturer la séquence dans sa mémoire et à la restituer dans un éclat parfait.

# 19

Le rouge s'alluma. Une note basse vibra dans l'air. Puis le bleu prit vie, un pan de ciel perdu, suivi du jaune, un soleil miniature, et du jaune de nouveau, puis du rouge, et enfin du même vert que les yeux d'Ève et d'Élise.

Le silence retomba quand l'une des lumières clignota à trois reprises sous la pression de leurs mains. Alexis sursauta, une ridule se forma sur son front lisse. Le monde venait de se désaxer, imperceptiblement. Margaux sourit, exhibant de petites canines pointues.

« J'ai gagné », dit-elle.

Dans ses yeux se mêlaient triomphe et tristesse.

# 20

Quand leurs doigts se frôlaient par inadvertance, ils ne se regardaient pas.

# 21

Un jour à la cantine, ses yeux à lui se posèrent sur sa cuisse à elle. Là, juste au-dessus du genou droit, une tache, sombre, indéfinissable. Pas de contours nets. Les bords irréguliers de l'hématome se perdaient à certains endroits dans la blancheur environnante. Le bleu se dissolvait en jaune tandis qu'au centre un violet profond, presque noir, semblait enclore la nuit même. Il croisa son regard ; elle rabattit le pan de sa jupe sur ses jambes.

# 22

Elle ne voulait pas qu'il la raccompagne jusque chez elle, elle faisait les derniers mètres sans lui. Elle disait : « Je préfère être seule. »

# 23

Elle ne lui parlait jamais de ce qui se passait sitôt la porte du chalet refermée. Une fois, seulement, sur le chemin de l'école, elle avait chuchoté, presque comme si elle se parlait à elle-même :

« J'aime beaucoup les animaux. Plus tard, j'aimerais bien avoir un chat. Les chats, c'est beau. Et puis, c'est propre. Bien plus propre que les humains, en fait. »

Elle s'était tue un instant, regardant ses chaussures. Puis, d'une voix encore plus basse, elle avait ajouté :

« Les adultes sont sales. Je suis sale. Tout est sale. »

# 24

Alexis tenait le canif. Margaux l'observait. Le châtaignier, ils ne l'avaient pas choisi au hasard. Il se dressait, derrière l'école, plus vieux et rugueux que les autres. Ils avaient longuement discuté du signe qu'ils allaient graver. Ils avaient soupesé chaque mot, chaque symbole possible.

« Pas un cœur, dit Alexis avec un sourire narquois.

— Une étoile alors, suggéra Margaux.

— Non, trop banal. Je sais, nos initiales. »

Alors, elle lui prit le canif des mains, grava un *A*, puis le lui tendit, il incisa le bois à son tour, traçant avec application un *M* sinueux qui s'enroulait autour du *A*. Ils effleurèrent la gravure du bout des doigts. Ils sentaient sous leur peau la texture froide, légèrement humide du bois, le souvenir du métal encore présent dans sa chair. Ils reculèrent tous deux d'un même pas, contemplant leur œuvre.

Leur chute tint presque d'une délibération instinctive, un consentement silencieux à l'appel de la terre. Sous leur poids, l'herbe céda légèrement, s'écrasant sans se briser, enveloppant leur épiderme de sa fraîcheur. Ils s'étirèrent, s'allongèrent sur le dos, côte à côte.

« Moi, dit Alexis, J'aimerais bien être astronaute. Ou président de la République. J'hésite encore. Et toi ?

— Je veux écrire des livres.

— Je suis sûr que tu écriras des livres super beaux.

— Je sais pas.

— Pour une fois que je dis un truc gentil à une fille. Ça t'arrive souvent de répondre ça quand on te dit un truc gentil ?

— Je sais pas.

— Tu viendras à mon anniversaire demain, ou tu sais pas ?

— Oui. Bien sûr. »

Ils demeurèrent là, étendus, têtes l'une contre l'autre, immobiles, respirations suspendues. Le vent glissait dans leurs cheveux, les soulevait, les mêlait aux herbes hautes, tressant sur leurs fronts une couronne pour deux – une seule, une même, fragile, absolue. Les nuages dérivaient au-dessus d'eux, et ils les suivaient des yeux.

# 25

Le lendemain, la petite maison des Keller, d'ordinaire sobre et ordonnée, avait pris des airs de fête, comme si elle s'était elle-même laissée aller à l'enthousiasme du jour. Les murs étaient parés de guirlandes multicolores, des ballons choisis avec soin pour composer une palette harmonieuse de couleurs douces, voltigeaient çà et là, et le salon avait été transformé en un sanctuaire de l'enfance. Au centre trônait une table magnifiquement dressée, où chaque couvert semblait avoir été placé selon un ordre précis. La nappe, d'un lin impeccable, était brodée à la main. Sur la table, un gâteau, œuvre d'art paternelle, se dressait fièrement, orné de dix bougies fines, prêtes à être soufflées. Une pile de cadeaux, enveloppés dans du papier aux motifs discrets, attendait avec une sorte de sérénité calculée. Chacun d'eux renfermait non seulement une surprise, mais aussi une leçon subtile, un encouragement à explorer le monde. Henri s'était permis une petite fantaisie : sur une étagère reposait une maquette moléculaire colorée, modifiée, piquée de carambars et de bonbons.

Élise s'assura une fois encore que tout était en ordre, vérifiant les moindres détails avec une attention qui, pour elle, était la seule manière d'exprimer l'étendue de son amour à son trésor vivant. Celui-ci, vêtu d'un T-shirt NASA et d'un jean large à revers, attendait, entouré de ses amis, l'instant magique où les bougies s'allumeraient.

Margaux arriva en retard à l'anniversaire, escortée par sa mère. Ève demanda à Élise si sa fille pouvait rester chez eux un peu plus tard que prévu. Elle avait une course à faire.

On souffla les bougies. Les douze enfants, six garçons et six filles, se gavèrent de gâteau, de crocodiles à la gélatine et d'Orangina, jouèrent à la chasse au trésor, puis aux chaises musicales jusqu'à épuisement.

Une fois leurs amis partis, Margaux et Alexis se retrouvèrent seuls dans sa chambre.

« Je ne t'ai pas encore donné ton cadeau », dit-elle en lui tendant un paquet tout simple, décoré d'un ruban bleu.

Il déchira l'emballage avec précaution.

« Mais c'est ton Simon… ? murmura-t-il.

— Maintenant, il est à toi. »

Ils s'assirent côte à côte sur le lit, chacun retenu dans son propre silence. Ils n'osaient plus bouger, pas même se regarder. Il n'y avait plus de place pour les jeux, ni pour les mots.

Margaux se raidit. Ses yeux se plantèrent avec une intensité farouche dans ceux d'Alexis. Un instant passa, trop court pour la réflexion, trop rapide pour la peur. D'un geste brusque, elle se colla contre lui et, avant qu'il ne comprenne ce qui se passait, leurs lèvres se trouvèrent. Ce fut un baiser chaste, désespéré. Puis, aussi rapidement qu'elle l'avait embrassé, elle s'arracha à lui et, sans un mot, sans un dernier regard, elle s'élança vers la porte et disparut dans le couloir pour rejoindre sa mère qui venait d'arriver. Alexis demeura pétrifié dans la pénombre de sa chambre, yeux écarquillés, poumons comprimés par un mélange de stupeur et de bonheur inavoué.

Il ne dîna pas. Ne dit rien à ses parents. Il garda le jeu Simon posé près de lui, sur son oreiller, ne trouvant le sommeil que tard dans la nuit, lorsque enfin céda sa joie secrète, trop vive pour s'éteindre.

Le lendemain, il guetta Margaux sur le chemin, mais elle n'y était pas. Il attendit, puis courut jusqu'à l'école. Elle n'y était pas non plus. Après la classe, il se rendit jusqu'à son chalet, frappa à la porte. Personne. Le lendemain, il l'attendit de nouveau. Toujours rien. L'après-midi du mardi 27 mars 1984, l'institutrice annonça aux élèves que Margaux ne reviendrait pas. Elle était retournée avec sa maman en France.

# 26

Il n'y eut ni message d'adieu griffonné sur un bout de papier ni carte postale. Alexis arpentait les rues qu'ils avaient tant de fois foulées ensemble, non pour retrouver Margaux, mais pour mesurer l'étendue de sa disparition. Il retourna souvent près du châtaignier, poser sa main sur la gravure encore fraîche. *A M*. Il revécut en pensée chaque moment passé avec elle, revoyant son visage, ce masque grave, ces yeux pâles. Avait-elle vraiment existé, ou bien était-elle une invention patiente de son esprit, construite morceau par morceau ? Le soir surtout, lorsqu'il se retrouvait seul dans sa chambre, tout son être se tendait vers elle. Il ne pleurait pas ; les mots restaient enfouis en lui. Qui aurait pu comprendre ce tourment silencieux ? Il n'en parla pas à Martin. À quoi bon ? Martin, de toute manière, avait tout compris. Il avait vu Alexis le délaisser pour cette fille, jour après jour, et trouvait un certain plaisir à observer son ami subir à son tour l'abandon. La justice d'une douleur partagée, même tacitement, apaise bien des trahisons.

Un soir, Henri s'était assis au bord du lit de son fils, dans la pénombre de la chambre. Alexis, les mains occupées à effleurer distraitement le Simon, ne le regardait pas. Henri chercha les mots.

« C'était une bien jolie amitié que vous partagiez, toi et Margaux. »

Alexis resta immobile, les doigts suspendus au-dessus du jeu électronique, le regard toujours rivé sur les lumières hypnotiques. Mais Henri poursuivit, posément.

« La première fois qu'on perd quelqu'un d'important, c'est comme un rêve qui se brise. On ne comprend pas pourquoi, et ça fait mal. Mais cette douleur, elle va t'apprendre quelque chose. »

Le regard du garçon se leva enfin pour croiser celui de son père. Une douceur étrange émanait des yeux de ce dernier.

« M'apprendre quoi ? » murmura Alexis.

Henri esquissa un sourire triste.

« Je ne t'ai jamais parlé comme à un bébé, et ce n'est pas maintenant que je vais commencer. Plus tard, tu découvriras que cette première blessure t'a armé, t'a ouvert aux souffrances des autres. Elle te rendra plus capable de les écouter, et de les aimer.

— Je ne comprends pas.

— Tu sais, parfois on essaie d'oublier trop vite ce qui nous fait mal. Mais ces moments-là, même s'ils sont affreux, ils nous rendent un peu moins idiots, plus humains. Tu verras, quand tu seras un homme, tu comprendras. »

Alexis ne put réprimer un frisson. Il n'était pas prêt à accepter ces paroles, ni même à en saisir la pleine portée. Il n'y avait donc pas de remède à cette peine, son père l'avait dit. Il n'y avait que la douleur et le vide, compagnons du premier amour perdu.

Alexis pensa sans cesse à Margaux. Puis il y pensa aux heures calmes du soir, quand le silence des draps et des murs réveille chez les enfants des absences indicibles. Puis, avec le temps, ses pensées se firent plus rares. Et, enfin, un jour, il n'y pensa plus.

# 27

Ce qui s'était passé dans le chalet, personne ne l'avait jamais su, et Margaux n'en avait jamais rien dit, jusqu'à ce que ce cauchemar se dissolve comme une aquarelle sous la pluie. D'abord, les contours s'estompent, puis les couleurs se diluent, ne laissant que des taches sombres à la périphérie de la conscience, des sensations sans images, des émotions privées de mots.

Deux jours avant l'anniversaire d'Alexis, Daniel était loin, quelque part en Italie, pour affaires. Quand Ève entra dans la chambre de Margaux et lui annonça son projet, l'enfant resta pétrifiée. Elle crut que les forces obscures auxquelles elle avait, dans l'ombre de ses nuits, murmuré des prières, avaient enfin répondu.

« On va vivre une aventure, Margaux, une grande aventure », avait dit Ève, et sa voix n'était plus la même, elle vibrait d'une urgence nouvelle, effrayante et captivante. « On va partir. On n'a pas beaucoup de temps. Prends le strict minimum. Ce que tu peux mettre dans une valise. Le reste, on le laisse ici. »

Le regard de Margaux s'était accroché aux gestes fébriles de sa mère. Ève courait d'un côté à l'autre de la chambre. La valise émergea de sous le lit. Ève l'ouvrit d'un claquement sec. Une odeur de renfermé envahit la pièce.

« Je ne t'ai rien dit avant parce que je voulais être sûre que tout soit prêt, sûre que tu ne parles à personne. J'ai contacté ton ancienne école, ils te reprendront. Rose nous hébergera, juste le temps que je trouve un appartement, que tout se calme. »

C'est la même Rose qui avait aidé Ève à mener l'enquête. Depuis Paris, grâce aux services d'un détective, elle avait appris que Daniel n'en était pas à sa première escroquerie. Dix ans avant d'avoir plumé Ève, il avait détourné près de soixante mille francs à une enseigne de vente de jouets pour enfants, pour laquelle il travaillait. Il avait fini par avouer les faits dans une lettre de reconnaissance de dette. L'escroquerie n'avait pas fait l'objet de poursuites. L'affaire s'était réglée en interne, en toute confidentialité. À la même époque, il s'était fait passer, auprès d'une autre veuve, pour le créateur d'une marque de montres et lui avait même présenté des croquis de prototypes… Sous prétexte de la faire investir, il lui avait subtilisé une partie de ses économies, soit cent vingt mille francs.

Mère et fille avaient fait leurs valises en silence. Margaux s'était rendue à l'anniversaire d'Alexis. Ève était venue l'y chercher. De retour à la maison, elle lui avait fait couler un bain, l'avait obligée à se laver, l'avait frictionnée avec une serviette, lui avait tendu son pyjama de lin bleu. Ce qu'elles n'avaient pas envisagé, c'était le retour de Daniel. La porte qui s'ouvre, le bruit de ses pas dans l'entrée… Tout ce qu'elles avaient soigneusement calculé s'effondrait en un instant.

Ève dissimula les valises sous le lit de Margaux. « Surtout, dit-elle à sa fille terrifiée, comporte-toi normalement. » Ils avaient dîné tous les trois ensemble, comme d'habitude. Ève avait lu l'histoire du soir à Margaux, ajouté, au détour d'un dialogue, en la regardant dans les yeux : « Oh, dit le Petit Poucet, ça ne change rien, demain à 5 heures je te réveille », puis elle avait repris le cours de sa lecture. Elle avait souhaité bonne nuit à sa fille, refermé la porte. Comme d'habitude.

Cette nuit-là, Margaux n'avait pas dormi. Elle avait entendu les bruits de bêtes de l'autre côté du couloir. Elle avait mis son poing dans la bouche pour ne pas hurler. Il lui faudrait des années pour comprendre ce que sa mère avait réellement sacrifié cette nuit-là, qu'elle s'était offerte, une dernière fois, à ce monstre, pour qu'il ne remarque pas la penderie vidée et qu'il s'endorme vite, épuisé par le sexe. La décence n'est pas une vertu quand on joue sa vie à la roulette. Le courage, si. Car, à l'aube, exactement comme promis, Ève tint parole. Elle était venue dans la chambre de Margaux. Pas le temps de t'habiller. Garde ton pyjama, mets tes chaussures et ton manteau. Elles avaient sorti les valises de sous le lit, descendu l'escalier le plus doucement possible, et s'étaient glissées hors de la maison. Un taxi les attendait au coin de la rue. Margaux avait pris place sur la banquette arrière, les mains gelées, la gorge sèche. À ce moment, Daniel avait surgi de la maison en hurlant.

« Démarrez ! avait crié Ève au chauffeur. Démarrez, et ne vous arrêtez pas. »

Ils avaient foncé vers l'aéroport de Genève, dévorant les routes sinueuses. Daniel les traquait, sa voiture collée à leurs talons. Margaux voyait les yeux gigantesques de ses phares. « Ne te retourne pas », avait dit maman.

« Si je me retourne, avait pensé Margaux, je mourrai pétrifiée. »

Ils avaient fini par le semer. À l'aéroport, les bagages avaient été enregistrés sans un mot. Au moment de franchir les contrôles, Daniel avait surgi, écumant de rage. Il avait tenté d'attraper le bras de Margaux. Ève l'avait dévisagé, les yeux pleins d'une détermination froide.

« Tu la lâches, sinon je raconte tout à la police. »

Elle avait posé une main ferme sur la tête de Margaux – sceau maternel sur sa promesse –, et avait répété :

« Tout. »

Naturellement, Ève ne raconta jamais rien. Elle portait déjà le poids d'une faute ancienne à laquelle elle ne pourrait jamais donner de nom sans trahir ses remords. Engager des poursuites contre cet homme, c'eût été exposer ses propres errances à la lumière cruelle de la vérité : reconnaître que, dans un autre temps, elle avait elle-même fait usage de ce qui aurait dû revenir à son enfant. Aussi le mensonge de l'un se confondait-il avec la duplicité de l'autre.

La suite, c'est un brouillard, un film projeté sur une toile qu'on déchire. Margaux ne se souviendrait plus que des contours imprécis d'une salle de l'aéroport, de l'éclairage cru des néons. Du roulis de l'avion, de son décollage. Quand l'appareil avait enfin franchi la barrière des nuages, la petite fille avait collé son nez au hublot. Ça y est, elles allaient rentrer en France. Dieu avait entendu ses prières. Ou papa. Ou le diable. Ou bien peut-être que ces trois-là étaient une seule et même personne, qui sait ?

Alors, seulement, l'enfant se mit à hurler. Un cri brut, viscéral.

Margaux continuerait longtemps à entendre ce cri. Comme elle entendrait, à chaque éloge trop appuyé d'un de ses livres, le bruit d'une tête d'enfant qu'on cogne contre le rebord d'une baignoire.

On n'oublie pas. Mais, un jour, il se peut que cela cesse d'avoir de l'importance. Tel Ulysse face au Cyclope, on est Personne. Alors les autres monstres passent leur chemin, car comment tuer ce qui n'existe pas ? Le langage devient une arme, le vide une armure, l'absence une victoire.

# 28

C'était une année pleine de contradictions. En 1987, les choses semblaient sur le point de se briser, mais elles tenaient bon, par miracle ou par obstination. Henri Keller s'acharnait à réparer la chaudière de sa petite maison de Bellevue. L'hiver avait été particulièrement rude, et le froid semblait s'être infiltré non seulement dans les murs du logis mais aussi dans son mariage. Les discussions sur la chaudière avec Élise prenaient une tournure philosophique : « Si elle tombe en panne maintenant, c'est qu'elle n'a jamais été fiable », disait-elle, en fixant son mari.

Les matins de l'hiver 1987 dans les monts Jura étaient faits de cette lumière trop vive sur la neige, aveuglante. À chaque inspiration, l'air glacé mordait les poumons, coupait le souffle, mais il y avait dans cette morsure une étrange douceur, presque apaisante. Alexis se tenait au sommet de la piste, aux côtés de son père. Henri ajusta ses gants, hocha la tête, puis s'élança dans la pente sans un mot. Alexis suivit, en silence, concentré. Les skis de l'adolescent effleurèrent une plaque de verglas. Un léger dérapage. Rien. Une seconde à peine. Il se redressa, accéléra, le vent gifla son visage. Une sensation qu'il aimait. Tout était parfait. Dans cette communion idéale entre la montagne, le corps et l'esprit, Alexis se sentait invincible. Et devant, toujours cette silhouette, celle de son père, coupée net contre l'horizon et dont chaque geste était un modèle de maîtrise.

Pendant ce temps, à la médiathèque de Soissons, un lycéen qui déjà ne se faisait plus appeler qu'Hagauer découvrait en même temps Pierre Bourdieu et Louis-Ferdinand Céline. Il lisait le premier la journée, le second la nuit. Et parfois même, relisait le second en cachette, coincé entre les pages du premier, qu'il trimballait partout avec lui. Le reste du temps, il pensait à une certaine Véronique qui travaillait dans un cinéma d'art et d'essai à côté de la cathédrale, mais qui ne lui avait jamais adressé un regard. 1987 était une année où l'on cherchait des héros. Les journaux parlaient encore de la mort de Daniel Balavoine, l'idole déchue qui avait péri dans le désert l'année précédente. Sa voix résonnait toujours à la radio, et même Ève Gennaro, pourtant si peu sentimentale, montait parfois le volume pour chanter à tue-tête, dans l'habitacle de sa voiture, « Sauver l'amour ».

Mais cette année-là, les nouvelles étaient saturées d'autres tragédies et d'autres drames. Les attentats des mois précédents avaient secoué Paris et rappelé à tous que même au cœur de la Ville lumière, le monde pouvait être sombre et cruel. Les Français regardaient la télévision comme s'ils cherchaient une distraction, et ils en trouvaient une étrange dans l'homme qui semblait dominer l'écran : Bernard Tapie. Il était partout. Dans les talk-shows, dans les journaux, et surtout dans les conversations des familles autour de la table. Pour certains, Tapie était le symbole d'une France ambitieuse et audacieuse ; pour d'autres, il incarnait une arrogance insupportable, celle d'une époque qui valorisait les gagnants et méprisait les autres.

Lucien Rivière le détestait. Il avait deux autres obsessions : les courses hippiques et son chien, Fernand. Fernand n'était pas un chien ordinaire. C'était un mastiff au pelage fauve, épais et court, une masse impressionnante de quatre-vingt-cinq kilos. Son corps trahissait une vie de bons repas, de longues siestes et de courses folles dans les champs. Les jours de courses hippiques, Lucien emmenait Fernand au bar. Ils s'installaient devant l'écran. Fernand posait sa tête monumentale sur les genoux de son maître, les yeux mi-clos, absorbé par les mouvements hypnotiques des chevaux lancés à pleine vitesse. Lucien aimait ce chien comme il n'avait jamais su aimer Adèle, sa fille, une adolescente taiseuse aux yeux chargés de reproches muets. Elle avait compris très tôt qu'on ne rivalise pas avec un chien – et renoncé bien avant que son père ne s'en rende compte.

À cent kilomètres de là, dans les nuits poisseuses du Bus Palladium, une autre adolescente, Margaux, cherchait, parmi les fêtards et les âmes errantes, un refuge où l'on n'exigeait rien d'elle, sinon d'être une ombre parmi d'autres. Le club projetait ses lueurs carmin sur les miroirs – blessures ouvertes dans le verre terni. La sueur mêlée aux parfums bon marché, le sol collant sous les semelles, la vibration des basses serpentant des chevilles aux entrailles : tout ici promettait l'oubli.

Le rituel était toujours le même. À 23 h 30, elle franchissait les portes de la boîte de nuit, un long manteau noir emprunté à une amie, tout aussi perdue qu'elle, jeté sur ses épaules. Ses cheveux, teints d'un noir de jais, semblaient aspirer la lumière des néons, et ses yeux, cerclés de khôl, révélaient une fatigue qu'aucune nuit de vrai sommeil ne parvenait à estomper. Les autres filles étaient déjà cachées dans une alcôve. Elle les rejoignait. Le cercle se refermait sur elle, une cigarette roulée passait de main en main. Prélude à d'autres dérives, à d'autres ivresses plus périlleuses.

Margaux n'avait que treize ans quand elle les avait rencontrées. Ce jour-là, elle errait sur le parvis de Beaubourg, observant le flux mécanique des touristes vers l'escalator – procession de fourmis montant vers leur sanctuaire culturel. Le groupe l'avait repérée – son uniforme de collège privé, sa façon de se tenir droite même dans sa solitude. Elles l'avaient appelée d'un signe. Elle les avait suivies.

Dans ce monde nocturne, la hiérarchie se mesurait à l'audace des transgressions. Les drogues douces, c'était « pour les bébés ». Margaux avait vite appris les codes. Son uniforme bleu marine, son adresse dans les beaux quartiers – sa mère avait trouvé refuge dans les bras d'un dentiste de la rue de Courcelles trois ans après avoir fui la Suisse – étaient devenus des atouts, jusqu'alors insoupçonnés. L'adolescente savait jouer de cette apparente innocence, entrer dans les pharmacies avec l'assurance tranquille des filles bien nées. « Je tousse depuis trois jours, murmurait-elle de sa voix claire, et j'ai un contrôle de maths demain. » Le Néo-codion passait ainsi des mains gantées des pharmaciennes à son sac Eastpak, où les tablettes s'entassaient entre son agenda Oberthur et ses brouillons de dissertation.

Les filles du groupe étaient comme elle, des spectres dans la nuit. Il y avait Samia, fugueuse chronique qui se vantait de n'avoir pas vu ses parents depuis six mois. Laure, dont le père était « quelqu'un d'important » – comprendre : assez riche pour lui envoyer de l'argent qui finissait en cachets et en nuits d'hôtel. Et Émilie, la propriétaire du manteau noir, qui écrivait des poèmes dans un carnet Clairefontaine et parlait parfois de se jeter dans la Seine, « mais pas avant d'avoir couché avec le sosie de Jim Morrison ».

Le matin, le seuil du collège effaçait la créature du Bus Palladium – exorcisme quotidien. Cheveux noirs domptés, chemisier immaculé, elle endossait son costume d'élève modèle, celle qui devançait les délais des dissertations et discourait sur des auteurs autrichiens morts, ou sur une dame que personne d'autre dans la classe n'avait lue et qui, vraisemblablement, racontait avoir vécu sur l'île des Monts Déserts dans l'État du Maine à la suite d'une installation qu'elle devait aussi bien à l'amour qu'au hasard. « Vous avez l'air fatigué », s'inquiétait sa prof de français. « Je lis trop tard dans la nuit », répondait Margaux avec un sourire poli.

Parfois, assise en classe, elle sentait encore vibrer la musique du Bus, l'odeur âcre des cigarettes roulées persistait dans ses cheveux. Et parfois, dans l'obscurité de la boîte de nuit, le vers d'un poème, lu le matin même, s'invitait dans son esprit. Mais elle gardait ses mondes hermétiques.

Car ses journées avec ses amies du collège appartenaient à une autre version d'elle-même : elles envahissaient les marches du musée d'Orsay, partageant un paquet de M & M's, qui passait de main en main. Nathalie, inséparable de son radiocassette portable, les forçait à écouter en boucle « Like a Prayer », de Madonna, jusqu'à ce qu'elles finissent par le chanter à tue-tête, provoquant les regards mi-amusés, mi-consternés des touristes japonais. Louise collectionnait les magazines *Podium* et *OK !*, qu'elles feuilletaient religieusement, s'attardant sur les photos de Johnny Depp dans *21 Jump Street*, débattant gravement de la nouvelle coupe de Jean-Jacques Goldman. Le Lido Musique des Champs-Élysées était leur temple. Elles y passaient des heures, faisant mine d'hésiter entre deux disques de The Cure alors qu'aucune n'avait assez d'argent pour en acheter un. Puis elles terminaient immanquablement chez Quick, commandant des frites qu'elles trempaient dans leurs milk-shakes à la vanille, convaincues d'avoir inventé le mélange ultime. Ces moments-là avaient la texture des souvenirs en train de se former – cette conscience aiguë que tout était précieux et éphémère, même à l'instant où on le vivait.

Et puis, parfois, Margaux se rendait, toute seule, dans un cimetière du quatorzième arrondissement de Paris, pour chuchoter face à une tombe. Cela s'achevait toujours par un : « Je te le promets. » Et quand, de retour à la maison, elle croisait sa mère, qui lui demandait : « Je pensais que tu rentrerais plus tôt, où étais-tu ? », elle lui répondait : « À la librairie. »

La vie continuait de glisser. 1987. Une année où les chaudières tombaient en panne, où les héros mouraient jeunes. Une année où la France se regardait dans le miroir et voyait un pays à la fois fatigué et étrangement plein de promesses, comme un vieil homme qui rêve encore de courir un marathon.

# 29

Alexis marchait, distrait, loin des pistes, au milieu du groupe d'élèves du collège Calvin. Tandis qu'ils longeaient le boulevard Émile-Jaques-Dalcroze, un passant attira son regard de l'autre côté de la rue. D'abord, il crut s'être trompé. Mais non, c'était bien lui. Henri, son père. Là, en pleine journée. À ses côtés, une femme. Élégante, d'un certain âge. Madeleine. Son nom lui revint. Une connaissance, une collègue, peut-être, qui était venue dîner quelquefois chez ses parents. Alexis s'immobilisa, interdit.

À côté de lui, Martin s'arrêta à son tour, suivant le regard de son ami.

« Qu'est-ce que… ? » murmura-t-il, avant de s'interrompre brusquement.

Dans les yeux de son père, incliné vers Madeleine, Alexis perçut une douceur qui le troubla. Une tendresse qu'il ne lui avait jamais supposée. Il le vit passer son pouce sur les lèvres de cette femme. Cela dura quoi, un instant ? Ce fut pour Alexis un choc brutal. Pourquoi ici, pourquoi maintenant ? Une colère sourde monta en lui. Henri n'était pas cet homme fort, ce modèle de maîtrise inébranlable qu'il avait cru suivre en montagne. Il était faillible. Ordinaire. Son père appartenait à un autre monde, un monde qu'il réservait à cette femme, cette Madeleine, et dont ni Alexis ni sa mère ne faisaient partie.

L'adolescent aurait voulu courir de l'autre côté de la rue, exiger des explications, crier à son père son incompréhension, sa douleur, mais à quoi bon ? Qu'aurait-il pu entendre comme réponse qui n'aurait pas amplifié la fissure qui s'ouvrait en lui ?

« K-Way, je vais te demander d'oublier tout ce que tu as vu, dit-il d'une voix étranglée. Ça n'existe pas. Tu n'en parles jamais. »

Martin détourna les yeux, l'air gêné.

« Pour qui tu me prends ? Je suis ton ami, à la vie, à la mort. D'ailleurs, je ne sais même pas de quoi tu parles. Bon, allez, grouille, les autres sont déjà loin devant. »

Alexis hocha la tête et, sans un mot, se mit à courir pour rejoindre le groupe, Martin sur ses talons. Mais, déjà, la fissure s'était propagée et, dans le froid de ce boulevard, tandis que ses yeux se brouillaient, il repensa à Margaux, pour la première fois depuis longtemps. Margaux que son père à lui avait sauvée de la noyade, et dont il se surprit à murmurer les mots : « Les adultes sont sales. Tout est sale. »

# 30

Leur plaisir encore tout proche les maintenait dans une torpeur délicieuse. Dans la chambre d'hôtel, en cette fin d'après-midi, Madeleine était lovée contre Henri, sa chevelure éparpillée sur son torse. Il contemplait ce désordre doré avec une tendresse qui s'était épanouie au fil du temps. Souvent, il repensait à ce matin de janvier, au début des années 1970, où, dans un élan de compassion brutale, cette femme plus âgée de dix ans que lui, lui avait chuchoté, entre deux portes : « Je veux boire vos larmes, Henri. Ensuite, vous ne pleurerez plus. » Il y avait décelé une folie qui l'avait enchaîné à elle – prisonnier consentant de celle qui l'avait sauvé en le précipitant dans ses propres abîmes.

Aujourd'hui encore, l'image cognait en lui, têtue, infatigable. Comme une mer qui bat toujours la même rive, il revoyait sa main effleurant cette peau, la peau de Madeleine, la peau de l'autre, qui tremblait tel un sable gorgé d'écume. Il pensa que le temps n'emportait rien, non, il déposait seulement, patiemment, un limon plus dense, un grain plus épais sur la chair et l'âme, creusant dans l'amour un sillon plus profond, loin des frissons fugaces des premiers élans.

Madeleine bougea légèrement, relevant la tête.

« Tu sais à quoi je pense ? murmura-t-elle, à moitié endormie. La première fois que je t'ai vu, tu portais cette horrible cravate marron.

— Elle n'était pas horrible, protesta-t-il doucement. Elle était…

— Hideuse. Le mot que tu cherches est “hideuse”. »

Elle souriait, oscillant entre tendresse et malice.

« Je l'ai gardée, tu sais, dit-il.

— Vraiment ? Pourquoi ?

— Pour me rappeler que même avec la pire cravate du monde, on peut avoir de la chance. »

Un rire léger s'échappa des lèvres de Madeleine. Ce genre de rire qui, même après toutes ces années, lui donnait encore envie de la serrer plus fort contre lui.

# 31

Affalé sur le canapé du salon, Martin suivait des yeux les mains de Nelly qui glissaient sur les touches de son Yamaha laqué noir. Mais il ne prêtait qu'une attention distraite au *Nocturne en do dièse mineur* que sa mère jouait.

Nelly, toujours concentrée sur son jeu, murmura sans lever les yeux :

« Chopin disait que ses nocturnes étaient des poèmes de la nuit. Des moments où l'on n'entend que ce qu'on tente de ne pas dire. »

Martin serra les poings sur ses genoux.

« Et toi, reprit Nelly avec la même douceur, cela fait des jours que je t'observe et tu m'as l'air bien silencieux. Il y a des notes que tu ne joues plus. Pourquoi ? »

Il se redressa légèrement, cherchant à dissiper son malaise derrière une façade de nonchalance.

« Je réfléchis, c'est tout. »

Les doigts de Nelly continuaient à danser sur les touches, la mélodie gagnant en gravité.

« Réfléchir, c'est bien, dit-elle d'une voix plus basse. Mais si l'on réfléchit mal, on finit par jouer faux, tu le sais. Quelque chose te pèse ? »

Martin soupira. Depuis toujours, il entretenait avec sa mère un lien intense, presque fusionnel, que les mots ne suffisaient pas à expliquer. C'était le piano qui, en vérité, les unissait, cette langue secrète qu'ils partageaient avec la même dévotion. Quand la parole se dérobait ou que les silences devenaient trop lourds, la musique pouvait toujours les aider à dire ce qu'ils ne parvenaient pas à exprimer. Aujourd'hui, il ressentait encore cette connexion, même si son embarras brouillait les harmonies.

« C'est juste que… on a vu quelque chose, avec Alexis, dit-il finalement. Quelque chose que je ne devrais pas avoir vu. »

Nelly ne cessa pas de jouer. Les notes devinrent plus sombres, plus appuyées.

« Quelque chose ? Tu veux bien m'éclairer ? Ou je dois deviner ? »

Martin baissa la tête, gorge nouée. Sa mère était redoutable. Le secret le rongeait depuis dix jours, son meilleur ami allait mal, il ne pouvait plus garder tout ça pour lui.

« Son père… on a vu son père avec une autre femme. Ils étaient… ensemble. »

Les doigts de Nelly s'arrêtèrent un instant, suspendus au-dessus du clavier, avant de retomber doucement sur les touches, presque à contrecœur.

« Ensemble ? demanda-t-elle, presque dans un souffle.

— Proches… trop proches, répondit Martin en chuchotant.

— Je vois… Quel genre de femme ? Elle ressemblait à quoi ?

— Maman…

— Quel genre ?

— Je sais pas, moi, blonde avec, euh, tu vois, un visage tout rond. »

La musique s'arrêta, mais Nelly resta assise, les yeux fixés sur une partition qu'elle connaissait pourtant par cœur.

« Ah… murmura-t-elle. Et Alexis… comment va-t-il ? »

Martin haussa les épaules, ses mains moites agrippant les accoudoirs du canapé.

« Mal. Il m'a fait jurer de me taire. Et là, en te le disant, maman, je suis en train de le trahir. »

Nelly laissa échapper un rire dénué de joie.

« Les promesses… Tu sais bien que les secrets ne restent jamais des secrets. »

Martin regarda le sol, confus.

« Alexis m'a demandé de faire comme si ça n'existait pas. Ça n'existe pas. »

Nelly joua quelques mesures supplémentaires. Puis, enfin, elle se tourna vers son fils, un sourire mélancolique aux lèvres.

« J'aime beaucoup Élise, tu le sais. C'est une femme droite et courageuse. Elle a beaucoup enduré.

— Enduré ?

— Enduré ce que seule une femme sait endurer sans se plaindre. Mais, d'accord, puisque tu le dis. Faisons comme si ça n'existait pas. Pas pour le moment. Parce que ce genre de choses, ça revient toujours. Et quand ça revient, mon chéri, ça frappe encore plus fort et, là, ça fait vraiment mal à ceux qu'on estime. »

La dernière note s'éteignit, tout comme la conversation que Martin avait tenté de contourner.

# 32

Rien ne réjouit davantage que de voir les autres patauger dans leur misère, surtout quand on commence à se sentir à l'étroit dans la sienne. À son tour, Nelly ne put se résoudre à garder le secret de cette trahison. Elle raconta tout à Élise.

« C'est pour ton bien », conclut-elle, feignant de croire à sa propre charité.

Élise blêmit.

« Tu n'aurais jamais dû me le dire », répliqua-t-elle.

Nelly haussa les épaules.

« Mais ma chérie, répondit-elle, je suis ton amie.

— Précisément », lâcha Élise, un sourire glacé aux lèvres.

Les semaines qui suivirent, Élise se laissa gagner par le poison du doute. Elle se répétait en boucle qu'elle ne pourrait jamais poser la question fatidique à son mari. Comment oserait-elle remettre en question le pilier de son existence, ce roc sur lequel elle avait bâti sa vie, sans être submergée par la peur d'une réponse qui pourrait pulvériser son univers en un instant ? Mais, « et s'il ne l'avait pas fait ? » murmurait une voix en elle. « Et si cette peste de Nelly avait tort ? »

Elle s'imaginait, dans un rêve tragique, en pleine scène d'interrogatoire, les larmes aux yeux – enfant égarée dans un labyrinthe, scrutant la vérité dans le regard de son conjoint. Le rôle de la malheureuse épouse lui irait à merveille. Cependant, elle savait que lever le voile sur ce qu'elle soupçonnait, reviendrait à se condamner à une vie d'angoisse sans retour. Non, il valait bien mieux se comporter en marionnette enjouée, les fils tirés par une ignorance confortable, que de faire face à la monstruosité peut-être dissimulée sous le sourire d'Henri. La vie était déjà amère à souhait sans qu'il soit nécessaire d'y ajouter le goût de la vérité, une saveur que l'on préfère souvent laisser sur le bord de l'assiette.

Élise campa sur ses principes pendant six mois. Puis, brusquement, elle n'y tint plus. À vrai dire, c'était moins la force de ses doutes que le poids des petites contrariétés qui l'avait poussée au bord de l'abîme. Ce soir-là, elle avait débarrassé la table seule, encore une fois, tandis que son cher mari s'était éclipsé avec la grâce d'un chat somnolent, indifférent au chaos de la vaisselle. Ce n'était pas tant l'acte lui-même qui l'avait irritée – elle n'était pas de celles qui comptent les corvées – mais bien l'accumulation de ces insignifiances. C'était comme un tiroir qu'on ferme mal, jusqu'à ce qu'un jour, sans prévenir, il reste bloqué.

Élise avait donc fait face à Henri. L'homme avec qui elle avait passé tant d'années, et dont elle n'avait jamais perçu la profondeur des égarements. Henri, acculé par la vérité qu'il ne pouvait plus repousser, s'était effondré. Les mots tombèrent de ses lèvres avec une froideur brutale. Oui, il la trompait depuis des années avec Madeleine, cette collègue si discrète, presque effacée, dont Élise avait toujours pensé qu'elle était inoffensive. Madeleine, venue à plusieurs reprises dîner chez eux, assise à leur table, en amie de la famille, Madeleine qui n'avait rien d'extraordinaire, ni par sa beauté ni par son esprit, un peu replète même, bien moins jeune qu'Élise, et pourtant… c'était avec elle qu'Henri avait partagé cette passion secrète. Non, ce n'était pas une simple aventure. Il en était tombé amoureux. Éperdument. Au moment même où Élise et Henri venaient de perdre leur enfant, cette petite fille qui était née avant Alexis. L'existence de cette sœur, de ce petit fantôme, Élise ne l'avouerait jamais à son fils. Le dire, ce serait penser qu'elle aurait pu exister. Que peut-être Alexis n'aurait pas vu le jour si la petite était restée en vie. Il faudrait se taire. Emporter cette douleur dans la tombe. Cette douleur qui ne devrait jamais être la douleur d'Alexis.

Élise écoutait Henri répéter que ce n'était pas vraiment la faute de Madeleine. Cette femme n'avait fait que lui offrir une douceur et une intelligence dont il avait cruellement besoin à ce moment-là. Elle l'avait consolé de ce dont il croyait qu'il ne se relèverait jamais.

« D'une certaine façon, c'est grâce à elle que j'ai pu mieux t'aimer », avait-il conclu maladroitement.

Élise ne trouva rien à répondre à cela. Que pouvait-elle dire ? Il n'y avait pas de réplique possible à une telle perversion des sentiments. Elle enfouit son visage dans ses mains. Elle ne pleurait pas vraiment. Il n'y avait ni sanglots ni cris, seulement une respiration irrégulière, entrecoupée, qui s'échappait de ses lèvres tremblantes.

Finalement, elle se redressa et, sans éclat, sans effusions, elle exigea d'Henri qu'il quitte immédiatement sa maîtresse. Pas de larmes, pas de scène, juste cet ordre sec, dénué de toute émotion. Henri obéit, bien sûr. Comme un chien docile rentre à la niche, il mit fin sans résistance à cette relation qu'il chérissait en secret depuis des années. Madeleine, brisée par cette rupture, demanda à être mutée à Bâle, loin des regards, loin des souvenirs, espérant échapper aux tentations suicidaires qui la rongèrent. Longtemps. Henri, lui, pleura, seul, dans son laboratoire, entre les microscopes et les fioles vides.

À la maison, rien ne changea en apparence. Élise continua à lui servir son café, chaque matin, et Henri continua à sourire à son fils et à lire son journal – comme si l'amour le plus brûlant, le seul auquel il faudrait avoir le courage de ne pas renoncer, comme si cet amour-là et nos silences pouvaient être rangés aussi facilement qu'un service à thé démodé au fond d'un placard bien organisé.

# 33

La chambre sentait encore le lac, comme si le jeune nageur qui l'occupait avait du mal à se défaire de l'odeur des bains des Pâquis. Alexis était assis sur son lit, les genoux remontés contre la poitrine, un livre ouvert devant lui. Ce n'était pas n'importe quel livre – *Tonio Kröger*, de Thomas Mann –, mais il ne l'avait pas choisi pour son sujet. Il l'avait pris parce que son professeur d'allemand lui avait dit que c'était un livre pour les gens sérieux. Et Alexis, à quinze ans, voulait désespérément être sérieux. Pas populaire, pas drôle, juste sérieux. Comme ces équations qu'il résolvait en classe – propres, nettes. Le sérieux lui semblait l'option idéale pour être quelqu'un sans avoir à être vraiment soi.

Mais ce soir-là, Alexis se sentait trop sérieux, ou plutôt nerveux. C'est pourquoi il avait fermé la porte de sa chambre à demi, pas complètement – un compromis qu'il espérait discret. Sur son bureau, il y avait une enveloppe. Blanche, avec son nom écrit dessus en lettres fines. Il n'avait pas encore ouvert la lettre, bien qu'il l'ait trouvée dans son casier deux heures plus tôt aux bains des Pâquis. *Alexis Keller.* C'était tout ce qui était écrit. Pas d'adresse, pas d'autre signe, hormis une minuscule fleur dessinée à la main dans le coin intérieur droit. Il se leva, marcha jusqu'à son bureau, fit demi-tour, revint s'asseoir sur le lit, regarda la lettre. Il pensa à la jeter. Pas dans la poubelle de sa chambre, trop évident, ni dans la grande poubelle de la cuisine, où sa mère, avec sa passion inexplicable et de plus en plus envahissante pour le tri des déchets, la découvrirait probablement. Finalement, il prit l'enveloppe et l'ouvrit. Ce fut rapide, comme un pansement arraché. À l'intérieur, une feuille de papier pliée en quatre. Pas un long texte, juste quelques mots griffonnés : *Pourquoi tu me regardes tout le temps mais tu ne me parles jamais ? Lila*

Alexis sentit son estomac se nouer. Le papier trembla dans ses mains. Il posa la lettre. Lila. La fille avec les cheveux rouges pareils à un feu de détresse, celle qu'il croisait toujours aux bains des Pâquis, ce lieu qu'il chérissait autant qu'il le détestait. Les bains tutoyaient les berges du lac Léman, une sorte de village aquatique où l'on pouvait manger des huîtres et de la fondue et se faire masser. En été, les Pâquis étaient pris d'assaut par les vacanciers. Mais en novembre, tout changeait. Le lac devenait plus sombre, presque métallique, la plupart des baigneurs désertaient les lieux, sauf quelques courageux qui bravaient le froid pour nager dans une eau à dix degrés. Alexis en faisait partie. Mais pas par bravoure. Nager dans le lac, c'était un acte presque mécanique, une manière d'engourdir son esprit en même temps que son corps. Dès qu'il plongeait dans l'eau glacée, il ne pensait plus à rien. Ni à l'image de son père avec cette femme qui, deux ans après, continuait de le hanter, ni à sa mère, laquelle, chaque fois qu'il se rendait aux Pâquis, répétait : « Tu vas attraper la mort. » Élise n'avait aucune idée de ce que son fils cherchait là-bas. Lui non plus. Mais, souvent, il regardait cette Lila, qui ne lui plaisait pas, crawler dans le lac. Ou, plus exactement, il regardait ses cheveux flotter à la surface de l'eau.

Alexis s'approcha de son miroir. Il avait du mal à se reconnaître. Son reflet semblait porter une question qu'il n'arrivait pas à formuler. Puis, doucement, presque malgré lui, quelque chose affleura à la surface de sa mémoire. Un prénom. Ce n'était qu'un souffle, un murmure qu'il ne parvenait pas à attraper. Et bientôt il fut là, tapissé d'échos : un visage, un sourire flou, une mèche de cheveux éclairée par le soleil de fin d'après-midi.

« Margaux. »

# 34

Margaux regarda sa poitrine, le dos tendu. Dans le miroir, derrière elle, un garçon gisait sur le lit défait, nu, une jambe abandonnée dans le vide. Elle s'avança vers la glace jusqu'à ce qu'il disparaisse du cadre. Ne resta plus que son image à elle : peau pâle, tignasse emmêlée, lèvres encore gonflées de baisers trop appuyés. Elle se força à sourire. Le résultat était médiocre : un rictus d'enfant jouant à la femme qui s'en fiche. Une enfant à qui, la nuit précédente, un garçon avait jeté à la figure : « Tu m'as menti, tu l'as déjà fait. » Ce à quoi Margaux avait répondu : « Je sais pas. »

Son front chercha la fraîcheur du verre. Dans le miroir embrumé, son visage devint celui d'une étrangère, un masque de cire dont les contours se désagrégèrent. Et soudain, tel un trait de lumière brutal traversant la glace opaque de sa conscience, le souvenir lui transperça le crâne : des yeux noirs, un pull trop large, des après-midi à inventer des vies futures. Elle le repoussa comme un insecte qu'on écrase d'un geste sec.

Elle attrapa sa chemise sur une chaise. C'était une chemise blanche, un peu froissée, mais suffisamment couvrante pour cacher, dans un établissement scolaire, tout ce qui doit l'être. Elle l'enfila rapidement. Ses doigts luttèrent avec une boutonnière. Elle jeta un coup d'œil vers le garçon. Il ne bougeait pas. « Peut-être qu'il est mort ? », se dit-elle. Non, impossible. Elle l'aurait remarqué. Enfin, probablement.

Elle hésita à dire quelque chose, une phrase banale, c'était sympa merci, juste pour voir s'il réagirait. Non. Elle n'était pas ce genre de fille. Pas aujourd'hui, en tout cas.

Elle prit son sac, referma la porte derrière elle avec un soin absurde, comme on sort d'une bibliothèque où l'on n'a pas trouvé ce qu'on cherche.

À treize ans, Margaux se barricadait derrière des murailles invisibles, se rendant aussi inaccessible qu'une héroïne de Jane Austen. Son désir était celui des mystiques : total, dévorant, d'autant plus violent qu'il était contenu. Les garçons de sa classe lui semblaient d'une insupportable immaturité. Ce qui la troublait davantage, c'était la grâce de Mathilde quand elle nouait ses cheveux. Et la voix rauque de sa professeure de français. Mais de toute façon, se répétait-elle devant le miroir de sa chambre, personne ne pourrait jamais la désirer. Deux ans plus tard, elle abattrait ces mêmes murailles d'un coup, offrant son corps avec une sincérité désespérée à quiconque semblait promettre un semblant d'amour. Il y avait bien des matins de pure joie, où le soleil tapait fort sur son visage et où elle sentait la vie pulser en elle. Ces jours-là, elle dévorait des croissants encore chauds en marchant dans la rue, se léchait les doigts sans pudeur. Elle s'arrêtait chez les fleuristes pour enfouir son nez dans les pivoines, respirait à pleins poumons l'odeur du café qui s'échappait des bars. Son corps alors n'était plus un champ de bataille, mais un jardin de sensations – la laine d'un pull contre sa peau, le jus d'une pêche qui dégoulinait sur son menton, l'eau de la douche sur sa nuque. Mais la plupart du temps, elle se trouvait grosse, laide. Et s'étonnait toujours qu'on puisse la désirer. Quand on est lancé de la sorte dans un tel mépris de soi, on n'attire guère que les chiens. Au nombre desquels deux camarades de classe, un photographe qui l'avait accostée boulevard Saint-Michel, promettant monts et merveilles avant de l'abandonner comme une image floue au petit matin, un moniteur de ski, un poissonnier héroïnomane. Et d'autres, tout aussi dispensables, qui lui firent mener une vie dangereuse, à une époque où on se contrefichait de savoir quel âge avait une fille qui, dès qu'elle se mettait à parler, en paraissait vingt.

Mais déjà, l'amour des livres avait surgi sans prévenir, s'était glissé dans sa tête, entre les fissures de l'ennui, de la solitude et de la folie. La littérature perce de sa lumière une pièce que l'on croyait fermée à jamais. On entend des voix perdues. On entre dans une grande conversation secrète. On trouve des mots pour ce qu'on ne pouvait dire, des histoires pour ce que l'on ressentait sans pouvoir l'exprimer. Dans les pages se cachent des alliés : Hamlet et sa rage enfiévrée, Augustin Meaulnes et sa fuite magnifique, Bartleby et son opiniâtreté mélancolique. Quelqu'un dit : « Je préférerais ne pas », et soudain on reconnaît sa propre résistance passive face au monde des adultes, ce refus poli mais inébranlable de devenir ce qu'on attend de nous. Margaux ne cherchait pas de consolation dans les livres. Elle cherchait une confrontation avec une beauté impossible à atteindre. Et c'était précisément dans cet effort incessant, dans cette tension vers l'inaccessible, qu'elle trouvait la force d'exister.

# 35

Un matin d'hiver 1996, la lettre arriva. Impersonnelle et froide, elle annonçait à Henri Keller ce qu'il n'aurait jamais cru possible : son départ imminent. Un « plan de départ volontaire », disaient-ils, dans un jargon incolore. En réalité, c'était une invitation à quitter un navire où il n'avait plus sa place.

Dans les laboratoires pharmaceutiques, une mutation silencieuse s'opérait : les prêtres en blouse blanche abdiquaient devant les marchands en costume sombre, tandis que les microscopes s'inclinaient devant la tyrannie des chiffres alignés. À Stamford, Connecticut, Pardew Therapeutics préparait son poison miracle : le Duroxil. À Genève, Cygna-Bey avalait Sondal pour enfanter Nogarvis.

Le monde changeait de peau, laissant derrière lui une mue faite de vieux rêves et de certitudes périmées. Les hippies étaient devenus traders, les idéalistes marketeurs, les chercheurs gestionnaires de portefeuille. Le capitalisme avait trouvé sa nouvelle frontière : non plus l'espace ou les océans, mais les synapses du cerveau humain.

La fusion Cygna-Bey/Sondal fut pour Henri ce que la chute du mur avait été pour les communistes : la fin d'une époque qui n'avait pas vu venir sa propre obsolescence. Dans les couloirs aseptisés des laboratoires, le vocabulaire mutait comme un virus : « recherche fondamentale » devenait « retour sur investissement », « découverte » se transformait en « time-to-market ». Les nouveaux maîtres, oracles d'une langue barbare, scandaient leurs « synergies » et « paradigm shifts », tandis que les vieux chercheurs – Henri et ses pairs – s'accrochaient aux paillasses, radeaux de fortune d'un monde englouti. La pression pour innover et produire des résultats commerciaux devenait de plus en plus étouffante.

Le laboratoire qui avait autrefois accueilli Henri comme un expert de la recherche fondamentale s'était transformé, lui aussi, en une ruche d'activités plus tournées vers l'optimisation des processus et la production rapide de nouveaux médicaments. Avec l'arrivée de jeunes chercheurs maîtrisant des technologies de pointe comme la génomique fonctionnelle ou le criblage à haut débit, Henri se retrouva relégué à des projets moins prioritaires, ceux qui n'étaient pas immédiatement valorisables par le marché, et il fut finalement licencié.

Le retour en France n'apporta pas la renaissance espérée. Les postes qu'Henri convoitait lui échappèrent, et les refus, souvent déguisés en formules polies, lui rappelaient chaque fois à quel point le monde avait avancé sans lui. Il finit par trouver une place à l'Institut Pasteur. Là, il se replongea dans ses premières amours : la recherche pure, avec un intérêt renouvelé pour les maladies infectieuses émergentes, même si le sentiment d'appartenir à un autre temps ne le quittait plus vraiment.

Élise avait déjà quarante-six ans, ce qui n'était pas rien, mais encore moins une excuse. Après tout, elle n'était ni morte, ni assise dans un fauteuil à tricot, bien qu'elle eût peut-être apprécié cette option par moments. Quand, au cours d'un séminaire à Thonon sur l'évolution des métiers de santé, elle rencontra Lucie, vingt-cinq ans, fraîchement diplômée en gestion et marketing – ce qui, en gros, signifiait qu'elle savait vendre des choses –, elle lui trouva un enthousiasme qu'elle, Élise, n'avait plus. En elle, Lucie découvrit l'incarnation d'une autorité subtile et entière, une présence à la fois douce et implacable qui lui révélait, sans un mot de trop, les contours d'une force qu'elle ignorait encore en elle-même. Avec tout le charme et l'optimisme presque insultant de sa jeunesse, Lucie expliqua à Élise qu'elles devraient monter une officine à mi-chemin entre la pharmacie traditionnelle et la grande distribution où les clients pourraient bénéficier de conseils personnalisés et acheter des crèmes et des pilules, mais pour moins cher que chez les autres pharmaciens – ce qui revenait à se tirer une balle dans le pied, mais Élise, contre toute attente, se laissa convaincre. C'était le bon moment pour ouvrir un magasin de ce genre. Des enseignes comme Leclerc, Carrefour, Monoprix commençaient à s'y mettre, ajoutant des rayons de cosmétiques, de produits destinés au bien-être et à l'hygiène entre le fromage et le papier toilette, mais une boutique entièrement dédiée ? Elles allaient être avant-gardistes. Ou complètement folles, mais Élise n'était plus à ça près.

Lucie avait cette façon de parler qui faisait croire que tout était possible, même de devenir riche en vendant du dentifrice bio. Elles décidèrent de s'associer. Lucie serait le cerveau de l'opération, prenant les commandes stratégiques et commerciales, tandis qu'Élise, fidèle à elle-même, sélectionnerait les produits avec le sérieux qui convenait à une pharmacienne de son niveau.

Elles dénichèrent un local spacieux – ou du moins, c'est ainsi que Lucie le décrivait – derrière la gare Saint-Lazare. Jouèrent leur va-tout en misant sur des marques écolo-innovantes, de pures merveilles qui vous faisaient croire que vous pouviez sauver le monde rien qu'en vous lavant les cheveux. Six mois de travaux et des montagnes de paperasse plus tard, leur vision, ou quelque chose qui y ressemblait, devint une réalité. Le jour de l'ouverture fut un succès, un peu parce qu'Élise avait encore suffisamment de connaissances pour faire venir quelques curieux, et en grande partie parce que Lucie était douée pour les coups de pub. *Complexe revitalisant*, *Activation cellulaire*, *Régénération moléculaire* – la science réduite à des slogans sur des emballages recyclables.

Les clients affluèrent, appâtés par la nouveauté, le cadre chaleureux, et le sourire d'Élise, qui aurait peut-être préféré être ailleurs, mais faisait bonne figure. Rapidement, leur parapharmacie devint le lieu où il fallait aller, si bien que même Élise commença à croire que tout cela avait peut-être du sens. Elles étaient devenues un duo presque imbattable, ce qui, pour une histoire née d'une rencontre improbable entre la sagesse d'une quarantenaire désabusée et l'énergie débordante d'une jeune diplômée, dont les dents rayaient le parquet, relevait presque du miracle.

## 36

Alexis était rentré de Suisse quelques années plus tôt, à la fin du collège. Dans sa valise, des livres austères, des pulls soigneusement pliés, et un visage si parfaitement lisse qu'il ne semblait sourire que par stricte nécessité. Louis-le-Grand l'attendait.

Là, il se fondit dans cette masse choisie des futurs gagnants de la loterie sociale. Dans ces laboratoires de l'excellence républicaine, on entre conquérant ; on en sort, disent certains, âme blindée, chair pétrifiée. Input : adolescents brillants. Output : élite opérationnelle.

La méthode est imparable. D'abord, désinstaller les logiciels défectueux de la puberté – ces bugs émotionnels, ces virus de sensibilité, ces *malware* d'individualité. Le formatage commence dès septembre. La maths sup de Louis-le-Grand : cathédrale laïque où les théorèmes résonnent comme des psaumes. Cours magistral : mise à jour du système central. Dans l'amphi Patrice, le professeur déroule les espaces vectoriels comme un prêtre ses litanies. Colle : test de performance. Chaque mercredi soir, face au tableau noir, la main tremble en tenant la craie. DS : diagnostic des erreurs. Le samedi matin, quatre heures pour prouver sa valeur. Classement : évaluation comparative des unités. Puis vient la maths spé, l'année du grand tri, celle où tout se joue. Et enfin les concours : sélection des modèles les plus brillants. Les plus faibles sont éjectés du programme : erreur système fatale. Les autres développent des fonctionnalités nouvelles : capacité à ingérer des quantités industrielles de café, faculté de mémoriser des pages entières du Ramis-Odoux en mode scanner, aptitude à survivre avec quatre heures de sommeil.

Alexis trouva là sa place, sans effort apparent. Un génie en maths. Un de ces types qui vous font vous sentir bête, sans jamais hausser le ton. Il n'expliquait pas, il opérait – incisant les hypothèses, isolant les variables, recousant les conclusions avec une dextérité qui laissait la classe muette. Ce n'était pas de la vantardise : juste une excellence si naturelle qu'elle en devenait presque invisible. Le soir, il rentrait au foyer de la rue Catherine-de-la-Rochefoucauld, une bâtisse aux murs froids et aux hauts plafonds qui résonnait du silence studieux d'autres jeunes gens. Derrière les portes closes, des cerveaux en surchauffe manipulaient des intégrales triples pendant que dehors, la vraie vie continuait – avec ses désordres, ses passions, ses imperfections. Un monde dont Alexis s'éloignait chaque jour un peu plus, s'enfonçant dans l'abstraction comme dans un bunker mathématique.

À l'extérieur, le mur de Berlin était tombé, plus à l'est, un empire s'effondrait dans la poussière des statues renversées et des drapeaux défaits. Aux États-Unis, la finance s'enflammait dans un tourbillon d'actions et de promesses gonflées d'air. Dans cette valse frénétique, le désir de contrôle n'en devenait que plus pressant et peut-être fut-ce cela aussi qui poussa Alexis à se retrancher plus encore dans les mathématiques et la stratégie, pour y chercher une sécurité rationnelle, inébranlable.

Son admission à Polytechnique fut une formalité, un événement que nul n'accueillit avec surprise, tant son parcours semblait taillé dans la pierre froide d'une ambition programmée. Sur le plateau de Palaiseau, il découvrit avec une satisfaction presque sensuelle la rigueur militaire qui se mêlait à l'excellence académique. Le passage à l'X était aussi un passage à l'ordre – celui des rangs serrés au petit matin, des traditions séculaires qui transformaient les premiers de classe en officiers de la République.

L'amphithéâtre vibrait d'une énergie presque mystique. Celle des rêves, des ambitions, des intelligences qui se frôlaient et s'entrechoquaient. Alexis était fasciné par la beauté invisible des choses : moins par les formules mathématiques elles-mêmes que par l'architecture mentale qui les sous-tendait. Il aimait par-dessus tout les cours d'analyse fonctionnelle, où la pensée pure atteignait des sommets d'abstraction que même ses camarades les plus brillants peinaient à saisir. Les jours de commémoration ou de cérémonie officielle, les élèves revêtaient le Grand U, ainsi qu'ils appelaient cet uniforme historique. Le bicorne aux reflets satinés, l'habit de drap noir à basques ajustées, dont les boutons dorés luisaient comme autant de médailles, le pantalon d'un rouge profond, rappelant le sang versé par les polytechniciens morts pour la France, et l'épée – cette même épée que Napoléon avait donnée aux premiers élèves – qui glissait à son côté dans son fourreau noir, son cliquetis martial rythmant sa marche. À la fin de sa première année, quand il défila sur les Champs-Élysées, sous le regard éperdu d'admiration de ses parents, Alexis se sentit enfin admis dans un ordre supérieur – celui des lois mathématiques qui gouvernent l'univers. L'X lui offrait ce qu'il avait toujours cherché : un monde où chaque chose était à sa place, où chaque théorème avait sa démonstration, où la beauté naissait de l'ordre absolu.

En probabilités ? Brillant. En algèbre ? Implacable. En relations humaines ? Défaillant, non par manque d'empathie, mais par excès de rigueur. L'humain était trop désordonné, trop imprévisible pour ses modèles mentaux. Même les rituels de l'École – le bahutage, les traditions, les chants de promotion –, il les exécutait avec une précision martiale qui les vidait de leur chaleur.

Il avait laissé derrière lui les montagnes suisses, le lac, et cette chambre de petit garçon où ses rêves muets et ses colères contenues s'étaient entassés au fil des années. De ses parents, il n'avait gardé qu'un amour algébrique pour sa mère et une rancune asymptotique pour son père. De Martin, rien qu'une variable non résolue dans une équation du passé.

Il avait été surpris de constater qu'aucune de ces séparations ne lui avait laissé ce goût amer qu'on redoute à l'orée de l'âge adulte, la nostalgie de l'enfance qui s'efface.

L'amour, le désir, toutes ces choses dont l'ordre échappe aux calculs, il les évitait avec la précision de ceux pour qui l'incertitude est une menace. Pourtant, son apparence – mince, presque éthérée – ajoutait à son aura insaisissable. Le genre de garçon qu'on veut avoir dans son lit juste pour le voir rire ou le décoiffer. Les yeux s'attardaient sur lui, les invitations tacites se multipliaient. Sous ses dehors impassibles, il percevait les attraits de ceux qui l'entouraient. Il voyait les filles, leur beauté douce ou sauvage, il voyait aussi les garçons, leurs regards parfois plus appuyés que ceux de simples camarades. Tout cela l'effleurait, le troublait même. Pourtant, il n'en faisait rien. Cette possibilité de se laisser aller à l'intimité des corps, à la chaleur partagée dans une étreinte, lui paraissait à la fois extrêmement tentante et… inutile. Cette distance qu'il entretenait avec le monde lui offrait une forme de protection, mais il n'était jamais tout à fait sûr de la frontière entre sa volonté et cette sorte de fatalité qui semble peser sur chaque décision affective, et qui fait qu'on préfère ne pas agir pour ne pas chuter. Alors, il laissait ses désirs s'enfouir, presque douloureusement, comme une épine dans la chair qu'on refuse d'ôter, en se disant que tôt ou tard elle finit par se désintégrer d'elle-même.

La première fois que cette barrière oscilla sous la force des vents, ce fut en prépa, une veille de colle. Un camarade du foyer s'était assoupi sur ses équations. Dans la lumière du crépuscule, son profil semblait tracé au fusain. Alexis fut parcouru par cette onde identique à celle qui l'avait submergé autrefois en présence de Martin. Cette envie irrationnelle de suivre du doigt la ligne de la mâchoire de ce garçon, de toucher la peau pâle de son cou. Il avait reporté son regard sur ses propres mains, qui tremblaient légèrement.

À l'X, il y eut ce professeur de mécanique quantique. Quarante ans, une élégance négligée qui n'appartenait qu'aux vrais mathématiciens, un charisme qui tenait à sa façon de faire danser les opérateurs de Schrödinger au tableau. Les autres élèves notaient ses équations ; Alexis, lui, collectionnait des fragments : une démonstration élégante, un geste de la main balayant une hypothèse inutile, la façon dont sa voix s'animait quand il parlait d'espaces de Hilbert. Un jour, le professeur l'avait retenu après un TD sur les matrices de spin. Leurs regards s'étaient accrochés un instant de trop. Alexis avait senti une probabilité vibrer entre eux. Mais il avait détourné les yeux, bredouillé une excuse et s'était échappé.

Plus tard, de retour dans sa chambre, il avait modélisé l'émotion qu'il venait de ressentir. Le système retourna temporairement à son état d'équilibre initial, la tension potentielle demeurant une variable non résolue dans l'équation de leur relation. L'entropie émotionnelle d'Alexis suivit toutefois une courbe chaotique dans les jours qui suivirent. Ses nuits devinrent un espace vectoriel à *n* dimensions, peuplé de matrices de regrets et de dérivées d'occasions manquées. Dans ce système complexe, la seule constante demeurait un tensor asymétrique du désir – à la fois indéterminé et pleinement existant.

Il fallut se rendre à l'évidence : les statistiques bayésiennes, si efficaces pour prédire les comportements de masse, échouaient lamentablement devant un pull porté par un individu de sexe masculin d'une beauté supérieure à la moyenne. Alexis était condamné aux amours non euclidiennes. Autrement dit : aimer en silence et de loin. Mais passer à l'acte ? C'était se risquer à un désordre dont il ne pouvait accepter les imperfections. Le plaisir charnel lui semblait aussi dangereux qu'une grenade dégoupillée. Les espaces de Hilbert, les matrices hermitiennes, les symétries parfaites de la mécanique quantique : voilà qui était propre, élégant, maîtrisable. Et après tout, pourquoi s'exposer à une collision avec le réel quand on peut sublimer toute pulsion dans la pureté d'un théorème ?

Alors il se retranchait dans la logique de ses équations mentales, s'interdisant toute déviation de sa trajectoire optimale, fidèle à ce principe qu'il s'était forgé comme un axiome : ne jamais laisser les aléas des sentiments contaminer l'élégance mathématique de sa vie.

# 37

Le 27 février 1995, l'amphi Poincaré s'embrasa. La nouvelle de la faillite de Barings venait de tomber. Nick Leeson, trader vedette de la plus vieille banque d'affaires britannique, avait tout fait sauter avec quelques lignes de code sur les marchés dérivés asiatiques. Trois siècles d'histoire effacés en un week-end. Un professeur d'analyse financière lança, provocateur : « Voilà ce qui arrive quand on confie les mathématiques aux comptables. » Un polytechnicien rétorqua : « Non, c'est ce qui arrive quand on laisse la finance aux joueurs. » Deux corps se formèrent, les regards s'aiguisèrent, le ton monta. Serviteurs de l'État en puissance contre traders en devenir – la vieille garde contre les mercenaires. Alexis, lui, restait silencieux, fasciné. Un seul homme, quelques équations, et un empire s'effondrait. Le chaos avait donc ses règles. Cette révélation le hanta pendant les deux années qui suivirent.

Au printemps 1997, ses camarades de l'X paradaient en uniforme dans les ministères, leurs épées cliquetant sur les parquets de la République. Le corps des Mines, les Ponts, l'Inspection des finances – ce cursus honorum allait, une fois encore, transformer les premiers de classe en princes de l'État. Alexis regardait leurs trajectoires comme on observe une équation trop propre pour être vraie. L'uniforme militaire lui avait appris la discipline, Palaiseau la rigueur. Mais ce qu'il cherchait maintenant était plus dangereux : une façon de mettre de l'ordre dans le désordre même.

Il se souvenait trop bien de la Suisse, de ces chalets parfaits où la propreté des façades cachait toujours quelque chose. Son père avait choisi la recherche pure, les molécules qui soulagent la douleur. Lui se tournerait vers les mathématiques qui prédisent les krachs. Les volatilités implicites des marchés financiers chantaient un autre air – celui du risque pur, de la vérité nue des nombres. Il ne courait pas après l'argent – l'argent n'était qu'une mesure, comme les degrés sur un thermomètre. Non, il voulait cette sensation grisante de faire émerger l'harmonie du tumulte par la pure force de l'esprit.

À la Bourse, rue Vivienne, les derniers rescapés de la criée s'accrochaient à leurs carnets d'ordres comme à des grimoires obsolètes. Le CAC 40 battait record sur record, porté par une fièvre qui gagnait toute la planète finance. À Wall Street, ce n'étaient que fusées digitales et miracles « .com ». Des start-up sans revenus mais avec un « .com » dans leur sigle voyaient leur valeur décupler en quelques semaines. Les vieux financiers regardaient ça comme on observe l'approche d'un tsunami : avec un mélange de fascination et d'effroi. Dans les sous-sols climatisés du Matif, au palais Brongniart, les hurlements des traders en vestes colorées résonnaient encore. C'était le dernier bastion de la criée à la française, un chaos orchestré où les ordres d'achat et de vente sur les contrats à terme volaient d'un bout à l'autre de la corbeille. Au Monep, les options sur actions suivaient leur danse frénétique, pendant que les écrans affichaient les premières secousses venues d'Asie : la Thaïlande venait de dévaluer le baht, et une onde de choc parcourait déjà les marchés émergents. Mais à Paris, l'euphorie dominait encore. Le passage à l'euro, prévu pour 1999, promettait une nouvelle ère de stabilité monétaire. Les arbitragistes calculaient déjà les *spreads* entre les différentes dettes souveraines européennes, pariant sur une convergence des taux qui semblait inéluctable.

Alexis observait cette révolution avec une fascination froide. Dans cette période charnière où le franc vivait ses dernières années, où l'informatisation grignotait peu à peu le territoire des courtiers à la criée, il voyait se dessiner les contours d'un nouveau monde financier. Les modèles stochastiques ressemblaient de plus en plus, se dit-il, à de la physique quantique : des particules d'argent dont la position et la vitesse ne pouvaient être déterminées simultanément. À Dauphine, le DESS de mathématiques appliquées à la finance et à l'industrie était devenu le nouveau saint des saints. Les amphithéâtres de la place du Maréchal-de-Lattre-de-Tassigny débordaient d'étudiants qui rêvaient de devenir « quants », ces nouveaux alchimistes capables de métamorphoser une équation de Black-Scholes en bonus à six chiffres. Alexis y débarqua en septembre 1997, son uniforme de l'X encore dans sa garde-robe. À Polytechnique, les équations différentielles avaient la pureté du cristal. Ici, elles servaient à calculer le prix des options vanille et des produits exotiques. Dans l'amphithéâtre du DESS finance, un nouvel outil venait d'être installé : un terminal de cotations en temps réel. Son écran noir aux reflets verdâtres clignotait comme un oracle digital, promettant à qui saurait le lire les secrets des marchés mondiaux. Les étudiants se pressaient autour de cette fenêtre vers un monde où l'argent circulait à la vitesse de la lumière. Les professeurs eux-mêmes peinaient à suivre la cadence : tel paradigme, indiscutable en septembre, se retrouvait obsolète en décembre.

Les nouvelles d'Asie devenaient plus préoccupantes chaque jour. La contagion s'étendait de Bangkok à Jakarta, de Séoul à Hong Kong. Mais à Paris comme à Londres ou New York, on regardait encore ces turbulences comme un phénomène lointain, une tempête limitée aux marchés émergents qui ne pouvait pas vraiment menacer les places occidentales. L'attention était ailleurs : sur la préparation du passage à l'euro, sur les premières cotations d'entreprises Internet, sur cette nouvelle économie qui semblait promettre des profits infinis.

C'est là qu'Alexis remarqua Adèle. Premier rang de l'amphi. Une blonde aux yeux bleus, encore une. Mais celle-ci, quand le professeur parlait de processus de Poisson, ne prenait pas de notes. Ses mains restaient immobiles sur la table, comme celles d'Alexis. Elle semblait déjà connaître tout cela par cœur, comme on connaît une prière apprise depuis l'enfance.

## 38

Adèle s'était construite dans le bruit des machines. À Louviers, dans l'Eure, elle avait grandi entre l'usine où Lucien assemblait des pièces détachées pour l'industrie automobile et la Singer de Martine, vieille reine de fer aux dents chromées qui, dans la cuisine, dévorait les heures et les tissus avec une faim jamais rassasiée. Son père rentrait tard, vidé jusqu'à l'os et ne redevenait lui-même que pour Fernand, ce gros chien au pelage fauve qu'il avait ramené un soir de l'usine et qui était désormais le gardien de ses derniers sourires, ou le dimanche, devant les courses hippiques où il cherchait une échappatoire dans le galop des chevaux. Sa mère, elle, cousait pour les dames du centre-ville, réparant leurs robes, promettant des miracles d'ourlets et de pinces avec une déférence qui donnait à Adèle des envies de hurler.

Entre ces murs trop étroits, l'école devint son terrain d'observation. Elle y étudia un autre monde comme on déchiffre une langue morte : les gestes de ses camarades plus fortunées, leurs intonations, ces rires codés qui disaient : « Tu n'appartiendras jamais à notre tribu. » Chaque détail était une clé, chaque mot un code à briser. Les livres n'étaient pas des refuges mais des manuels de survie, des guides pratiques pour une ascension sociale qu'elle planifiait déjà avec la précision d'une opération militaire.

Adèle avait un jour vu, dans un magazine, une robe de mariée. Elle avait découpé la page, persuadée que quelque part existait un homme qu'elle pourrait traîner devant un autel en portant ce chef-d'œuvre de dentelle. Il n'était pas question de savoir si l'heureux élu serait séduisant ou ennuyeux, aimant ou indifférent, pourvu qu'il accepte ce détail : elle porterait cette robe.

Le jour où elle reçut sa lettre d'admission à Dauphine, elle la posa sur la table de la cuisine, entre une pile de factures et le catalogue des 3 Suisses, que sa mère feuilletait religieusement. Martine regarda l'enveloppe comme si elle contenait une bombe.

« Comment on va payer ça ? » demanda-t-elle.

Adèle avait déjà tout calculé. Bourses, prêts étudiant, petit boulot le week-end – elle avait préparé un dossier entier, aussi épais qu'une thèse.

« T'inquiète pas, maman. J'ai tout prévu. »

À Dauphine, elle découvrit un paradoxe exquis : dans ce DESS où l'on passait ses journées à modéliser l'argent des autres, personne ne mentionnait jamais le sien – non par manque, mais parce qu'en avoir allait tellement de soi qu'en parler aurait été vulgaire. Les filles de sa promotion semblaient sorties d'un catalogue de prêt-à-porter haut de gamme. Au détour des conversations, on apprenait qu'une telle avait passé le week-end à Megève, que l'oncle de telle autre lui avait trouvé un stage à la City, qu'une troisième rentrait de Deauville, où ses parents avaient un appartement – tout cela évoqué avec une désinvolture étudiée, comme s'il s'agissait de banalités quotidiennes. Adèle observait, apprenait, copiait. Premier signe de ses origines, son accent normand s'effaça sous l'effet de répétitions nocturnes devant le miroir. Ses vêtements, soigneusement choisis chez Guerrisol, passaient presque pour du vintage. Presque. La première fois qu'elle entra dans l'amphi, vêtue d'un tailleur gris qu'elle avait acheté d'occasion, et coiffée d'un carré blond que sa mère lui avait fait en copiant la page du *Biba* qu'Adèle lui avait montrée, elle avança, tête haute, comme si elle appartenait à ce monde depuis toujours. C'était peut-être une des premières leçons qu'elle avait apprises : si vous faites semblant assez longtemps, les autres finissent par vous croire.

Adèle remarqua Alexis un matin de novembre. Leur première interaction ne fut pas le fruit d'un regard, mais d'une erreur. Dans l'amphi bondé, le professeur avait commis une faute dans sa démonstration de la formule de Black-Scholes. Personne ne broncha, sauf eux. Ils levèrent simultanément la main, avec la même retenue policée. Le professeur les observa tour à tour, surpris par ce duo improbable : l'X en pull informe et la boursière de Louviers au tailleur trop sage.

« La volatilité, dirent-ils presque en même temps, avant de se taire, gênés par cette synchronicité inattendue.

— La volatilité, reprit Adèle seule. Dans l'équation de diffusion, le sigma devrait être au carré. »

Alexis baissa la main, non pas vaincu mais intrigué. Il scruta le profil d'Adèle, la façon dont elle se tenait – droite comme si elle portait un corset invisible. Cette rigidité, il la reconnaissait. C'était celle des êtres qui se sont construits pièce par pièce, algorithme par algorithme, comme on bâtit un abri antiatomique.

Les jours suivants, ils s'épièrent à distance, avec la prudence de deux fauves défendant leur territoire. Ils choisissaient les mêmes places en amphi, toujours séparés par quelques sièges – une distance de sécurité calculée au millimètre. Leurs regards se croisaient parfois avant de se poser sur un tableau couvert d'équations, comme si les mathématiques étaient le seul terrain neutre où ils pouvaient se permettre de se rencontrer.

Le DESS était une machine à broyer les certitudes. Les marchés s'informatisaient, les modèles devenaient plus complexes chaque jour. La moitié de la promo ne suivait déjà plus. Adèle et Alexis étaient souvent les derniers à quitter la bibliothèque.

« Les *puts* américains, dit-elle un soir, sans lever les yeux de ses calculs. Je n'arrive pas à déterminer la frontière d'exercice optimal dans la méthode des différences finies. »

C'était la première fois qu'elle lui adressait directement la parole. Il nota qu'elle n'avait pas dit « Je ne comprends pas ».

« C'est un problème d'arrêt optimal, répondit-il. Comme aux échecs, sauf qu'ici, il faut déterminer le moment parfait pour exercer l'option. On joue contre le temps lui-même. »

Elle leva enfin les yeux. Bleus. Durs. Magnifiques.

« Tu joues aux échecs ?

— Oui, mais seulement contre l'ordinateur. Je préfère les problèmes sans adversaire.

— Tu veux dire sans autre adversaire que toi-même ? »

Il sourit, surpris.

« Tu portes encore ton uniforme de l'X », dit-elle.

Ce n'était pas une question.

Elle reprit :

« La façon dont tu te tiens. Comme si tu montais toujours la garde.

— Et toi, tu montes la garde contre quoi ? »

Adèle eut un sourire qui n'en était pas un. Plutôt une fissure.

« Contre le retour en arrière. La médiocrité. »

Le mot était tombé entre eux. La médiocrité. Cette chose contre laquelle ils se battaient tous les deux, différemment.

« Tu veux boire un café ? demanda-t-il.

— Non. Je veux résoudre ce *put* américain.

— On peut faire les deux.

— D'accord. Mais pas au Café Dauphine. Je ne supporte plus leurs pulls Façonnable. »

Adèle rangea ses affaires avec cette économie de gestes qui la caractérisait. Pas un mouvement de trop. Mais une fois au café, elle osa enfin poser les yeux sur lui avec une intention claire. Et à sa grande surprise, Alexis, d'habitude imperméable, ne détourna pas le regard.

# 39

Leur premier baiser, une heure et demie plus tard, fut plus technique que passionné. Alexis essayait d'appliquer une formule mathématique à quelque chose d'aussi imprévisible que les lèvres d'Adèle. Adèle, elle, savait exactement ce qu'elle faisait – du moins autant que possible face à un être n'ayant jamais appris l'art de l'abandon. La suite ? Une symphonie de maladresses. Adèle prit les commandes, fidèle à son tempérament de meneuse, et il la suivit – non pas avec l'assurance d'un habitué, mais avec la soumission d'un néophyte cherchant à bien faire. Sa rigidité était telle qu'elle douta un moment : vivait-il réellement l'instant, ou tentait-il d'optimiser chaque geste ? L'acte terminé, il s'étendit près d'elle, plus statufié encore – candidat sortant d'une énième épreuve. Adèle, elle, contemplait le plafond, un sourire énigmatique aux lèvres, s'interrogeant sur la nature exacte de son accomplissement nocturne.

Il ne lui avoua jamais sa virginité. Qu'elle était la première. Puceau à vingt-trois ans, pas de quoi pavoiser. Mais le lendemain, ils recommencèrent, et ce fut mieux. Et le surlendemain, bien plus intéressant encore. D'étreinte en étreinte, il devint chaque fois plus sûr de lui, plus endurant. Il apprenait, et elle le sentait. Elle fut conquise. Pas par ses gestes, ou du moins pas seulement. Ce qui la fascinait, c'était cette transformation lente qui s'opérait chaque fois qu'ils étaient ensemble. Et si, dans le fond, il restait toujours ce garçon glacial qui ne laissait rien transparaître, avec elle, dans ces moments-là, il y avait quelque chose d'autre. Quelque chose qui ressemblait à une vulnérabilité qu'il n'aurait jamais montrée à personne. Ce n'était pas de l'amour, ni même du désir brûlant. C'était plutôt comme si, dans les rouages bien huilés de son esprit, une vis trop serrée avait fini par céder sous la pression. Cette fêlure dans son armure, si infime fût-elle, devint le prélude à une autre forme d'ébranlement. C'est précisément au moment où leurs deux solitudes semblaient avoir trouvé un langage commun, où les algorithmes d'Alexis commençaient enfin à intégrer la variable « Adèle », qu'il choisit de tout compliquer.

# 40

Le pavillon de Meaux, avec ses volets bleus et son jardin aux proportions calculées, ressemblait à tous ces pavillons que la banlieue parisienne avait vu pousser depuis les années 1970. De la fenêtre de la cuisine, on apercevait la flèche de la cathédrale Saint-Étienne, qui perçait le ciel gris – cette même cathédrale où Bossuet avait prononcé ses sermons, et où désormais les pigeons nichaient dans les gargouilles. La lumière de cette fin d'après-midi d'automne donnait aux thuyas des reflets d'argent pâli. La Marne serpentait en contrebas, indifférente aux zones pavillonnaires qui grignotaient ses berges, elle qui avait vu passer les armées de la Grande Guerre et les péniches de la reconstruction.

Adèle s'était présentée aux parents d'Alexis avec cette grâce naturelle qui la caractérisait, cette façon qu'elle avait de créer instantanément des ponts là où d'autres auraient trébuché sur des précipices sociaux. Sa mère avait souri – de ce sourire qu'il connaissait si bien, mélange de retenue et de bienveillance. Son père avait hoché la tête avec approbation, peut-être même avec une pointe d'admiration pour cette jeune femme qui semblait comprendre si intuitivement leur fils.

Pourtant, alors même que tout se déroulait selon un scénario qu'il aurait dû qualifier d'optimal, Alexis sentit monter en lui une forme d'épuisement qu'il ne parvenait pas à qualifier. C'était comme si l'air du pavillon familial devenait soudain trop étouffant. Il observait Adèle discourir avec sa mère des mérites comparés des parapharmacies parisiennes, son père acquiescer aux observations pertinentes qu'elle faisait sur l'évolution du marché des semi-conducteurs, et chaque mot échangé semblait ajouter un poids dans sa poitrine. Cette sensation – était-ce de la mélancolie ? de l'anxiété ? – refusait de se laisser capturer par les catégories habituelles de son esprit cartésien.

Le moment le plus troublant survint lorsque sa mère, sortant un album photos des années suisses, fit cette remarque d'apparence insignifiante sur « comme il était différent, là-bas ». Dans l'éclat glacé de la vitrine où s'alignaient les porcelaines familiales, il aperçut furtivement son visage superposé à celui d'Adèle, et cette image provoqua en lui une sorte de vertige. Au moment du départ, alors qu'Adèle embrassait ses parents avec une spontanéité qui le stupéfia, il sentit se cristalliser en lui une décision dont il ne comprit pas la nature exacte.

Nul ne sut jamais pourquoi, immédiatement après avoir présenté Adèle à ses parents, Alexis se mit en tête de prolonger l'expérience militaire acquise à Polytechnique. Alors qu'on venait de suspendre le service militaire obligatoire en France, lui, par une inclination qu'on attribua à un virus contracté à l'X, demanda à s'engager volontairement dans les forces armées.

On l'affecta au 7e bataillon de chasseurs alpins à Bourg-Saint-Maurice, pour un « volontariat service long ». Il y arriva par un soir de décembre. Déjà les montagnes s'étaient drapées de blanc. Les premières semaines furent dures, avec leur lot d'exercices austères et de consignes inflexibles. Les journées commençaient dès l'aube. Les brumes enveloppaient les pentes. Ils passaient des heures à gravir les montagnes, bardés de sacs et de fusils, dans le bruit des pas foulant la neige, ce qui, jour après jour, renforçait en lui le sentiment d'une fraternité singulière. L'hiver vint avec son cortège d'épreuves nouvelles. L'instruction au ski militaire n'avait rien à voir avec les descentes paisibles qu'il avait connues enfant en Suisse. Ici, on apprenait à progresser en formation sur des pentes verglacées, à porter son armement tout en maintenant son équilibre sur des traversées périlleuses, à survivre dans des igloos creusés à même la neige. Le ski devenait un art martial, une discipline où chaque geste devait servir la mission. Avec ses camarades, il partageait cette vie simple, faite de gestes répétés, de bivouacs sous les étoiles, où la seule chaleur venait du feu de camp et des récits échangés dans un murmure.

À chaque permission, il quittait cet univers pour retrouver Adèle à Paris. Elle l'attendait dans son deux-pièces, vêtue d'une nuisette en satin ou de sous-vêtements de dentelle. Lorsqu'il franchissait la porte, elle se jetait à son cou et leurs corps se retrouvaient avec une ardeur polie, dans une étreinte où tout semblait calculé : la douceur de sa peau sous ses mains, la chaleur de son souffle, l'arrondi parfait de sa hanche contre lui. Mais quand il rejoignait son bataillon, elle ne lui manquait pas vraiment. La rudesse militaire l'absorbait – le roc et la glace colmataient les failles que son absence était susceptible de creuser. Une nuit, lors d'une manœuvre nocturne dans la vallée du Vercors, il contempla, à la lueur des torches, la silhouette imposante des montagnes. Le décor devenait un théâtre grandiose où se déroulait en silence le passage éphémère de leur troupe. Alors, il ressentit la gravité de ce qu'il accomplissait : bien plus qu'un exercice, c'était une sorte de pèlerinage dans l'histoire de ceux qui avaient, avant lui, gravi ces mêmes pentes.

Quand enfin vint le printemps et que son service prit fin, il quitta la Savoie avec une étrange pesanteur. Ce n'était pas la nostalgie d'un quotidien militaire, non, c'était autre chose, un creux sous la peau, un moment suspendu dans sa jeunesse, où il avait pu, dans la rigueur et le froid, éprouver quelque chose de fort et de grand.

# 41

Il rentra à Paris, reprit ses costumes civils et se laissa pousser les cheveux. Le cabinet de conseil en stratégie Wintersmith and Associates le repéra, l'invita à déjeuner et lui proposa un salaire indécent. L'Éden s'ouvrait devant lui – celui de tous ces brillants esprits persuadés que résoudre des problèmes d'entreprise est la seule forme acceptable de bonheur. Il hésita. Chaque nuit, ce choix revenait sous forme de cauchemars : des visages aux yeux vides l'observaient depuis des bureaux infinis, son propre reflet, pâle et émacié, le fixait dans les salles de réunion, les montagnes enneigées de Suisse lui apparaissaient, inaccessibles. À chaque réveil, son ventre se nouait. Mais il n'était plus seul à décider de son avenir.

Adèle vit dans ce poste une opportunité suprême pour leur couple. Elle redoubla d'attentions, murmurant sans cesse des encouragements qui lui faisaient miroiter leur réussite sociale future avec la fermeté d'un ordre. « Tu es admirable », lui répétait-elle, en serrant sa main, et cette main sur la sienne lui parut plus rassurante que n'importe quel apaisement intérieur. Alexis passa donc les entretiens avec la même froideur méthodique qui le caractérisait depuis ses années de prépa. Un cas d'école ? Résolu en quelques minutes. Une question piège sur la stratégie d'acquisition d'une entreprise ? Déjouée avec une précision clinique. Il se demanda brièvement s'il avait répondu par automatisme, s'il ressentait encore la satisfaction de la réussite, ou simplement le soulagement de voir chaque obstacle disparaître. Ce qu'il touchait, il le maîtrisait, transformant la complexité en une ligne claire, directe, inattaquable. Et dans cette perfection froide, Alexis poursuivit sa route, inébranlable, captif de sa propre excellence.

# 42

Par un mardi de juillet 1999 où l'été tardait encore, Adèle observait Alexis ranger méthodiquement ses dossiers. Toujours soucieuse de mettre à jour le tableau de bord de ses objectifs, elle lui proposa de se marier. Après tout, tout était devenu si… efficace. Ils étaient ensemble, ils avaient chacun trouvé du travail, lui chez Wintersmith, elle comme gestionnaire de portefeuille junior chez J.H. Moreland, ils ne se disputaient pas – principalement parce qu'Alexis ne voyait jamais l'intérêt de perdre du temps à argumenter – et, soyons honnêtes, c'était pratique. Le mariage, dans l'esprit stratégique d'Adèle, ressemblait beaucoup à une fusion d'entreprises : une alliance profitable, avec des bénéfices à long terme.

Alexis but une gorgée de son vin et, dans un sourire à la fois moqueur et résigné, il songea que, oui, peut-être que c'était la meilleure des solutions. Ce n'était pas une grande histoire d'amour hollywoodienne, avec des scènes sous la pluie ou des moments de drame théâtral. Non, c'était plutôt un partenariat, avec des clauses bien définies, rassurantes. Et si Alexis pouvait apprendre à aimer un peu comme il avait appris la finance, eh bien, tout serait parfaitement en ordre car, se dit Adèle, il valait peut-être mieux un homme capable de vous épouser avec le professionnalisme d'un consultant présentant un plan de redressement plutôt qu'un type qui débite des poèmes sans savoir où il va vous emmener.

Le mariage d'Adèle et Alexis eut lieu le 25 juillet 2000, à Louviers, pour faire plaisir aux parents d'Adèle, qui ne comprenaient pas pourquoi on aurait voulu organiser une cérémonie ailleurs que là où ils avaient tout sacrifié pour leur fille. Élise et Henri financèrent largement la noce. Adèle avait toujours rêvé d'un mariage grandiose, du genre où l'on pouvait voir ses invités et, idéalement, la moitié de ses anciens camarades de promotion, étouffer d'envie entre deux flûtes de champagne. Et quand elle disait « grandiose », elle pensait à ces événements où les gens prennent des photos, non pas pour se souvenir de l'occasion, mais pour montrer « au monde entier » qu'ils y étaient. Alexis préférait la sobriété, qu'il associait généreusement à la vertu. Il voyait dans cette cérémonie, certes nécessaire, une belle occasion de montrer combien on pouvait s'aimer sans gaspiller l'argent durement gagné de ses parents. Il répétait sans cesse qu'un mariage sobre ne signifiait pas un mariage moins heureux. Ce à quoi Adèle répondait invariablement qu'un mariage modeste signifiait sûrement une vie entière à regretter des choses qu'on n'avait jamais eues. Il fit les calculs d'un menu réduit, et elle des additions mentales de châteaux en Espagne. L'affaire se régla d'elle-même : le mariage serait d'une « sobriété élégante », un compromis qui, comme tous les compromis, plaisait à tout le monde et ne satisfaisait personne.

Ce fut une cérémonie charmante. Pour Adèle, la robe de dentelle repérée bien des années avant de rencontrer son mari. Un costume gris pour Alexis, impeccable, sans un pli de trop. Les tables en bois avaient été installées dans le jardin de la salle des fêtes. De jolies guirlandes lumineuses pendaient aux branches des arbres. Les invités, un mélange étrange d'amis des parents, de collègues de Wintersmith et de J.H. Moreland, semblaient tout aussi étonnés que ravis de cette simplicité un peu trop calculée et de la joie d'un repas à l'air libre. Au moment où tout le monde s'apprêtait à passer à table, alors que le vin rosé commençait tout juste à détendre les langues, un murmure circula parmi les invités. Un ami du couple annonça que le Concorde venait de s'écraser. Le silence qui suivit fut lourd et un peu gêné.

Adèle leva un sourcil, puis tourna son regard vers Alexis. Ce 25 juillet 2000 resterait, pour tout le monde, le jour de la catastrophe, pas celui où Adèle et Alexis s'étaient mariés. Au fond, ça n'aurait pas pu mieux tomber.

# 43

Margaux avait reçu l'appel à 17 h 34, alors qu'elle s'apprêtait à quitter la rédaction de la chaîne de télévision où elle travaillait. C'était le plein été. À part les habituels marronniers sur un savetier de Vendée ou l'installation des premiers vacanciers et la bataille des parasols sur la plage, rien à se mettre sous la dent. Les vieux briscards de la chaîne avaient déjà tous déserté les lieux. Au bout du fil, elle entendit : « … crash… Concorde… Charles-de-Gaulle… urgence… personne à la rédac pour couvrir… vas-y… » L'adrénaline l'avait aussitôt tirée de sa torpeur. Pas le temps de réfléchir, de prendre la mesure des événements. Elle attrapa son sac, sa veste, et fila au parking, un café brûlant à la main, où elle retrouva un caméraman et un preneur de son. On ne connaissait pas encore les détails, seulement des bribes sur une dépêche AFP, reprise à la radio, qu'ils écoutèrent dans la voiture de fonction qui filait à toute allure vers Roissy : un Concorde s'était écrasé, quelque part près de Gonesse, un vol pour New York, un feu, plus de cent morts.

Sur place, l'ambiance était électrique. Une nuée de journalistes, à l'entrée du périmètre de sécurité, non loin d'une station-service, dans une chorégraphie pathétique. Déjà, certains braquaient leur caméra, posaient des questions aux rares témoins présents. Les journalistes japonais couraient dans tous les sens dans l'urgence de capter chaque détail. Non loin, une envoyée spéciale russe, perchée sur des talons improbables, tira de son sac un petit miroir doré et vérifia l'état de son brushing.

Margaux interviewa des badauds et policiers, prit des notes à la volée. Certains, encore sous le choc, racontaient comment ils avaient vu l'avion en flammes décrire une courbe absurde dans le ciel avant de s'écraser. Elle savait déjà ce qu'il faudrait rapporter. Les images, les images du crash. Les images que pour le moment personne n'avait.

Avec son caméraman et son preneur de son, elle avait décidé de contourner le cordon de sécurité. L'urgence était là, l'idée fixe : filmer les premières images, ce scoop que tous les autres allaient manquer. Un détail la frappa : dans le champ, les plants de maïs étaient suffisamment hauts pour les rendre invisibles aux yeux de tous. La stratégie était simple : attendre et, une fois la nuit venue, contourner le cordon de sécurité en passant par le champ pour atteindre le lieu du crash.

À 22 h 30, ils s'enfoncèrent dans le champ. Ils marchèrent, trébuchant parfois, simplement guidés par les lumières. Alors qu'ils approchaient enfin de l'épave, l'odeur s'infiltra dans leurs narines. Une odeur qu'on ne sent pas en temps normal. Une odeur qui n'existe que dans ces moments-là. Le métal et la chair qui ont brûlé ensemble.

« Filme », dit Margaux au caméraman.

Elle était là, mais pas là. Là, mais aussi nulle part. À la rédaction, tout le monde savait que c'était son truc à elle. Son talent spécial. Elle ne couvrait pas les drames. Elle les traversait – spectrale, intacte.

Elle avait déjà vécu ça, ou quelque chose d'approchant. En Gironde, dans cette unité pour les fous dangereux, où elle avait tenu à faire un reportage. Le type en face d'elle, ce jour-là, un spécimen rare. Condamné pour ce qu'on fait de pire à un gosse de moins de quinze ans. Elle l'avait regardé droit dans les yeux pour lui demander sans détour s'il regrettait son crime. Il avait clamé son innocence avec un grand sourire. Elle l'avait écouté dérouler son baratin abject. Et puis à la fin, comme ça, sans prévenir, elle lui avait simplement répondu : « Je sais que vous mentez. » Cinq mots comme autant de balles dans la peau.

Le caméraman qui accompagnait Margaux ce jour-là, un homme pourtant endurci par dix ans de conflit israélo-palestinien, en ferait des cauchemars pendant des semaines. Pas Margaux. Du moins, c'est ce qu'ils ont tous cru. Après, au bistrot, elle avait payé sa tournée comme si de rien n'était. Elle avait même raconté deux trois blagues. Le numéro parfait. Plus tard, dans la solitude de sa chambre d'hôtel, elle s'était gavée de chocolat, de chips, de cacahuètes, sans plaisir, sans faim, au-delà de la nausée. Mais ça, personne n'aurait à le savoir.

Ici, à Gonesse, c'était pareil. La scène était terrible, mais quelque chose en elle s'était dissocié. Les images passaient devant ses yeux, mais elles ne l'atteignaient pas.

« Filme », répéta-t-elle.

La caméra se braqua sur l'épave, les éclats de métal tordus, noircis, à peine discernables dans l'obscurité. Le preneur de son tendit discrètement son micro, capturant les murmures du vent, les pas des équipes de secours qui s'activaient sur place. Quelques minutes passèrent, jusqu'à ce qu'un grondement parvienne à leurs oreilles. Un chien. Margaux tourna la tête juste à temps pour apercevoir l'animal, museau au sol, à quelques mètres d'eux. Une silhouette apparut, accompagnée du faisceau aveuglant d'une lampe torche qui balaya les environs. Un policier, sa main tenant fermement la laisse.

« Merde… » souffla Margaux.

Sans demander leur reste, ils détalèrent, ventre à terre, les aboiements du chien sur les talons. Le champ semblait interminable, chaque pas leur donnait l'impression de s'enfoncer davantage dans la terre. Enfin, ils aperçurent la route, les journalistes. Ils s'engouffrèrent dans le camion de la chaîne, tout haletants. Margaux se retourna vers son équipe, le visage marqué par l'effort, un éclat triomphant dans le regard. Ils l'avaient fait. Les images étaient dans la boîte. Elles seraient diffusées dans le monde entier.

Le lendemain matin, alors que son équipe et elle étaient toujours sur place, on proposa à Margaux ce que tout jeune journaliste de télévision rêve d'obtenir : faire le direct. À la stupéfaction de tous, elle refusa. Et passa la main à un vieux titulaire, qui mit ses mots, sa voix et son visage sur les images tournées par Margaux et ses collègues.

Elle ne rentra pas chez elle. Elle appela sa mère et lui demanda si elle pouvait l'héberger pour la nuit. Quand Ève lui ouvrit la porte, Margaux lui dit simplement : « Fais-moi un énorme câlin, maman, comme avant. »

Plus tard, dans la pénombre de la chambre d'Ève, elles étaient allongées côte à côte, reprenant le rituel des nuits d'autrefois. Le temps avait creusé ses sillons sur le visage de sa mère, mais n'avait pas réussi à effacer cet art qu'elle avait de porter la beauté comme un secret qu'elle aurait oublié de révéler. Dans la lumière qui filtrait des réverbères, Margaux observait ce profil qu'elle connaissait par cœur – la ligne parfaite du nez, la bouche aux commissures légèrement tombantes, qui avaient fait se retourner tant d'hommes.

Entre elles s'était installé un de ces silences qui sont la forme la plus achevée de la conversation entre une mère et sa fille, comme si tout ce qu'elles auraient pu dire, tout ce qu'elles n'avaient jamais osé dire, tout ce qu'elles ne diraient jamais, s'était enfin cristallisé dans cette paix nocturne. N'était-ce pas, après tout, ce qu'elles avaient toujours cherché l'une et l'autre : non pas les explications (qui expliquent si peu), non pas les justifications (qui justifient si mal), mais cette manière d'être ensemble où l'absence de mots elle-même devient une forme de tendresse ?

« Tu te souviens de la route de Collex, maman ? demanda finalement Margaux.

— Non, qu'est-ce que c'est ?

— 53, route de Collex. Là où on a vécu avec Daniel, en Suisse. Tu t'en souviens, maman ?

— Non, je ne m'en souviens pas. Tu sais, moi, quand les choses sont trop laides, je les oublie. »

Un temps, puis, comme pour effacer ce qu'elle venait de dire :

« Ça te va bien, ces mèches blondes autour de ton visage, ça l'adoucit. »

Dans l'obscurité, la main d'Ève chercha celle de sa fille. Cette main qui avait serré celle de Margaux, aussi, dans cette chambre d'hôpital, quatre ans plus tôt, quand le cœur de cette dernière avait joué à la roulette russe pendant quelques secondes. Margaux revoyait les néons des urgences, le ballet des infirmières, les bips accusateurs des machines – et surtout, elle sentait encore dans sa chair ce moment où tout avait basculé. Quelques secondes entre la vie et la mort, où son cœur avait hésité : continuer ou abandonner ? Le choix s'était fait sans elle. Elle ne toucherait plus jamais aux sirops détournés, aux cachets écrasés, à tous ces ersatz d'amour qui brûlaient ses veines.

Cette même main qui serrait maintenant la sienne avait été là quand elle était sortie de l'hôpital – cette main qui avait ensuite signé les chèques pour l'école de journalisme, qui avait poussé doucement mais fermement sa fille vers une « voie raisonnable », loin des rêves littéraires qu'elle nourrissait adolescente. Margaux observa ces doigts fins dans les siens, sentant remonter en elle le souvenir des livres abandonnés sur l'autel du pragmatisme, des pages de Kafka et de Bernhard troquées contre des manuels de sociologie des médias. N'était-ce pas étrange comme l'amour maternel pouvait parfois prendre les traits d'une douce violence ?

L'ombre des réverbères continuait de danser au plafond. Margaux se surprit à penser à tous ces reportages qu'elle avait menés – des phrases courtes, des mots sans âme, dictés par une voix qui n'était pas vraiment la sienne. Comme ces médicaments qu'elle avait cessé de prendre, le journalisme avait été une autre forme de dépendance, un poison plus insidieux peut-être, administré à doses « raisonnables » au nom de son bien. Dans l'obscurité de la chambre maternelle, une certitude déferla en elle, semblable à celle qui l'avait saisie à la sortie de l'hôpital – une décision irrévocable, comme une chance de venir au monde une seconde fois.

« Ma chérie ?

— Oui, maman ?

— Tu sais, j'ai eu une grande vie, une bonne vie, une vie incroyable.

— Mais enfin, maman, ta vie n'est pas finie. On est jeune, à cinquante ans.

— Tu verras, un jour, quand tu auras mon âge… Margaux, je vais te dire une chose, une fois une seule, et ensuite nous n'en reparlerons plus jamais.

— Oui ?

— Quand je serai vieille, et que je l'aurai décidé, il faudra me laisser partir.

— Pourquoi tu me dis ça maintenant ?

— Je ne sais pas. »

Le lendemain, Margaux présenta sa démission.

# 44

Elle erra de vie en vie avant d'échouer dans cette salle de conférences surchauffée. Elle avait tout fait : hôtesse sur des salons de l'automobile, figée en robe pailletée près de carrosseries lustrées comme des cadavres au funérarium. Nounou pour le fils d'un animateur de télévision cocaïnomane qui pleurait quand il l'entendait lire *Petit ours brun*. Babysitter des jumeaux d'un diplomate qui lui avait glissé, entre deux instructions sur le goûter des enfants, « pendant que vous êtes là, les sanitaires auraient besoin d'un coup ». Elle s'était même improvisée galeriste dans un « cube blanc » du Marais, vendant des croûtes criardes à des collectionneurs chinois qui confondaient l'art et le placement financier. Tout cela, elle l'avait fait comme on change de déguisement, sans jamais croire à la nécessité d'aucune de ces existences. Il lui fallut quatre années pour muer. Quatre années pour que tombent, une à une, les écailles mortes de sa vie d'avant.

En décembre 2004, lors d'un colloque sur les catastrophes et les attentats, Margaux se retrouva, presque malgré elle, à raconter, au moment des questions du public, d'une voix timide, étrangement fragile, le crash du Concorde. Elle se revit dans l'obscurité de cette nuit, où elle s'était sentie étrangement calme, détachée, comme si quelque chose en elle s'était déjà rompu depuis longtemps. À la fin, elle dit : « Il ne peut plus y avoir que l'écriture. »

Elle ne comprit jamais pourquoi ce jour-là, précisément, elle avait choisi de raconter cette histoire. Ni pourquoi sa voix, d'ordinaire si assurée, s'était faite vacillante, presque étouffée. Ni même surtout pour quelle raison obscène elle avait évoqué, avec l'outrecuidance d'une pintade qui se prend pour un cygne, ses ridicules petites prétentions littéraires. Ce qu'elle ignorait également, c'était l'effet qu'elle produisait.

Assis, tout comme elle, au fond de la salle, un homme n'avait pu détacher son regard de cette jeune femme qui racontait d'une voix si douce des choses abominables. Dans ce colloque impersonnel, où l'on dissertait des désastres avec froideur, c'était elle, cette fille-là, qui incarnait pour lui l'urgence. Elle seule.

Hagauer le sut immédiatement. Ce genre d'épiphanie vous perce le cœur, vous laissant sans défense : « Celle-là, songeait-il, elle me détruira. » Il avait appris à reconnaître ces certitudes qui vous tombent dessus comme des sentences. Ou plutôt : il avait intériorisé ces dispositions déterminantes qui s'imposent avec la force de l'évidence dans le champ des possibles. Ou encore : il avait assimilé ces faits qui s'exercent sur l'individu avec la force coercitive des déterminismes sociaux.

Mais Hagauer n'était pas né sociologue. Il était fils d'agriculteur dans le Soissonnais. Son grand-père avait fait le Chemin des Dames, était rentré avec une jambe en moins et le silence pour seule langue. La sociologie était venue comme vient la faim : par nécessité. Sa première enquête de terrain, il l'avait menée dans les fermes du coin, la nuit, enregistrant sur un magnétophone volé dans la salle des profs du lycée agricole où il enseignait l'économie. Un professeur du Collège de France l'avait repéré, subjugué par sa façon d'analyser la violence du monde rural sans déterminisme ni misérabilisme. Puis était venue *Dépossession*, cette étude ethnographique de l'effondrement des sociétés paysannes qui l'avait propulsé dans le cercle fermé des intellectuels qu'on invite à commenter l'actualité – invitations qu'il refusait toujours. Obscénité de se compromettre dans les médias dominants, disait-il, avec cette radicalité théorique qui était désormais sa nouvelle terre.

Pour Hagauer, écrire n'était pas un acte de création mais de destruction contrôlée. Chaque livre commençait par une colère – contre le monde, contre lui-même, contre cette époque qui se délitait sous ses yeux. Il écrivait comme on fait la guerre : par campagnes successives, avec des offensives et des replis stratégiques. Sa méthode de travail matérialisait les dispositifs de sa lutte symbolique : accumulation stratifiée de capital documentaire annoté, incorporation graphique de données empiriques, ouvrages balisés par des marqueurs chromatiques signalant les positions antagonistes à déconstruire dans le champ.

Bien plus tard, *La Grande Nuit* marquerait un nouveau tournant. Il passerait trois ans à sillonner la France de l'ombre : les zones périurbaines désertées par les services publics, les anciens bassins industriels reconvertis en entrepôts Amazon, les banlieues où les dealers tenaient les comptes des fins de mois difficiles mieux que n'importe quel assistant social et même que n'importe quel employé de banque. Sans jamais céder à la tentation du misérabilisme, il documenterait comment la société française s'était fracturée en archipels qui ne se croisaient plus que dans la violence ou l'indifférence. Mais ce serait surtout son analyse de la « gentrification de la précarité » – ces cadres supérieurs qui, malgré leurs diplômes, se retrouvaient exclus du marché immobilier des métropoles – qui ferait sensation. Les experts des chaînes d'info en continu le trouvaient dangereusement libertaire, les anarchistes du journal *Le Grand Soir* le jugeaient scandaleusement bourgeois. La sociologie critique le trouvait trop descriptif, les descriptivistes trop critique. À Sciences Po on le disait marxiste, à Paris 8 réactionnaire. Les héritiers de Bourdieu lui reprochaient sa fascination pour l'Amérique, les admirateurs de Boltanski son obsession des classes sociales. Les tenants de la grande théorie le jugeaient trop près du terrain, les empiristes purs trop théoricien. Sa définition de la liberté intellectuelle – ne rien devoir à personne, surtout pas aux libérateurs professionnels – lui valut d'être qualifié simultanément de poujadiste distingué et d'aristocrate plébéien. Son accent du Soissonnais faisait sourire dans les colloques internationaux, son doctorat de l'EHESS dans son village. « La vérité de ce monde c'est la mort, disait-il en citant Céline, pour scandaliser ses collègues. Il faut choisir : mourir ou mentir. » Et il ajoutait, dans un sourire très doux : « La sociologie aussi doit choisir : dire la mort sociale ou mentir dans les colloques. »

Ce jour de décembre 2004, dans ce colloque-là, cette certitude concernant Margaux était du même ordre que celle qui l'avait saisi devant les premiers entretiens de son enquête sur les classes moyennes. La même violence sourde, la même évidence. Il l'observait pendant qu'elle parlait. Hexis corporelle marquée par l'assimilation précoce du capital culturel via de probables cours de danse. Prosodie caractéristique d'études dans des établissements privés, avec, en embuscade, des consonnes qui sentaient la Suisse ou l'Allemagne – hypothèse à vérifier par une analyse plus fine des occlusives. Repetto fatiguées qu'on ne peut ni remplacer ni jeter, typiques des déclassés en lutte contre leur déclassement. Le visage présente la même dissonance : fard à paupières appliqué selon les codes de transmission matrilinéaire (dégradé dans le pli de la paupière, touche d'enlumineur sous l'arcade sourcilière – technique héritée manifestement d'une mère ayant fréquenté les instituts de beauté dans les années 1980), mais pas d'argent pour accéder aux services distinctifs des coiffeurs – tignasse faussement domptée selon une logique d'autoadministration des soins corporels. Diagnostic sans appel : trajectoire sociale descendante d'un agent issu de la bourgeoisie, tentative de maintien des apparences malgré l'érosion du capital économique. *Nota bene* : Prévoir protocole d'observation participante de longue durée.

Il la regardait raconter le crash du Concorde avec cette même distance clinique qu'il avait observée chez les aristocrates ruinés qu'il avait interrogés pour sa thèse – cette façon de parler du désastre comme d'un tableau accroché trop loin, un Bruegel peut-être, certainement pas un Basquiat. Mais déjà il se sentait résigné, presque joyeux à l'idée d'adorer cette catastrophe sociale sur pattes, avec le sourire d'un homme qui s'abandonne au précipice avec une forme d'orgueil. Margaux, avec cette étrange manière de brûler doucement de l'intérieur, tel un feu qui couve sans jamais s'éteindre, et ses gestes d'enfant blessée, possédait ce charme funeste dont on ne se détourne que par lâcheté – ou sagesse. Mais Hagauer n'était ni sage ni lâche. Il décida que Margaux Gennaro serait à lui. Il serait pour elle ce que personne d'autre ne pourrait être : le gardien attentif de ses fragilités, le témoin patient de ses métamorphoses. Il la chérirait. Il veillerait sur elle, jour après jour, la baiserait tendrement nuit après nuit. Il cuisinerait pour elle, pour qu'elle mange enfin. Il s'occuperait de la maison, des courses, du ménage. Elle n'aurait rien à faire d'autre qu'écrire.

Parce qu'elle devait écrire. Elle allait écrire. Ça va être un enfer, se dit-il, cette affaire d'écriture, mais si elle ne le fait pas ça sera pire encore pour elle, je ne lui donne pas trois ans avant Sainte-Anne, alors je supporterai tout : ses silences, son égoïsme implacable. Et puis, pour parachever le tout, je vais lui faire un enfant. Le coup de l'enfant, c'est bien. Ça l'empêchera pour toujours de partir dans le décor et de nous faire un plan à la Virginia Woolf. Et ce d'autant que, pensa-t-il en grimaçant de satisfaction, elle n'est assurément pas aussi douée que Virginia. Et ça, ce sera peut-être pour elle le plus insupportable. Mais je me sens l'âme d'un Leonard, alors allons-y gaiement. Au fond, se dit encore Hagauer en se dirigeant vers Margaux, à la fin du colloque, avec un sourire qu'il espérait nonchalant, ce n'est jamais l'amour qui tue, mais tout ce qui vient après. Mais d'ici là, ils auraient bien le temps. Le temps d'être heureux, ensemble.

# 45

Comme il l'avait promis, Hagauer créa autour de Margaux une forteresse domestique imprenable. Il cuisinait des plats qu'elle ne mangeait pas, rangeait une maison qu'elle ne voyait pas, élevait leur fille qu'elle adorait mais qu'elle négligeait parfois, l'esprit happé par ses démons littéraires. Il était exactement ce qu'il avait dit qu'il serait : le gardien patient d'une fragilité qu'il prenait pour du génie. Ce qu'il n'avait pas prévu, c'est que les écrivains sont des monstres d'égoïsme et qu'il y a une chose plus redoutable qu'une femme au bord de la folie, c'est une femme qui transforme sa folie en littérature. Hagauer l'apprendrait à ses dépens. En voulant la sauver, il allait lui offrir ce qu'elle cherchait depuis toujours sans le savoir : une chambre à soi avec vue sur l'abîme.

Les livres se succédèrent comme autant de pierres jetées dans un puits sans fond. Certains coulaient en silence, d'autres provoquaient quelques remous. Après chaque publication, dans les cocktails et les salons littéraires, on parlait à Margaux de ses textes avec cette bienveillance étudiée qui fait plus mal qu'une critique féroce, et elle hochait la tête poliment en serrant son verre un peu plus fort. Une fois la tournée des librairies terminée, elle rentrait chez elle, s'allongeait tout habillée sur son lit, comme un cadavre qui aurait oublié sa morgue. « Ça recommence, disait-elle à Hagauer. Pourrais-tu, je te prie, t'occuper de Chloé ? Je te revaudrai cela. » Il répondait par un simple « Évidemment », signe d'une routine désormais parfaitement rodée entre eux. Puis Margaux convoquait à son chevet un ami psychiatre, qui n'avait dans la vie de patience que pour deux choses : la littérature et les malades. Il vénérait suffisamment les décadents de la fin du XIX^e siècle pour trouver un intérêt à la puanteur de Margaux et à ses yeux vitreux. Sans broncher, il la désincarcérait de son lit, l'exfiltrait jusqu'à l'hôpital. La kétamine – cet anesthésiant pour chevaux que les toxicomanes avaient adopté avant que les psychiatres n'en découvrent les vertus contre les raptus mélancoliques – faisait son office. Et en moins de temps qu'il n'en fallait, Margaux reprenait sa place dans le théâtre du quotidien : mère attentive, compagne présentable, écrivain en devenir, et, hue, cocotte ! même pas mal, même pas morte. Ou peut-être déjà morte tant de fois que la décence commandait de ne plus y prêter attention.

Un jour, toute honte bue, Margaux se mit à écrire ce qu'elle voulait vraiment écrire, comme elle voulait l'écrire, ni pour plaire, ni pour déplaire, dans une fièvre froide où ni les regrets ni l'espérance n'étaient plus de mise. Ce fut, selon son éditeur, son meilleur livre. Pour les critiques, une œuvre bien trop inactuelle pour être considérée. Elle s'en moquait et continua d'écrire, année après année, livre après livre.

Hagauer endura tout. Il gérait la maison, élevait leur fille, payait le loyer, la plupart des factures. Mais chaque service rendu était une pierre ajoutée à un édifice de reproches silencieux. Chaque repas préparé, un petit poison versé dans leur amour. Il ne disait rien, bien sûr. Il était trop intelligent pour ça. Mais ses attentions mêmes devenaient des armes, son dévouement une forme subtile de cruauté. « Je fais tout cela pour toi », disait son silence. « Je te permets d'écrire », murmurait sa patience. Il l'aidait à vivre comme on pousse quelqu'un à s'endetter : avec la certitude qu'un jour, il faudrait rembourser. Il n'était pas son éditeur mais son créancier, plus seulement son compagnon mais son geôlier. Et comme tous les geôliers, il finit par haïr son propre rôle tout en ne pouvant s'empêcher de le jouer à la perfection. Ce n'était pas qu'Hagauer fût plus difficile à vivre qu'un autre – il compensait les petites bassesses propres à notre espèce par une vertu trop rare chez les hommes pour ne pas les rendre tout à la fois admirables et insupportables : la constance dans le courage. Le problème, c'était sa présence même, cette obligation de lui adresser la parole, car pour un écrivain, chaque mot accordé aux vivants est un mot volé aux fantômes.

# 46

Avant que le nom de Kaufman ne devienne synonyme de désastre, on le prononçait dans les couloirs des musées et des galeries d'art, ou dans les hôpitaux, avec respect et déférence. La famille Kaufman représentait l'aboutissement parfait du rêve américain : l'immigration, l'ascension sociale, l'accumulation d'une fortune colossale, la philanthropie. Ils étaient, disait-on, des bienfaiteurs de l'humanité. Des hommes venus d'un milieu modeste, qui avaient su transformer leur passion pour la médecine et la science en une manne incommensurable, tout en nourrissant les arts et la culture avec des dons généreux. Pourtant, l'histoire des Kaufman ne restera pas gravée dans le marbre des musées, mais inscrite dans les veines d'un pays tout entier, qu'ils empoisonnèrent, en toute connaissance de cause.

Aaron Kaufman avait rapidement compris qu'il existait une frontière mince entre la médecine et le commerce. La douleur ? Aaron la connaissait bien.

Enfant, il avait vu son père travailler jour et nuit, incapable de joindre les deux bouts. C'était une famille d'immigrants, pauvres, harassés par les difficultés de la vie. Aaron eut rapidement l'intuition d'un fait crucial : le désespoir humain pouvait être domestiqué, canalisé, emballé sous forme de comprimés, vendus avec la promesse d'une libération. Et si cette libération n'était que temporaire, qu'importait ? Le commerce, lui, durerait. Toujours. Quand il lança ses premières campagnes publicitaires pour des médicaments psychiatriques dans l'Amérique de l'après-guerre, Aaron enclencha une révolution : la médecine ne se vendrait plus comme une science, mais comme un produit de consommation. Et pour vendre, il fallait un récit. Il forgea une alliance inédite entre la médecine et la publicité, transformant les médecins en cibles de ses campagnes et les patients en consommateurs. Un problème ? Une pilule. Un autre problème ? Une autre pilule. La promotion du Xalix fut son chef-d'œuvre. Prescrit pour dompter les angoisses, ce médicament devint le symbole de la tranquillité achetable. Mais si Aaron avait jeté les bases de cet empire, ses frères Marcus et Reuben allaient en faire une machine de guerre. Le vrai coup de génie – ou plutôt, le pacte avec le diable – vint bien plus tard.

En 1996, Pardew Therapeutics lança le Duroxil, un analgésique opioïde plus puissant que tout ce qui existait sur le marché. La proposition de Pardew Therapeutics était simple : soulager la douleur. Le problème, c'est que derrière cette promesse, derrière ces chiffres et ces étiquettes, une vérité plus noire se cachait : le Duroxil était hautement addictif. Mais si les gens souffraient, n'étaient-ils pas prêts à tout pour échapper à cette souffrance ? N'étaient-ils pas, en fin de compte, eux-mêmes responsables de leur propre faiblesse ? Dès les premières années de commercialisation du Duroxil, des médecins, des chercheurs et des experts en santé publique avaient observé une augmentation de cas de dépendance et de surdose, notamment dans les régions rurales des États-Unis. Cependant, les voix critiques étaient isolées et les préoccupations noyées dans la popularité croissante du Duroxil. À partir des années 2000, des États américains et des collectivités locales commencèrent à déposer des plaintes contre Pardew Therapeutics pour marketing trompeur et minimisation des risques. Pardew Therapeutics fut condamné à une amende de plus de six cents millions de dollars. Mais rien ne changea dans les pratiques du groupe.

L'année 2008 marqua le début de la grande manœuvre des Kaufman. Pardew Therapeutics n'était plus une entreprise : c'était devenu une pompe à extraction, aspirant l'argent aussi vite que ses pilules aspiraient les vies. Les Kaufman démontaient leur empire pièce par pièce. Chaque dividende extraordinaire était immédiatement acheminé vers des trusts des îles Caïmans, des holdings luxembourgeoises, des fondations panaméennes – une architecture financière aussi complexe que les molécules de leur poison. Entre 2008 et 2017, dix milliards de dollars s'évaporèrent ainsi dans les brumes offshore, pendant que les overdoses se multipliaient.

Les Kaufman devinrent des fantômes, présents partout et nulle part. À Londres, un trust familial achetait un immeuble. À Zurich, une fondation culturelle s'ouvrait. À Singapour, une société-écran en créait trois autres. Les musées continuaient d'accrocher leurs cartels dorés – Metropolitan, Louvre, National Gallery. Aile Kaufman, galerie Reuben et Diane Kaufman. Dans les vernissages, les Kaufman souriaient encore, mais déjà ils n'étaient plus que des hologrammes, des projections de respectabilité sur les murs.

Toute cette ingénierie financière n'était que la partie émergée d'un iceberg de cynisme. Car ils savaient, bien sûr. Les rapports s'empilaient sur leurs bureaux : statistiques d'overdoses, courbes de dépendance, cartographies du désastre. Ils savaient, mais continuèrent, non seulement par appât du gain, mais par cette sorte de voracité qui pousse certains hommes à se dire que puisque le monde court à sa perte, autant profiter de la manière la plus radicale et la plus totale du temps qu'il leur reste à vivre, dans une sorte « d'après moi le déluge », afin d'en tirer les jouissances les plus raffinées, les plus démentes, les plus excessives.

# 47

New York, en ce début des années 2010, bruissait d'une fièvre nouvelle. Le One World Trade Center s'élevait dans le ciel de Manhattan, doigt d'acier et de verre pointé vers les dieux de la finance. Dans le sud de l'île, la Silicon Alley attirait des hordes de jeunes loups en sneakers Allbirds et sweat-shirt à capuche, tous persuadés d'être le prochain Mark Zuckerberg. Les taxis jaunes cédaient du terrain aux Uber Black, pendant que Tinder réinventait l'art de la rencontre. La ville entière semblait retenir son souffle, comme si elle pressentait déjà l'arrivée imminente d'un promoteur immobilier aux cheveux improbables dans le Bureau ovale.

C'est dans ce New York-là qu'Alexis débarqua chez Wintersmith, avec ses costumes Tom Ford et ses certitudes d'ancien de l'X. Pour Wintersmith, Pardew Therapeutics n'était qu'un client parmi d'autres, une ligne de plus dans un portfolio qui allait des cigarettiers aux fabricants d'armes, en passant par les dictateurs du Moyen-Orient soucieux d'optimiser les bénéfices de la vente de pétrole. Mais pour Alexis, ce compte représentait l'apogée d'une carrière déjà météorique. Il n'avait jamais travaillé comme ceux qui cherchent dans l'activité professionnelle un simple moyen de subsister. Le travail était devenu sa substance même, son obsession première, pareille à celle d'un rongeur dans sa roue qui, sans savoir pourquoi il court, ne peut s'arrêter de tourner. Ce que d'autres nommaient « réussite », lui l'appelait « excellence » – et il avait poursuivi cette chimère jusqu'à quitter la France, emportant dans ses bagages des ambitions que le Vieux Continent ne pouvait plus assouvir. Car c'était bien cela qu'il avait appris de ses parents, cette vérité que certains refusaient de voir : l'excellence n'était pas un privilège mais une nécessité, pas une distinction sociale mais un devoir. Un jour, songeait Alexis, si nous ne redonnions pas ses lettres de noblesse à la compétence véritable, le pays tout entier basculerait dans ce que les anciens nommaient la décadence – non pas le déclin pittoresque des civilisations fatiguées, mais l'effondrement brutal des nations qui préfèrent le confort de la médiocrité à l'exigence de la grandeur. Le véritable scandale n'était pas là où d'aucuns le cherchaient. Il ne résidait pas dans ces années vouées à l'étude, ni dans ces nuits consacrées au savoir, ni même dans ces existences tout entières dédiées à la connaissance. Non, songeait-il alors, il se nichait dans cette exaltation rampante de l'ignorance, dans cette célébration indécente de la médiocrité, dans cette façon qu'avaient tant de ses contemporains de se targuer, comme d'un titre de noblesse, de n'avoir jamais ouvert un livre – comme si l'on devait désormais s'incliner non plus devant l'intelligence mais devant son absence, non plus devant le talent mais devant sa négation même.

Sa mère était morte d'un cancer et le temps avait achevé de creuser entre son père et lui ce fossé de détestation qui semblait désormais infranchissable. L'Amérique l'attendait. Là-haut, dans les tours de verre, les chiffres avaient depuis longtemps remplacé toute autre forme de vérité. Il y crut avec la ferveur des alpinistes égarés qui prennent les reflets glaciaires pour des refuges salvateurs, confondent les scintillements des cristaux de neige avec des fenêtres illuminées, transforment les mirages de l'altitude en promesses de chaleur. Parfois, il entrevoyait la vérité : ses rêves les plus ardents n'étaient que des fictions de l'esprit, des larmes vaines face à la nuit. Mais l'instant s'effaçait déjà, pareil à une trace de pas dans la neige fraîche, et il replongeait, corps et âme, dans le torrent froid des data, des projections, des optimisations.

Jeunes mariés, Alexis et Adèle étaient au seuil de leur ascension. Adèle avait commencé par la finance – un poste dans une banque d'investissement à Paris puis à New York, où elle excellait à transformer l'argent en encore plus d'argent. Le changement commença un soir de vernissage à la galerie Gagosian. C'était l'époque où le marché de l'art atteignait des sommets vertigineux, où un Koons se négociait comme une entreprise du CAC 40. Les foires telles Art Basel ou la Frieze devenaient des événements mondains planétaires. Instagram commençait à transformer la manière dont les galeries promouvaient leurs artistes, tandis que les méga-galeries comme Hauser & Wirth ou David Zwirner ouvraient des antennes à Hong Kong, courtisant les nouveaux millionnaires chinois. Adèle accompagnait à ce vernissage un client, un de ces hedge fund managers qui collectionnent l'art contemporain comme d'autres accumulent les montres de luxe. Elle était en train d'observer chaque sculpture, chaque installation vidéo, calculant mentalement les retours sur investissement potentiels. Soudain, face à une toile immense de Cy Twombly, elle sentit quelque chose se fissurer dans son armure de certitudes. Ces lignes qui semblaient griffonnées par un enfant en colère, ces couleurs qui explosaient en cris silencieux : tout cela parlait d'une violence qu'elle reconnaissait, d'une rage qu'elle avait passé sa vie à contenir.

La transition ne fut pas immédiate. Elle commença par traîner ses enfants chaque dimanche au MoMA, au Whitney, au New Museum : « Regarde comme Rothko utilise la couleur », expliquait-elle à

Emma, qui préférait la boutique du musée aux salles d'exposition. Le soir, une fois les enfants couchés, elle passait des heures sur Artnet et Artprice, étudiant les courbes de valorisation des artistes comme elle avait jadis scruté le cours des actions. Son iPad se remplissait d'alertes Christie's et Sotheby's, de newsletters de galeries, de notifications Instagram de conseillers artistiques qu'elle suivait religieusement. À la New School, elle s'inscrivit à des cours d'histoire de l'art, décodant Rauschenberg comme elle avait autrefois décrypté Black-Scholes. Le minimalisme américain lui parlait sa langue : la géométrie obsessionnelle de Serra, les grilles hypnotiques de LeWitt, les progressions mathématiques de Judd – un vocabulaire de « systèmes », de « séries », de « variables », qui lui était étrangement familier.

Quand l'opportunité se présenta de rejoindre Gagosian comme directrice business development, elle sauta le pas. Son passé de manipulatrice de millions devint son talisman – elle parlait aux collectionneurs dans leur langue natale, celle du profit et du prestige, comprenant leurs désirs obscurs, qui, pour certains d'entre eux, n'effleuraient l'art que par accident. « L'art contemporain, murmurait-elle, avec un sourire de sphinge, c'est pareil que les produits dérivés : la valeur est dans l'histoire qu'on raconte. »

Ses journées devinrent des performances artistiques minutées : levée à 5 h 30, elle déployait son corps sur son tapis de yoga pendant que Manhattan sommeillait encore dans sa gangue de brume. À 7 heures, elle préparait les pancakes. Elle alignait les assiettes sur le comptoir de sa cuisine américaine, versait la pâte en cercles parfaits dans la poêle. Tandis que les enfants mangeaient, elle vérifiait que Lucas n'avait pas oublié sa raquette de squash, que Thomas avait bien son violon, qu'Emma portait les collants sans accrocs exigés par la School of American Ballet. Le soir, quand elle rentrait de la galerie, c'était l'heure des devoirs. Elle s'asseyait avec ses enfants dans la bibliothèque. Pas de nounou pour cette partie-là, elle y tenait.

Leur appartement dans l'Upper East Side n'était pas le plus grand, ni le plus luxueux, mais il avait cette vue sur Central Park qui validait leur ascension sociale. Un cinq-pièces qu'ils payaient une fortune, avec des placards minuscules et une cuisine que le propriétaire appelait « de chef » mais qui était à peine assez grande pour deux personnes.

Les enfants fréquentaient la Trinity School, où même les cours de récréation semblaient conçues pour préparer l'entrée à Harvard et où les goûters d'anniversaire se transformaient en réseautage pour parents ambitieux. Les dîners dans leur salle à manger aux moulures restaurées étaient des exercices d'équilibrisme social. Chaque invitation était pesée en vue d'un investissement à long terme. Partners de Wintersmith, avocats, collectionneurs d'art contemporain, galeristes à Chelsea. Adèle orchestrait ces soirées comme des parties d'échecs grandeur nature. Les conversations glissaient des hedge funds aux écoles privées, des dernières expositions au Whitney aux propriétés dans les Hamptons. L'hiver, ils se faisaient inviter à Aspen. L'été, c'était Southampton, où la maison de plage de la nouvelle meilleure amie d'Adèle, stratégiquement située entre celle d'un magnat des médias et celle d'un ancien secrétaire au Trésor, permettait ces « moments décontractés » qui font les vraies connexions. « Tu comprends, expliquait Adèle à Alexis entre deux bouchées de son avocado toast au Café Sabarsky, à New York, l'argent ne suffit pas. N'importe quel trader peut s'acheter un appartement sur Park Avenue. Ce qui compte, c'est d'appartenir. » Alexis trouvait ça un peu vain, un peu ridicule, il n'était pas certain d'avoir voulu une vie telle que celle-ci. Il écoutait d'une oreille, observant Adèle avec un mélange d'admiration et d'appréhension, cette femme qu'il n'était plus certain de reconnaître, perchée là, si loin de la sobriété dans laquelle ses parents l'avaient élevée. Mais le bonheur limpide qu'elle semblait tirer de l'édification de leur rêve américain, ce doux plaisir dans ses yeux, le dissuadait de protester.

La nuit, parfois, quand le silence de leur appartement devenait trop lourd, Adèle se levait et allait regarder ses enfants dormir. Emma, sa petite dernière, qui dansait déjà dans son sommeil avec la grâce anxieuse des futures étoiles. Lucas, si semblable à Alexis jusque dans ce froncement de sourcils qu'il conservait en dormant. Et Thomas, le plus fragile, celui qui lui rappelait le plus l'enfant qu'elle avait été. Elle les regardait et sentait cette peur sourde, cette terreur que tout – l'appartement avec vue sur le parc, les écoles privées, les cours de danse et de squash – puisse soudain disparaître tel un décor de théâtre qu'on démonte.

Cette obsession du contrôle s'étendait jusqu'à l'intimité de leur chambre. Le sexe, pour Adèle, suivait la même logique que le reste : une case à cocher dans son grand registre de la vie parfaite, un domaine qu'il fallait maintenir sous haute surveillance pour ne pas risquer d'avoir de mauvaises surprises. Non qu'elle y fût indifférente – elle y trouvait même parfois un certain plaisir –, mais cela ne l'habitait pas. Elle observait, avec une curiosité presque anthropologique, ces femmes qui parlaient de leurs amants ou de leurs maris avec des soupirs contenus, ces regards entendus échangés pendant les cours de pilates ou les déjeuners au Carlyle. Avec Alexis, les choses étaient simples, presque cliniques. Elle avait apprécié sa maladresse initiale, ses progrès aussi. Au fil des années, il s'était perfectionné. Il en était même venu à développer des « astuces », qu'il avait dû, pensait-elle, avoir soigneusement étudiées sur des sites pornographiques.

La conscience professionnelle avec laquelle il abordait l'union charnelle amusait Adèle. Elle l'imaginait presque débriefant ses propres performances dans sa tête, pour s'améliorer la fois suivante ; cela lui convenait. Elle n'attendait pas de passion – la passion, elle la gardait pour ses deals avec des collectionneurs, pour la façon dont son cœur s'accélérait quand un projet d'investissement particulièrement audacieux se concrétisait. Dans leur lit king size aux draps Frette, leurs corps se rencontraient avec une courtoisie étudiée. Pas de cris, pas de désordre. Un arrangement confortable, comme leur mariage.

Les rares fois où le désir la surprenait, c'était devant des choses qui n'avaient rien de sexuel : la ligne parfaite d'un building contre le ciel de Manhattan, le cuir d'un nouveau sac Hermès, le son d'un verre à montrachet qu'on faisait tinter. La sensualité, pour elle, résidait dans la perfection des formes, pas dans leur dissolution.

Les soirées où Alexis rentrait tard, Adèle le regardait se servir un verre avec des gestes trop précis, trop contrôlés. Il parlait encore « optimisation de la pénétration marché », « maximisation de la rétention client ». Tout juste avait-il le temps d'apprendre que son aîné souffrait d'acné ou que sa fille avait attrapé les oreillons. De temps en temps, il en concevait une culpabilité atroce. Il se voyait pareil à un oiseau cherchant à sortir d'un bâtiment où il se cogne inlassablement contre des parois de verre, incapable de trouver une issue. Une douleur sourde le prenait au ventre. Il la chassait à coup de Gaviscon et de pompes. Et ça passait.

Adèle voyait bien les fissures apparaître sous le vernis de ses certitudes, mais elle détournait le regard de leur salon, réarrangeait les orchidées blanches dans une chorégraphie obsessionnelle.

Les nuits s'étiraient. Alexis s'attardait au bureau bien après l'extinction des lumières de l'Empire State Building. Dans le silence climatisé du quarante-troisième étage, hypnotisé par ses écrans, il ne vit pas venir la vague – une marée insidieuse de chiffres et de statistiques qui commença à monter autour de lui. L'histoire se répétait dans des lieux qu'il ne verrait jamais que comme des coordonnées sur une carte. À Charleston, cœur noyé de l'industrie charbonnière, les enfants d'un sol dévasté devenaient des épaves à la dérive. À Inwood, Virginie-Occidentale, ils sombraient tous : mères aux dos brisés, vétérans échoués des guerres lointaines, étudiants écrasés par la misère. Le long de l'Ohio River, on repêchait des corps, tous marqués du même stigmate chimique : le Duroxil.

Des médecins lancèrent les premiers signaux de détresse. Puis vinrent les témoignages, déferlant comme une tempête : infirmières, aides-soignants, familles anéanties. « Cas isolés », « risques calculés »,

« dommages collatéraux acceptables » – le vocabulaire corporate devint la bouée de sauvetage de l'entreprise face au chaos déchaîné.

Wintersmith poussa la logique jusqu'à son terme monstrueux : des ristournes aux distributeurs de Duroxil pour chaque overdose, comme des primes à la noyade. Pas une fois la main d'Alexis ne trembla quand il validait les stratégies de bonus pour les commerciaux qui pousseraient les médecins à prescrire toujours plus, dans des zones où les overdoses se multipliaient déjà. Depuis les open spaces, une armée de consultants en costume orchestrait méthodiquement le déluge. Il en faisait partie.

L'appel vint un mardi matin, entre deux réunions sur l'optimisation des canaux de distribution. À Paris, Henri venait de chuter. « Je ne sais pas ce qui m'arrive, fiston. Mes jambes ne me portent plus. » Dans le silence de son bureau, Alexis sentit quelque chose céder en lui. L'espace d'une seconde, le visage paternel apparut, rongé par le temps. Mais déjà, comme un capitaine face à la furie des éléments, il verrouillait les écoutilles de sa sensibilité.

« Je ne peux pas venir. C'est un moment critique pour moi, tu comprends ? »

Il ne dit pas : « Je suis devenu cette machine que tu as toujours voulu que je sois. » Il ne dit pas : « J'ai appris à sacrifier l'amour sur l'autel du succès, contrairement à toi. » Il dit simplement : « Demande à l'hôpital de m'envoyer la note. »

Sur l'écran de son MacBook, les courbes continuaient leur ascension, indifférentes au fait qu'un fils venait d'abandonner son père à la dérive. Dans d'autres villes, d'autres pères sombraient aussi, les veines gonflées du poison qu'Alexis leur vendait. Le mois suivant, Wintersmith le fit senior partner.

## 48

La gloire, c'est comme un enterrement de première classe, avec des fanfares et des couronnes flamboyantes. C'est sourire aux nuées, lever son verre à sa propre magnificence, tout en sachant que la seule chose qui brille vraiment, là-dedans, c'est l'absence éclatante de ce que l'on appelait autrefois le bonheur. Et le pire, c'est qu'on finit par aimer ça, par prendre goût à cet hommage funèbre à ce que l'on était, avant de se perdre de vue, avec toute la solennité d'une belle mise en scène. Ce sont des obsèques où l'on est à la fois le défunt et celui qui prononce l'oraison, et où personne n'ose se demander ce qui a vraiment été perdu et ce qu'on a volé.

Alexis travailla plus encore, jusqu'à ployer sous le poids d'une fatigue qui ne connaissait plus de répit. Il sentait qu'il n'était plus lui-même, mais devenu tout à fait un autre, sur lequel il n'avait aucune prise, qui vivait un rêve américain illusoire, une supercherie, vaniteuse et grotesque. Les journées ne s'écoulaient plus. Elles lui explosaient au visage. À peine s'endormait-il que déjà le réveil sonnait, une autre journée commençait, sans jamais lui laisser l'opportunité de prendre la moindre distance avec toute cette comédie. Il se retrouvait, en haut d'une tour, entouré de collègues aux traits tout aussi tirés que les siens, projeté dans des réunions interminables où il s'entendait, ébahi, proférer des platitudes qu'on écoutait avec attention. Il se raconta que tout cela avait une raison : qu'il ne finirait pas placardisé comme l'avait été son père, qu'il devait gagner plus d'argent encore pour mettre à l'abri ses trois enfants. Et bientôt, les mêmes enfants, dont il disait sans cesse se soucier, il ne les croisa plus que rarement. Il partait au bureau quand ils dormaient encore. Il rentrait quand ils étaient déjà couchés. Ses absences lui pesèrent sur la conscience tels ces larcins que l'on commet au détriment de ceux-là mêmes qu'on prétend ainsi protéger. Sa place, son rôle familial, professionnel, et jusqu'au sentiment même de sa propre personne se mirent à chanceler.

Il faisait de moins en moins l'amour avec Adèle. Elle aurait pu s'en émouvoir. En théorie, un corps pressant le sien, un souffle chaud, ce remue-ménage charnel, tout cela était divertissant, mais le charme se dissipait très vite à l'idée du désordre que cela imposerait à sa soirée. La simplicité d'un verre de vin solitaire en supervisant les devoirs des enfants lui semblait plus douce, plus indulgente.

En pratique, cette abstinence lui convenait donc presque trop bien. Leurs nuits étaient d'une tranquillité reposante, un bonheur tiède qui laissait place à ses vrais plaisirs : suffisamment de sommeil, le luxe d'un oreiller pour elle toute seule, le plaisir de ne pas être dérangée par une main qui, dans le noir, aurait tenté de mendier des faveurs alors qu'elle venait à peine de fermer les yeux. La situation aurait pu être dramatique, désespérée, mais cela aurait demandé une passion qu'ils avaient, tous deux, soigneusement évité de cultiver.

La première transgression d'Alexis fut presque clinique. Dans un bar du Peninsula à Chicago, il catalogua méthodiquement ses propres symptômes : pupilles dilatées, rythme cardiaque accéléré, sudation légère. Comme pour le Duroxil, tout commença par des données quantifiables. La consultante du Washington Consulting Group portait un parfum qui fleurait l'ambition rentrée. Deux heures plus tard, dans une chambre au vingt-troisième étage, lui qui n'avait jusque-là jamais fait l'amour qu'avec sa femme se souvint qu'il existait donc d'autres positions que le missionnaire et que la chair avait la même texture que les chiffres : malléable, addictive, dangereuse.

Ce qui suivit ressembla étrangement aux courbes de croissance qu'il présentait chez Pardew Therapeutics.

Une escalade progressive, méthodique, mathématique. Chaque nouvelle rencontre exigeait une dose plus forte que la précédente. Le Bemelmans Bar devint son laboratoire personnel, un lieu où il testait les limites de sa propre tolérance au chaos. Les corps qu'il collectionnait étaient autant de données classées dans un grand tableau mental : colonnes de peau moite, lignes de gémissements, algorithmes de jouissance calibrés au millimètre.

Quand il découvrit ce qu'au fond de lui il n'avait jamais pu s'avouer, à savoir que le genre de ses partenaires lui importait peu, ce fut, pour se défendre d'une telle déflagration, avec la même froide curiosité qu'il appliquait à l'analyse des marchés émergents. Le jeune professeur de Columbia qui lisait DeLillo, le galeriste français qui parlait si bien de Soulages, le trader qui comprenait la beauté fractale des krachs boursiers – tous devinrent des variables dans une équation de plus en plus complexe.

Chaque nouvelle liaison était un produit dérivé de sa propre destruction, une forme sophistiquée d'ingénierie financière appliquée à la chair. « Réunion tardive chez Pardew » finit par être un code aussi efficace que des formules marketing.

Les nuits où Alexis se glissait dans leur lit, Adèle dormait toujours, son masque de sommeil Hermès sur les yeux. Dans les bars feutrés de Manhattan, personne ne devinait que cet homme qui s'offrait à des femmes comme à des hommes était aussi cet époux travailleur au costume impeccable, ce père de famille responsable, ainsi que quelqu'un qui, quelques heures plus tôt, avait validé des stratégies qui transformeraient des dizaines de milliers d'Américains en zombies pharmaceutiques.

Ils s'étaient tant amusés, eux, les diplômés de Polytechnique, de HEC, des Mines, sûrs de leur place dans le cosmos. Leurs ambitions d'alors paraissaient de plus en plus des enfantillages. Ils croyaient le monde immuable, protégé par la logique impeccable de leur modèle économique et par l'illusion que tout cela ne s'effondrerait jamais. Et pourtant, l'effondrement d'Alexis se précipita. Ses certitudes s'effritaient sous les coups répétés de la fatigue, de l'angoisse, de la douleur de s'être perdu de vue. Son quotidien, où le mérite et l'intelligence étaient supposés être les seules clés de l'ascension sociale, était en train de désagréger.

C'est alors que l'enveloppe arriva. Simple kraft au milieu du flot quotidien de mémos et rapports sur son bureau du quarante-troisième étage. La photo de Cassie J. Une craquelure dans l'apparente perfection de leur dispositif. Vingt-huit ans, un sourire rebelle aux formatages LinkedIn, des yeux clairs – dernière lueur d'innocence avant le désastre. Une fille parmi les millions d'autres de Manhattan – serveuse d'expressos chez Blue Bottle, croqueuse de passants sur les marches du Met. Sur un rectangle de papier blanc, ces mots, écrits à la main :

*C'était notre fille. Morte d'une overdose. Elle avait confiance en vous.*

Sur l'écran, un tableau Excel diffusait sa lumière cadavérique. Les dernières projections de vente du Duroxil. *Pénétration du marché, Fidélisation de la clientèle, Optimisation des prescriptions.* La mort se vendait bien. Très bien même. Trop bien. Alexis se leva, attrapa son manteau. L'ascenseur l'engloutit dans ses entrailles chromées. Il abandonna son bureau aux ombres. Il n'y revint pas l'après-midi. Ni le soir. Cette nuit-là, Manhattan devint son désert de prophète, ses visions d'apocalypse imprimées sur chaque building. La vérité le foudroya. Les Kaufman, Pardew Therapeutics, Wintersmith, leurs légions de consultants-mercenaires et leurs marketeurs aux mains immaculées, leurs PowerPoint..., tout serait balayé. Les journalistes déterreraient les dossiers. Les avocats se partageraient les milliards des procès comme des charognards. L'aube se levait sur Central Park quand il rentra enfin. Adèle dormait encore, son masque sur les yeux. Sur la table de la cuisine, les cartables des enfants – blasons colorés de leur forteresse de privilèges, bâtie sur un socle de pilules blanches.

À 6 h 47, il envoya sa démission. Trois phrases, ordonnance létale pour dix-sept ans chez Wintersmith. Pas d'explication, pas de préavis. Une euthanasie professionnelle.

Quand il le lui annonça, Adèle ne cria pas, ne pleura pas. Elle le scruta de son œil clinique d'analyste financière : évaluation des dégâts, calcul des pertes, stratégies de sortie.

« Tu réalises ? dit-elle, assise dans leur cuisine où le soleil d'hiver transformait le marbre en pierre tombale. Tu réalises ce que ça signifie ? »

Elle fixait le fond de sa tasse Wedgwood, comme si la porcelaine fine pouvait prédire l'avenir qui les attendait après ce suicide social.

Les semaines qui suivirent, leur appartement de l'Upper East Side devint le théâtre d'une déchéance en temps réel. Les dîners s'arrêtèrent net. Les invitations aux galas s'évaporèrent. Dans leur monde, la faillite était plus contagieuse que n'importe quel virus. Quand la décision de quitter New York tomba, Adèle la reçut comme un *margin call* : la liquidation forcée d'un rêve américain surendetté. Pour les enfants, elle emballa leur disgrâce dans le papier cadeau d'une « expérience internationale ». Pour elle-même, elle n'avait pas ce luxe. Les déménageurs empaquetèrent les décombres de leur vie, pendant qu'Adèle, dans un tailleur Celine qu'elle vendrait bientôt, supervisait ce naufrage, impavide.

Alexis, Adèle et leurs enfants rentrèrent à Paris. Quand l'avion décolla, Adèle regarda à travers le hublot. Elle se mit à pleurer comme Margaux l'avait fait, dans un autre avion, des années plus tôt, pour de toutes autres raisons. Le monstre qu'Adèle et Alexis allaient affronter, c'était, se dit-elle, celui du temps, qui s'étirerait, dans l'absence d'un poste qui ne viendrait pas, toutes ses stratégies d'adaptation auxquelles il lui faudrait s'accrocher, inventer des projets de transition, réapprendre, laborieusement, à activer ses réseaux, à vendre son profil. Et derrière cette façade d'activité intense, il y aurait l'angoisse sourde d'un avenir devenu flou, presque abstrait. Le monde avait changé. Leurs diplômes, autrefois médailles sacrées de la réussite, étaient devenus incapables de les protéger complètement contre la violence sourde d'un système où désormais même des polytechniciens pouvaient se retrouver au chômage. Aussi Adèle trouvait-elle obscène que son mari ait choisi lui-même de quitter le bal, emportant avec lui sa famille dans la tourmente. Ce ne serait pas une simple période d'inactivité, de réinvention de soi : c'était, se dit-elle, une chute brutale de toute la hauteur du ciel, une désintégration du sens même de leur vie.

« Tu nous as tout fait perdre, cracha-t-elle dans leur appartement de République – où même les placards

Conforama semblaient rire de leur déclassement. Les écoles. Les relations. Notre vie. »

Elle parlait le seul langage qu'elle connaissait vraiment : celui de la perte sèche. Ensuite, elle ne dit plus rien.

# 49

Oliver Stevenson fit son entrée comme un prédateur de Mayfair égaré dans une tragédie française – costume Savile Row impeccable, boutons de manchette Asprey. Un de ces golden boys de Goldman Sachs qui rôdent entre Londres et New York sur des vagues de bonus invraisemblables, avec cette aisance des grands fauves qui n'ont plus besoin de montrer les crocs pour faire comprendre qu'il n'y a de place que pour un seul roi dans la jungle. C'est au George V qu'il repéra Adèle, pendant une de ces conférences sur la régulation bancaire où même l'ennui se vend au prix fort. Elle orchestrait un cocktail pour son petit fonds d'investissement – une régression professionnelle qu'elle portait comme une robe trop étroite. Le déclassement avait fait d'elle une panthère en cage.

« Adèle Keller, dit-il avec ce sourire qui avait déjà convaincu trois boards de fusionner et deux épouses de divorcer. Gagosian, il y a deux ans. Vous étiez en vert, du Bottega Veneta. »

Leur liaison débuta telle une acquisition hostile : valorisation précise, exécution froide. Londres devenait dans la bouche d'Oliver une terre promise : bureau avec vue sur la City, position chez Goldman, une vie qui effacerait Paris. Pour lui, Adèle était le parfait arbitrage : assez française pour impressionner Mayfair, assez américanisée pour comprendre son monde. Pour Adèle, Stevenson représentait l'anti-Alexis : un homme pour qui la morale était au mieux un coût à optimiser, au pire une externalité négative.

Elle annonça son départ à Alexis avec la satisfaction d'une OPA bien menée.

« Je ne peux pas me permettre d'être la femme d'un paria. Westminster School et King's College attendent les enfants. Oliver a déjà tout arrangé. »

Son avenir s'étalait devant elle : actifs à transférer, passifs à liquider, trois enfants à repositionner sur le marché haut de gamme de l'éducation britannique. Dans ses yeux brillait cette même fièvre qu'Alexis avait vue la première fois qu'ils s'étaient aimés à Dauphine. Une faim que rien ne semblait pouvoir rassasier. Il comprit alors qu'il avait contribué à créer ce monstre de perfection, cette machine à ambition qui ne pouvait plus s'arrêter.

Elle partit pour Londres avec les enfants un mardi matin d'automne. Pas d'adieux déchirants, pas de scène dramatique. Juste le bruit des valises à roulettes sur le parquet, le claquement sec des talons Gucci, et le silence qui suivit. Emma demanda si elle pouvait emporter son tutu préféré. Lucas ne dit rien, mais son regard était celui de son père. Thomas pleura silencieusement dans le taxi vers l'aéroport.

À Mayfair, les enfants intégrèrent leur nouvel appartement comme on enfile un nouveau costume : avec une légère gêne qui finirait par s'estomper. Adèle dirigeait maintenant le département Art de Goldman Sachs, organisant des dîners où les égos se mariaient mieux encore que les vins. Les week-ends, elle emmenait les enfants à la Tate Modern, leur expliquant maintenant l'art britannique avec l'assurance de celle qui avait toujours appartenu à ce monde.

La nuit, parfois, quand Stevenson dormait à côté d'elle dans leur lit king size aux draps Frette (certaines habitudes ne changent jamais), elle se surprenait à penser à sa mère, penchée sur sa Singer dans leur appartement de Louviers. Elle entendait presque le ronronnement de la machine, voyait les doigts piqués d'aiguilles, sentait l'odeur du fil et de la patience. « Une belle robe cache toujours ses coutures. » Sa mère parlait de son métier, mais peut-être aussi d'autre chose. De l'art délicat du remaniement biographique, de ces vies qu'on rembourre, de ces gens qu'on abandonne, de ces histoires qu'on retaille jusqu'à ce qu'elles paraissent présentables.

## 50

Un matin de juin 2019, Margaux regarda Hagauer, et comprit que leur histoire avait pris fin dans un effacement si subtil qu'ils ne l'avaient pas même remarqué. Il n'était plus heureux avec elle. Et elle, en vérité, ne l'était plus vraiment non plus. Leur amour était encore là, enveloppant leurs gestes de sa grâce usée. Mais ce n'était plus une maison, juste un abri temporaire au bord d'un chemin qui déjà se divisait. Les mots vinrent d'eux-mêmes, avec cette évidence des choses trop longtemps retenues.

« Tu me demandes, lui dit-elle, ce qui a changé. Pourquoi les fils se brisent, pourquoi les visages se détournent. Ce serait si simple si je pouvais t'expliquer que c'est entièrement de ma faute, ou entièrement de la tienne, ou même de celle de ce monde dans lequel nous vivons. Mais rassure-toi, c'est une œuvre collective. »

Il l'écouta et, dans son regard, elle ne vit ni colère ni refus. Juste une immense tristesse qui faisait écho à la sienne.

Ils se remirent à partager leurs repas, leurs rires même, comme si la certitude de leur séparation les avait libérés d'un poids qu'ils ne se savaient pas porter. Quand elle voulut dormir sur le canapé, il murmura simplement : « Reste plutôt dans mes bras, bientôt tu seras seule. »

Puis vint le matin du départ. Leur fille Chloé était entre eux dans le salon et, pendant un instant, le temps sembla hésiter, comme ces gouttes de pluie qui restent suspendues aux branches avant de tomber. Ils s'étreignirent tous trois. Et se mirent à pleurer.

Le meublé que trouva Margaux suintait cette odeur propre aux appartements où trop de solitudes se sont succédé. Une énième case dans un immeuble qui ressemblait à une grille de Scrabble géante, avec ses balcons identiques où séchaient des vies interchangeables. Elle y installa pour Chloé un simulacre de normalité – des livres, une lampe chinée aux puces, ces détails qui font croire que rien n'a changé. La grande évasion version discount.

Les dossiers de location s'empilaient sur la table, refusés les uns après les autres. Un écrivain, même publié, faisait peur aux propriétaires – pas de bulletin de salaire. Elle avait cramé ses dernières économies dans ce déménagement et la location d'un garde-meuble, qui ressemblait à un entrepôt pour vies en transit.

Le plus drôle, ou le plus assassin, c'était cette façon qu'avaient certains de la haïr et d'autres de l'estimer parce qu'ils la prenaient pour une bourgeoise, alors qu'elle vivait comme une étudiante de première année. Son éducation, cette manière d'entrer dans une pièce avec une sorte d'autorité calme (qui était en fait une timidité maladive) – autant de vestiges d'un monde englouti qui servaient maintenant de cache-misère. Seule Chloé savait. Elle regardait sa mère comparer les prix au supermarché, hésiter entre deux marques de café bas de gamme, avec cette lucidité des adolescents qui voient tout et ne disent rien.

À bien y réfléchir, se disait Margaux, son indigence avait quelque chose de romantique – une forme de distinction négative. Mais combien de ses semblables, enchaînées à des mariages de convenance, à des hypothèques interminables, à des enfants qui servaient d'excuse à l'immobilisme, n'avaient pas même ce luxe de la séparation ?

Son dernier roman venait de sortir. Elle en mena la promotion, invitée partout, sans avoir un sou en poche. Hagauer avait raison : depuis qu'elle n'avait plus ses bras pour dormir, l'insomnie était devenue sa nouvelle compagne de lit. Une fidèle, celle-là, qui ne la trompait jamais. Les nuits s'étiraient comme des élastiques usés. Elle regardait le plafond en comptant ses échecs, activité qui avait au moins le mérite de l'occuper jusqu'à l'aube. On est peu de chose, finalement : quelques habitudes corporelles, une cartographie de gestes, la mémoire musculaire d'un autre corps contre le sien. Le reste – l'amour, les promesses, les serments – n'était que littérature. Et la littérature, justement, ne tenait pas chaud la nuit.

C'est au plus bas de cette comédie sociale qu'elle reçut le message de Marianne Stern. Cette dernière avait lu un article sur le nouveau roman de Margaux. Elle l'avait contactée, non pas comme une lectrice ordinaire, mais comme la gardienne d'une histoire que Margaux ignorait : Marianne avait été le premier amour de son père, dans les années 1960. Margaux n'avait jamais imaginé son père amoureux avant sa mère. Elle ne se doutait pas non plus qu'il avait vécu avec une femme ayant révolutionné la publicité française. À soixante-quinze ans, Marianne Stern régnait encore, même retraitée, sur les conseils d'administration comme une impératrice romaine qui aurait troqué sa toge pour du Saint Laurent.

Dans son appartement situé derrière le Panthéon, elle parla à Margaux de son père, avec une tendresse que les décennies n'avaient pas érodée. Elle lui raconta leurs années de jeunesse dans la publicité, quand ils inventaient ensemble des slogans qui entreraient dans la mémoire collective, avant que leurs chemins ne se séparent. Comment le père de

Margaux dessinait sur des nappes de restaurant des croquis qui finissaient en campagnes nationales. Comment Marianne savait alors déjà qu'il ne resterait pas. « Votre père regardait toujours ailleurs même quand il vous regardait dans les yeux », dit-elle. Elle tendit à Margaux un carton rempli de croquis de son père. « Je n'ai gardé que les ratés. Les essais, les tentatives, les chemins qu'il n'a pas pris. C'est là qu'on voit vraiment quelqu'un – dans ce qu'il n'a pas osé devenir. »

Leurs rencontres se multiplièrent. Une intimité étrange se tissait entre elles – non pas celle, prévisible, d'une fille rencontrant le passé de son père, mais quelque chose de plus subtil : la reconnaissance mutuelle de deux femmes qui avaient appris à transformer les abandons en force. Margaux observait cette élégance qui n'avait rien à voir avec l'argent, cette autorité qui ne devait rien à personne. Marianne Stern appartenait à cette race de femmes qui s'étaient construites seules, sans héritage ni protection, dans un monde qui ne leur faisait pas de cadeaux. À dix-sept ans, elle avait claqué la porte de l'appartement familial – elle n'en parlait jamais directement, mais ses silences sur les raisons qui l'avaient poussée à fuir étaient plus éloquents que n'importe quelle confession. Dans ces moments-là, son regard prenait une teinte dure qui en disait long sur les abîmes qu'elle avait su convertir en socle.

Un matin, alors que Margaux évoquait ses galères immobilières avec cette fausse désinvolture des gens bien élevés, Marianne posa sa tasse de thé. Elle la regarda avec cette acuité qui avait fait d'elle une légende de la publicité – cette capacité à déshabiller une situation en un coup d'œil.

« Je me porterai garant pour vous. »

La phrase tomba comme un couperet.

« Quoi ?

— Vous avez très bien entendu. Je me porterai garant pour vous.

— Je ne sais pas comment vous remercier.

— Cherchez votre appartement, avec une vraie chambre pour votre fille. Je ne vous demande rien en échange, à part une chose : écrivez et travaillez, sans relâche. »

Margaux attendit d'être dans la rue pour pleurer. La gentillesse des étrangers a quelque chose d'insupportable : elle nous rappelle tout ce que nos proches n'ont pas su nous donner. Une inconnue qui avait aimé son père soixante ans plus tôt venait de lui offrir ce que sa propre mère lui avait refusé. Elle monta dans l'autobus les yeux mouillés, en se disant que la vie avait décidément le sens de la cruauté : il avait fallu qu'elle perde tout pour découvrir qu'elle avait peut-être enfin trouvé quelqu'un.

Margaux recommença à éplucher les annonces. Son choix se porta sur un trois-pièces dans le quatorzième arrondissement. Tout juste nota-t-elle qu'il avait une particularité : il était à deux pas du cimetière où était enterré son père.

C'est son éditeur qui formula ce que Margaux n'osait pas voir.

« Tu es forte, lui dit-il. Ça aussi, tu l'as réussi.

— Quoi donc ? demanda-t-elle.

— Être au plus près de ton père grâce à son premier amour. Être au plus près de lui, tout en continuant à vivre. »

# 51

Vivre. Le mot résonnait différemment à quelques kilomètres de là, dans un appartement de République, où Alexis avait choisi de s'abandonner à la lente décomposition de lui-même. Tandis que Margaux apprenait à habiter sa nouvelle liberté, lui s'enfonçait dans une claustration volontaire où les jours perdaient leur substance. Il s'était retranché dans une retraite austère, sans voir personne. Il ne sortait plus, sinon pour ramasser les sacs Uber posés devant sa porte, dont il touchait à peine le contenu. Le rituel lui-même semblait plus important que le repas : l'attente, le bruit de l'interphone, le bref échange sans regard avec le livreur, la porte qui se referme.

L'appartement exhalait une odeur de renfermé, l'effluve des lieux où rien ne bouge, où le temps s'enroule sur lui-même. Les rideaux demeuraient tirés, étouffant la lumière. Dans cette pénombre, Alexis allait et venait, dans l'attente d'un coup de fil de ses enfants. L'aîné répondait à peine à ses textos, le cadet pleurait chaque fois qu'ils s'appelaient, et la petite dernière, qui n'avait pas de téléphone, empruntait celui d'Adèle pour lui envoyer des *Je t'aime, mon papa*. D'abord souvent, puis de moins en moins.

Les semaines passèrent. Alexis scrutait les murs, les traits de sa bouche se durcissaient parfois d'un tic nerveux. Ses pensées dérivaient, de chiffres en souvenirs, cherchant dans l'abîme de ses propres erreurs la cause de son effondrement. Bientôt, un appel lui apprit que son père était atteint de la maladie de Charcot. Il hésita. Puis renoua avec lui. Leurs retrouvailles eurent la froideur des banquises : deux monolithes de silence s'affrontant sous les néons d'une banlieue désolée.

Henri, ce lion vieilli, vit son fils. Il chassa ses larmes, esquissa un sourire, grimace muette où dansait encore l'ombre de l'ancien orgueil paternel.

« Et Madeleine ? demanda Alexis, la gorge sèche. Madeleine n'est pas à tes côtés ? »

Henri ne manifesta aucune surprise à l'évocation de ce nom que son fils n'était pas censé connaître.

« Voilà six ans qu'elle est morte, répondit-il. Mais tout le temps qu'il nous a été donné de pouvoir enfin vivre ensemble, nous avons connu la grâce. »

Alexis fut mortifié. D'avoir évoqué Madeleine, du fait que son père ait été heureux avec elle. Ses lèvres tremblèrent, incapables de formuler ces mots qui auraient pu, peut-être, combler le gouffre des années perdues. Pourtant il s'astreignit, avec la régularité d'un métronome, à accompagner ce père diminué dans la procession de ses examens médicaux, ce chemin de croix où chaque station était une nouvelle humiliation, un nouveau coup porté à sa dignité. Il déménagea à Meaux, non loin de là où vivait Henri, pour être plus près de chez lui, sans pour autant lui dire qu'il voulait être auprès de lui, mais prétendant qu'ainsi ce serait plus pratique.

Sa démission brutale ne lui avait donné droit à aucune indemnité. La compensation financière qu'il avait touchée en tant que détenteur d'informations sensibles avait fondu. Le pavillon de Meaux, miroir de celui de son père, devint son purgatoire, ou peut-être sa pénitence – une maison témoin pour une vie qui n'avait plus de témoins. Les week-ends où Lucas, Thomas et Emma daignaient encore traverser la Manche, il jouait au père. Les enfants grandissaient. Des arbres qu'il regardait de loin, notant leur croissance avec l'application désespérée d'un botaniste. Les garçons parlaient de leur scolarité avec une politesse qui le glaçait, évitant soigneusement de mentionner leur beau-père anglais. Lucas développait cette même raideur qu'Alexis avait eue à son âge, cette façon de tenir sa colère comme un livre trop précieux contre sa poitrine. Thomas portait dans ses silences tout ce qu'Alexis n'avait jamais su dire à son propre père.

Un soir, tandis qu'Emma dansait devant lui, visage éclairé d'un triste sourire, elle lui rappela brusquement cette petite fille au bord du lac Léman, celle qui partageait ses Toblerone et ses secrets, avant que le monde ne se referme sur lui, avant la chute, quand le bonheur était encore une évidence, et le prénom d'une enfant étrange une prière. Comment avait-il pu l'effacer de ses pensées si longtemps ? Il hésita, cœur battant à se rompre, à taper son nom sur un moteur de recherche. Mais il referma l'ordinateur sans rien faire. Peu à peu, le souvenir se dissipa de nouveau, glissant dans l'obscurité, pareil à une silhouette qui s'évanouit doucement dans le lointain, jusqu'à ce qu'il ne reste d'elle qu'un frisson d'absence.

Alexis continua de cultiver sa solitude avec une attention maniaque au moindre détail de sa déchéance. Son jardin devint une expérience d'abandon contrôlé : des tomates qu'il n'avait jamais eu l'intention de faire pousser arrivaient à maturité entre les mauvaises herbes, des roses grimpantes s'obstinaient à fleurir malgré son indifférence étudiée. Le soir, il regardait les pavillons identiques alignés dans sa rue – ces petites boîtes en brique rouge qui abritaient peut-être d'autres âmes brisées, d'autres fils blessés, d'autres pères du week-end, d'autres hommes qui, un jour, avaient échangé leurs rêves contre le silence de la résignation, qui avaient cru que la morale pourrait les racheter, mais qui, dans le fond, savaient que tout acte de vertu n'est peut-être qu'un calcul désespéré, une ultime transaction avec sa propre conscience.

Il n'avait jamais raconté à ses trois enfants pourquoi il avait quitté Wintersmith. Il ne cherchait plus dans des bars l'oubli de ce qu'il était devenu. Les pulsions qui l'avaient poussé dans les bras d'inconnus à Manhattan s'étaient tues. Quand même le silence devenait trop bruyant, il se surprenait à repenser aux graphiques qu'il alignait autrefois. Il se demandait combien de Cassie J. s'étaient ajoutées au compte des morts, combien de lettres kraft avaient atterri sur d'autres bureaux climatisés, combien de vies s'étaient dissoutes dans des statistiques trimestrielles pendant que d'autres hommes en costume ajustaient leurs présentations PowerPoint. Mais ces questions n'avaient plus de sens. Le Duroxil et la culpabilité, deux substances aux mêmes propriétés pharmacologiques : absorption totale, intégration cellulaire, mutation irréversible de l'être.

## 52

De l'autre côté de l'Atlantique, la vérité finit par éclater. Les révélations déferlèrent, envahissant les unes des journaux, les écrans de télévision, les conversations de l'Amérique tout entière. La presse disséquait chaque détail sordide. Des noms émergeaient. Les subalternes devenaient boucs émissaires. Les stratèges tissaient leur toile : appels aux influences politiques, conciliabules avec les lobbyistes. Mais le vent avait tourné, et ni l'argent, ni les menaces, ni les pactes occultes ne purent empêcher les masques de tomber. Les procès suivirent. Les familles des victimes, enfin entendues, hurlaient leur souffrance sur les marches des tribunaux. Pardew Therapeutics était l'archange du mal, Wintersmith son évangéliste démoniaque. Dans les tribunaux, la machine infernale se dévoilait enfin : les bonus versés pour chaque overdose, les médecins transformés en dealers en blouse blanche, les études truquées, les campagnes marketing qui susurraient leurs promesses empoisonnées à l'oreille de l'Amérique souffrante. Les Kaufman, ces Médicis de la mort, voyaient leur empire vaciller. Des milliers de pages de documents internes, accumulés sur plus de deux décennies, remontèrent à la surface comme des cadavres qu'on n'avait pas pris soin de lester : ici, des courriels où l'on se réjouissait des résultats « encourageants » ; là, des études falsifiées pour minimiser l'addiction ; ailleurs, des notes de frais d'agents de liaison en mission pour soudoyer des médecins de plus en plus nombreux.

Alexis attendit un mot d'Adèle, un signe qui aurait validé sa désertion précoce de ce navire négrier moderne. Mais elle gardait le silence. Pour elle, l'honneur d'Alexis n'était qu'une aberration statistique, une déviation inexplicable et inexpiable dans la courbe de ce qu'aurait dû être leur destin flamboyant.

L'amertume commença à étreindre Alexis, impossible à réprimer, un flot noir qui emporta avec lui les derniers vestiges de ses scrupules. Il envoya un courriel à un ancien camarade de Louis-le-Grand devenu rédacteur en chef d'un mensuel d'investigation – quelques phrases coupantes. Pas une confession. Une dissection. *Les graphiques étaient magnifiques*, écrivit-il. *Nous faisions de la mort un actif performant, dans l'harmonie impeccable d'un quatuor de Schubert.*

Son ancien camarade lui répondit : *Écris, Alexis. Le papier, je te le prends.* Alors il écrivit. Non pas avec la rage attendue, mais avec la précision du médecin légiste pratiquant sa propre autopsie. Les mots sortaient de lui comme des organes disposés méthodiquement sur une table d'examen. Voici le foie engorgé des mensonges corporatifs. Voici les poumons saturés de culpabilité. Voici le cœur nécrosé par dix-sept ans de complicité.

Le premier article fut un séisme. Il en signa un autre sur l'usage détourné du tramadol en France. Puis deux autres encore, cette fois sur le trafic du fentanyl, un opiacé trente fois plus puissant que l'héroïne, produit par les cartels mexicains à partir de substances venues de Chine. Sa prose était celle d'un comptable de l'apocalypse, cataloguant les victimes avec la même rigueur qu'il mettait autrefois à optimiser leur destruction. Il ne cherchait pas la rédemption – il savait qu'elle n'existait pas. Il cherchait l'exactitude. La précision dans l'horreur.

Ses articles sur les opioïdes lui apportèrent une réputation d'expert, mais pas de quoi vivre. Ce fut un ancien de Polytechnique qui lui tendit la main. Jean-Marc dirigeait *Logiconomie*, une revue en ligne. Il cherchait quelqu'un capable de décrypter les enjeux éthiques de la tech et de la finance. Quelqu'un qui connaisse les deux mondes. Son habileté à mêler équations et philosophie morale trouva son public. Rapidement, d'autres revues le sollicitèrent. Il écrivait sur ce qu'il maîtrisait : les zones grises de la finance, les angles morts de la tech, les dérives de la data. Son passé chez Wintersmith, qu'il pensait être une tache indélébile, devint son plus grand atout. Le tournant se présenta quand une maison d'édition lui proposa un poste de directeur de collection. Un mi-temps, mal payé, mais qui lui laissait la liberté d'écrire par ailleurs. Il accepta. La stabilité d'un salaire fixe, même modeste, plus ses piges. De quoi vivre, donc, de quoi payer les soins pour son père, mais pas de quoi flamber. Il tenait trois chroniques régulières : une sur l'éthique des données pour *Logiconomie*, une sur la finance pour Data Finance Lab – une chaîne YouTube qui venait d'atteindre les cinq cent mille abonnés en vulgarisant brillamment les complexités des marchés financiers –, une sur la tech pour *Usba & Ricek*. Le reste de son temps, il le consacrait à des articles de fond, plus fouillés, pour *Société*, sur les sujets qui lui tenaient à cœur.

Ce n'était pas une carrière qu'il aurait pu imaginer à l'X. Mais c'était une vie qui lui ressemblait enfin. D'autres avaient fait ce chemin avant lui. Des analystes de chez BCG qui ouvraient des fermes bio dans le Perche. Un manager de Bain devenu prof de maths dans un lycée de ZEP. Une senior partner de Wintersmith reconvertie en ébéniste. Certains gardaient un pied dans leur ancien monde, recyclant leur expertise en tant qu'indépendants, facturant des missions à prix d'or, tout en cultivant leurs légumes. D'autres coupaient les ponts, s'inventaient des vies aux antipodes de leurs années de consultant. Les plus cyniques disaient que c'était là une version versatile de la crise de la quarantaine. Les plus lucides y voyaient le symptôme d'une époque où même les gagnants du système commençaient à douter. Le phénomène était devenu si courant que les grands cabinets avaient créé des réseaux d'« anciens », moins pour garder le contact que pour monitorer ces désertions qui menaçaient leur image de marque.

Ses articles sur les opioïdes firent le tour des réseaux sociaux. Les propositions affluèrent. Des éditeurs qui flairaient le best-seller. Des producteurs voyaient déjà le biopic. « Votre histoire est extraordinaire, lui disaient-ils. Le lanceur d'alerte repenti. L'homme qui a choisi la vérité. » Ils voulaient du spectacle, de la catharsis, le grand show de la rédemption américaine.

C'est là qu'il commença vraiment à se désintégrer. Il arrêta de répondre aux courriels. Déconnecta son téléphone. Les seuls appels qu'il prenait encore étaient ceux de ses enfants – des voix d'outre-Manche, fragments digitaux d'une existence révolue – et ceux de son père. Il passait ses journées à compiler des données, transformer des statistiques d'overdoses en équations différentielles. Les murs de son bureau disparurent sous les graphiques et les cartes. La progression des opioïdes à travers l'Amérique y apparaissait comme une épidémie. Il traçait des lignes entre les points, cherchant des motifs, des explications, une logique dans ce qu'il avait contribué à créer.

Quand l'éditeur le plus prestigieux de New York lui proposa un contrat mirifique, sa réponse fut aussi simple qu'une formule mathématique : « Je préférerais ne pas. »

Les sollicitations continuèrent. Les montants augmentèrent. TED Talks. Amazon Prime. « Votre récit peut changer les choses, insistaient-ils. Les gens ont besoin d'entendre ça. » À chaque fois, la même réponse : « Je préférerais ne pas. »

Dans son jardin envahi par les mauvaises herbes, la nature continuait son travail, indifférente, tandis que lui se dissolvait méthodiquement. Ses voisins le voyaient parfois, immobile pendant des heures, fixant un point invisible. Les photos de ses enfants étaient toujours alignées sur son bureau. Il ne les regardait plus. Il n'en avait plus besoin. Le soir, il écrivait encore. Pas pour publier. Pour calculer.

Son dernier article sur les opioïdes fut publié anonymement sur un blog. Pas de signature. Pas de contexte. Juste les faits, les chiffres, la mécanique implacable de la destruction. Disparaître complètement dans les données, devenir soi-même une statistique dans le grand calcul de la catastrophe.

« Je préférerais ne pas. »

Ce n'était plus une réponse. C'était la démonstration ultime. Quatre mots. Une formule. La seule équation qui, dans l'univers infini des nombres, donnait encore zéro.

## 53

À cinquante ans, Margaux Gennaro avait atteint ce moment de l'existence où l'on cesse de blâmer sa famille pour ses chagrins et les critiques littéraires pour sa propre médiocrité, et où l'on se rend compte que la suite de notre parcours nous appartient entièrement. Les malheurs qui l'avaient assaillie ne la concernaient plus : ils n'étaient plus que des tableaux accrochés dans une galerie, leurs contours demeuraient nets, mais ils avaient été vécus par une autre qu'elle. Son père l'avait tellement hantée qu'il était là, tout le temps, en elle. C'était la seule façon qu'il avait trouvée pour ne jamais vraiment partir, ni revenir. Sa mère, autrefois haïe avec la ferveur maladroite de la passion absolue, était maintenant devenue une compagne agréable : parfaite à distance, admirablement imparfaite de près. Tous les comptes avaient été apurés, l'ardoise effacée sans pour autant avoir été jamais soldée. L'amour, comme les vieilles dettes, s'était dissous dans le temps, laissant place à une relation pacifiée, où les silences pudiques et un goût commun pour l'art et les omelettes au fromage remplissaient les espaces qu'occupaient autrefois les reproches et les attentes déçues.

Elle arborait ses rides telles des médailles pour chaque roman arraché à ses phases hypomanes, cultivait dans sa mise une négligence étudiée. Son pull favori, élimé, avait vu plus de débats dans des librairies que de lavages et sa jupe crayon oscillait entre l'étroit et le lâche, témoignant d'une guerre perdue contre la nécessité d'avoir à s'alimenter.

Avant, pendant et après Hagauer, elle avait eu un appétit insatiable pour le sexe, une curiosité vorace pour les hommes ; elle avait été trop violemment aimée par sa mère pour s'aventurer dans des expériences, sûrement fascinantes, avec d'autres femmes. Elle n'avait jamais réussi à voir dans l'érotisme un simple jeu de la chair. C'était l'esprit qui dictait sa loi. L'esprit qui faisait d'un visage ordinaire un royaume. L'esprit encore qui l'avait poussée à mettre tant de fureur dans le plaisir d'explorer les recoins les plus intimes d'un corps, pour en démonter la mécanique et trouver, enfin, ce qui le ferait exulter. Le désir était sa maladie préférée, un virus qui la consumait sans la détruire, une fièvre dont elle cultivait les délires, une peste qu'elle chérissait comme d'autres leur pleine santé. Aussi sa collection d'amants – un assortiment éclectique de peintres misanthropes, de magistrats fatigués de rendre la justice mais pas de se rendre intéressants, et d'intellectuels dépressifs jamais totalement remis de leur pur amour pour leur maman – avait-elle fini par ressembler davantage à un cabinet de curiosités qu'au catalogue d'une application de rencontres contemporaine. Cette petite foule aurait pu remplir un car de tourisme, ou un roman qu'elle s'était toujours refusé à écrire, par élégance tout autant que par certitude que les plus grandes joies comme les plus grands chagrins ne doivent se vivre que dans le noir d'une chambre à coucher.

Après quinze ans de tohu-bohu passionnel, Hagauer et elle s'étaient séparés avec une civilité qui confondait les plus cyniques. Ils avaient eu la présence d'esprit de ne jamais se marier, ce qui évite d'avoir à divorcer. Elle ne l'avait quitté pour personne, c'est-à-dire qu'elle l'avait quitté pour elle-même. L'animal masculin étant caractérisé par une incapacité génétique à pouvoir demeurer seul, il avait, lui, sans perdre de temps, refait sa vie avec une sociologue italienne, que Margaux adorait du simple fait qu'elle était gentille avec sa fille et avait convaincu son ex, qui jusque-là détestait les bêtes autrement que bien cuites dans son assiette, d'acheter un cocker américain, qu'il tenait à promener lui-même tous les soirs. Le spectacle de ce bonheur naissant avait libéré Margaux de ses derniers remords. Après quoi, estimant ne plus avoir à s'embarrasser de la culpabilité de l'avoir plaqué, puisqu'il semblait enfin comblé, elle, qui n'avait jamais vécu sans un homme dans son lit depuis des années, avait estimé qu'elle avait largement accompli sa mission et qu'il était temps de découvrir enfin comment s'endorment les gens heureux : paisiblement, et seuls.

Sa première victoire d'indépendance fut un meuble Ikea monté sans l'aide de quiconque – triomphe dérisoire, qui l'avait fait pleurer, photographier l'œuvre, l'envoyer tel un trophée aux amis complices. Depuis, elle s'était forgé un arsenal de compétences : déboucher un évier toute seule, porter des valises de vingt kilos jusqu'au quatrième étage sans ascenseur, déjouer les avances de livreurs au regard torve en criant à ses murs : « Chéri, c'est le livreur, je vais lui ouvrir et je reviens », et avait découvert les joies de la garde alternée.

Les semaines avec sa fille se déployaient en gâteaux au chocolat ratés mais dévorés avec la ferveur des derniers sacrilèges, et soirées pyjama où une meute d'adolescentes transformait le salon en campement de réfugiées émotionnelles. Margaux contemplait Chloé traverser cet âge où l'on veut fuir sa mère avec la même intensité avec laquelle on la suppliait naguère de vérifier l'absence de monstres sous le lit. Un âge où le « Tu peux pas comprendre ma vie » du matin se métamorphose invariablement, le soir venu, en « Maman, tu peux venir me faire un câlin ? » – ces deux extrêmes entre lesquels oscillent les adolescentes qui ont la chance d'en avoir une, d'adolescence, certaines que leur drame est unique alors qu'elles ne font que rejouer, avec l'application des débutantes, une des plus vieilles pièces du répertoire humain.

Les semaines sans sa fille devenaient ses territoires sauvages. L'écriture y régnait, tyrannique. Les cinémas l'absorbaient dans leurs velours sombres, les cafés comme autant de ports mystérieux. Elle s'adonnait aux rencontres de hasard, alternant entre les périodes de frénésie sexuelle et d'abstinence joyeuse. Elle vivait selon les lois du strict nécessaire : le sommeil quand il s'imposait, la nourriture quand le corps l'exigeait, les amis quand ils avaient besoin d'elle. Une fois qu'on a goûté à ce genre de liberté, il devient ardu d'y renoncer.

Le bonheur conjugal ? Un leurre. La lèpre de mensonges qu'on s'écrit, cette douce épidémie de tromperies que l'on se murmure, avant de se dépouiller de ses vêtements et de sa fierté pour se renifler le derrière, ce petit chahut d'hormones qui entraîne des Anna à se jeter sous un train, des Werther à se tirer une balle dans la tête, c'était fini pour elle. Il est criminel d'enfermer dans un clapier des gens qui se sont émerveillés de leurs goûts communs. Au bout d'un temps, ces mêmes êtres ne partagent plus qu'une poignée d'enfants, des souvenirs, et des factures. Les silences amers, les injures, les disputes suivies de raccommodements comiques dans l'alcôve. Un soir, on s'endort à côté d'un corps indifférent, dans une sorte de brouillard, en ne se souvenant plus des raisons pour lesquelles on l'a aimé.

Ses défaites l'avaient fait pleurer ; à présent, elle en riait, attendant que tombe le rideau final avec une curiosité amusée. Elle avait été riche, et elle en avait eu honte, puis pauvre, et elle en avait eu honte aussi. Parfois, elle avait été merveilleusement heureuse. Comme elle aimait à le dire avec un sourire en coin à qui voulait l'entendre, tout relève d'une discipline de l'esprit à laquelle le corps finit par adhérer. Et si la vie est une farce, autant jouer le dernier acte en choisissant soi-même sa porte de sortie, pour s'éjecter du jeu avec élégance. Il est bon d'avoir de l'expérience. Mais l'excès d'expérience nous tue. On verra bien quand.

# 54

C'est au détour d'une désastreuse tentative de cours de danse contemporaine – où chacune s'était inscrite dans un moment de grande illusion ou de faiblesse passagère – que Margaux, Jeanne et Joséphine s'étaient rencontrées.

« Si Pina Bausch nous voyait, elle demanderait à être enterrée une seconde fois », avait murmuré Jeanne entre deux pirouettes.

Les rires avaient fusé. L'entente fut immédiate, avec cette évidence des amitiés tardives. Après quarante ans, on ne s'embarrasse plus d'attachements superficiels – le temps nous a appris à reconnaître d'emblée les êtres qui comptent. Dès lors, elles avaient décidé de ne plus jamais prétendre à la perfection du mouvement, mais d'exceller dans celle de l'esprit.

Jeanne était anesthésiste, de cette école qui considère encore la médecine comme un sacerdoce. Mariée depuis vingt-cinq ans à Pierre, un ingénieur discret, elle maniait l'humour sans pitié, mais non sans grâce. Elle était celle qui maintenait l'équilibre du trio, pareille à ces contrepoids qui, dans les cathédrales gothiques, permettent aux voûtes de tenir.

Joséphine, que tous appelaient Jo, sauf ses élèves, enseignait le français au Plessis-Robinson. Divorcée, mère de deux enfants qui avaient grandi trop vite, elle gardait de ses années de thèse sur Port-Royal un goût prononcé pour les causes perdues et les amours impossibles. Sa dernière inclination – elle ne dirait pas « aventure » – la portait vers un professeur d'histoire-géographie qui lui glissait dans son casier des billets dignes des petits-maîtres du XVIII^e^ siècle : « Les Lumières n'ont pas fini de briller grâce à toi. »

Leur groupe WhatsApp, « Les Dorothy », une référence cryptique à la grande Parker, était leur salon. Jeanne ouvrait souvent les débats, dès 6 h 45, avant la première anesthésie, entre deux bouffées de vapoteuse.

Le 19 juillet 2024, elles eurent cet échange :

Jeanne : *Je viens de lire une étude qui dit qu'on tombe amoureux en 0,2 seconde.*

Joséphine : *Je crois surtout qu'on déchante en moitié moins de temps.*

Margaux : *Tomber amoureux, c'est comme trébucher. Ça arrive vite et ça fait mal. Et après, on passe des mois à boiter.*

Jeanne : *Moi je reste assez sensible à cette idée d'étincelle, de coup de foudre. Brûlez-moi en place de grève.*

Joséphine : *Une étincelle ? Oui, mais après c'est comme un incendie. Que des cendres.*

Margaux : *Ou pire, comme un feu de cheminée. Ça crépite gentiment, puis on suffoque d'ennui dans la fumée.*

Jeanne : *Pas mal. Note-le pour ton prochain roman.*

Margaux : *Trop tard, je suis en pleine période victorienne. Mes personnages sont trop occupés à mourir pour philosopher.*

Jeanne : *Tu sais que tes lecteurs vont finir par croire que tu as un problème avec la mort ?*

Margaux : *Mes lecteurs pensent déjà que j'ai un problème avec tout.*

Joséphine : *En même temps, combien de morts dans tes romans ?*

Margaux : *Je ne compte pas.*

Jeanne : *Moi j'ai compté.*

Margaux : *Tu n'as pas mieux à faire de tes nuits de garde ?*

Jeanne : *Non. Cinquante-deux, sans compter ceux des guerres. Et je maintiens que c'est suspect.*

Margaux : *Ce qui est suspect, c'est cette conversation. Je dois y aller, j'ai une scène de mort à écrire.*

Joséphine : *Dans un incendie à Londres ?*

Margaux : *Non, dans un lit. Je progresse.*

## 55

Le 1er octobre 1992 à 18 h 12, les couloirs de Louis-le-Grand résonnaient encore des derniers pas des élèves pressés de rentrer. Dans le bureau du proviseur, la lettre d'admission de Margaux gisait sur le bureau, promesse d'une belle vie qui s'éloignait. Trois mois plus tôt, elle avait appris son admission en hypokhâgne avec la ferveur des filles blessées qui soudain entrevoient leur salut. Mais les parents excellent parfois à tuer sous prétexte de sauver : sa mère et le mari du moment de cette dernière avaient écrasé cette flamme naissante. Peut-être par peur que les lettres et la philosophie achèvent de précipiter dans l'abîme une adolescente qu'on avait arrachée à la drogue ; peut-être aussi à cause de cette charmante terreur qu'ont les gens bien comme il faut, vissés à la surface, pour tout ce qui remonte des profondeurs. Normale Sup et l'indigente carrière de professeur étaient des gouffres dont il fallait la préserver. On la poussa vers le Celsa, cette terre ferme où ses aspirations littéraires se recycleraient en sédiments utiles de marketing et de communication.

Pourtant, un mois après sa rentrée, elle revint à Louis-le-Grand.

« Ils me couperont les vivres si je me lance dans ces études, mais qu'importe, je veux étudier dans vos murs, dit-elle d'un ton suppliant au proviseur.

— Nous vous avions acceptée de justesse, dit-il – et dans ce "de justesse" gisait tout le mépris d'une institution pour qui l'hésitation est déjà une faille. La rentrée a commencé depuis un mois. Vous n'arriverez jamais à rattraper votre retard. »

En descendant l'escalier, à 18 h 33, elle s'immobilisa. Au bout du préau, un groupe d'élèves, et parmi eux, une silhouette dont la seule vue – était-ce bien lui ? pouvait-ce être lui ? – éveilla en elle un vertige qu'elle croyait avoir enterré sous les années. Ce n'était rien, pourtant : juste un pull trop large sur des épaules étroites, une certaine façon de se tenir en retrait, comme si le monde lui-même devait s'adapter à cette distance soigneusement calculée.

Elle fit un pas, puis un autre, chacun de ces mouvements portant en lui le poids d'une décision qui pourrait, elle le savait – mais comment le savait-elle ? –, faire basculer l'édifice entier de sa vie reconstruite. L'espace qui la séparait de cette silhouette semblait résumer toutes les années écoulées, tous les possibles avortés, toutes les vies qu'elle n'avait pas vécues.

La sonnerie retentit. Une marée d'élèves déferla dans l'escalier. Quand enfin le flux passa, le préau était vide.

Elle aurait pu courir – n'est-ce pas ce que font les héroïnes dans ces moments où le destin hésite ? Elle aurait pu crier un nom – mais était-ce seulement le bon nom, la bonne personne, le bon moment ? Son acné, sa graisse, tout ce qu'elle détestait d'elle-même, n'étaient-ce pas là autant de sédiments protecteurs, une armure construite précisément contre ce genre d'impulsion ? Elle resta donc là, dans cet entre-deux où le possible et l'impossible se confondent, pétrifiée, tandis que la distance se creusait entre elle et cette silhouette qui pouvait être ou ne pas être celui qu'elle avait connu enfant.

Le 15 septembre 1998, à 8 h 27, leurs vies s'effleurèrent de nouveau. Sur le quai de la ligne 3, ils attendaient, séparés par une foule de corps pressés, chacun enfermé dans sa bulle de solitude urbaine. Alexis, *Le Monde* sous le bras, écouteurs vissés aux oreilles diffusant du Bach, son costume encore raide d'empois. Margaux, *Vies minuscules*, de Pierre Michon, dans son sac en toile, une boisson Colombus Café à la main – nouveau totem de la modernité qui venait d'apparaître dans le paysage parisien. Ils montèrent dans deux rames différentes, à quelques secondes d'intervalle.

Le 27 janvier 2000, à 12 h 35, le boulevard Saint-Jacques s'étirait sous un ciel d'hiver. Margaux marchait d'un pas rapide vers l'institut Alfred Fournier, la peur au ventre – station suivante : test HIV. Au même moment, Alexis filait en voiture vers un déjeuner rue Daguerre, sa fiancée rieuse à côté de lui. À la radio, on débattait de la bulle Internet. Peut-être leurs chemins se croisèrent-ils à un feu rouge, mais la voiture ne ralentit pas. Alexis n'aurait de toute façon pas reconnu ce fossile vivant d'un amour préhistorique, cette ombre qui longeait les murs, emmitouflée dans un manteau Zara trop grand.

Le 8 octobre 2020, à 18 h 54, entre deux confinements, Margaux sortait d'un immeuble de la porte Saint-Martin, tout heureuse d'avoir enfin réalisé le rêve obstiné de la petite fille qu'elle avait été. Dans la cage qu'elle tenait à la main, Rita Hayworth, chaton roux acheté à une vieille dame espiègle. Alexis, lui, s'apprêtait à s'engouffrer dans le théâtre pour assister à une pièce de Thomas Bernhard mise en scène par Alain Françon, qu'il qualifierait ensuite de « farce macabre éblouissante ». Si Margaux avait tourné la tête, elle l'aurait vu. Mais Rita Hayworth miaula, exigeant toute son attention. Tandis qu'Alexis disparaissait dans l'obscurité de la salle comme dans une grotte, Margaux montait dans un bus, dérivant vers ses territoires de solitude choisie, heureuse, grâce à la générosité de Marianne Stern.

C'était un jour de 2007. À la cafétéria d'un hôpital du quatorzième arrondissement de Paris, un homme barbu pleurait comme pleurent les forts – en silence, la tête enfouie dans ses mains. À l'autre bout de la salle, un autre homme, qui croquait des bonbons acidulés dans son costume Zegna trop large, comme un enfant déguisé en adulte, l'observait discrètement. Il était 19 h 07 quand il se leva, traversa la distance qui les séparait, tendit une flasque.

« Whisky ? »

Le barbu releva la tête, yeux rougis, attrapa la flasque dont il but une rasade avant de s'appuyer contre la banquette.

« Ma compagne vient d'accoucher, dit-il d'une voix qui semblait venir du fond d'un puits. Hémorragie de la délivrance. Deux litres de sang. Ils l'ont transfusée. Maintenant, elle est hors de danger… Mais moi, j'ai tout vu…

— Je comprends. Et le bébé ?

— Notre fille va bien. Dieu merci. Mais pardonnez-moi cette impudeur… Et vous ? demanda-t-il enfin, peut-être pour échapper à ses propres démons. Vous êtes ici pour quoi ?

— Ma mère meurt, à l'étage.

— Je suis désolé.

— Pas besoin. Cancer du poumon. Jamais fumé une cigarette de sa vie. Des années à respirer les mensonges de mon père avec la fumée de ses Gitanes. Je pensais qu'elle ignorait qu'il l'avait trompée, qu'il la trompait. Je viens d'apprendre qu'elle le savait, depuis des années. Je crois que c'est ça qui a fini par la tuer.

— Comment l'a-t-elle appris ?

— Quoi, son cancer ?

— Non, que votre père la trompait.

— J'étais avec mon meilleur ami le jour où j'ai surpris mon père avec sa maîtresse. Il a parlé à sa mère qui a parlé à la mienne. C'était il y a vingt ans. Je n'ai eu vent de toute la vérité qu'hier. Non seulement ça, mais que ce connard a fini par renouer avec sa maîtresse. À soixante ans. Vous voyez le tableau ? »

Le barbu abaissa son regard vers ses mains, scrutant d'un œil absent les vestiges de ses ongles rongés, comme s'il cherchait, dans ces signes d'usure, l'écho de quelque inquiétude ancienne, puis :

« Assez bien, oui. »

Ils se regardèrent en silence, soudés l'espace d'un instant par leurs fardeaux respectifs. Au-dessus d'eux, dans des chambres différentes, deux femmes étaient alitées : l'une avait donné la vie pendant que l'autre la quittait. L'un pleurait sur une naissance qui avait failli être une mort, l'autre veillait une mort qui n'était que l'aboutissement d'une longue suite de petites érosions quotidiennes. Ils se serrèrent la main, échangèrent quelques mots et s'en allèrent chacun de son côté.

La femme qui venait d'accoucher était Margaux Gennaro, celle qui allait mourir c'était Élise Keller, le faux gamin en costume, Alexis Keller, le compagnon de la jeune accouchée, Hagauer. Il existe une géométrie secrète des destins, plus rigoureuse encore que celle des cristaux. Ainsi ces deux hommes, dans une cafétéria d'hôpital, n'étaient-ils que les points d'intersection d'une figure plus vaste dont ils ne pouvaient soupçonner la forme générale.

# 56

28 juillet 2024, 20 h 48

Dans un hôpital du quatorzième arrondissement, un homme quitte la chambre de son père. À cinq cents mètres de là, une femme fixe le solde de son compte en banque sur son téléphone, puis monte les quatre étages sans ascenseur d'un immeuble, traînant une lourde valise.

21 h 02

Les portes battantes cèdent sous la pression de ses paumes. Alexis Keller jaillit, avec une énergie presque sauvage, hors des entrailles de l'hôpital où il a laissé son père, ce même foutu hôpital où il a fermé les yeux de sa mère, dix-sept ans plus tôt. C'est dimanche, jour du néant absolu. « Je n'aurais pas dû venir le voir, pense-t-il, en jetant un dernier coup d'œil à l'imposante façade derrière lui. La peste soit de ce philosophe qui a dit que la souffrance instruit. »

Ce n'est qu'un contrôle de routine. Son père sera de retour chez lui dès le lendemain matin. Mais la maladie est bien là, implacable, et elle ne relâchera pas sa proie. On connaît la chanson : il faudra faire face. Remplir son devoir, en affrontant cette bête qui s'attaque à la dignité d'un homme avec lequel, finalement, on ne partage rien. Jadis, il transperçait par son inconséquence, maintenant, dans la terreur de mourir, il réclame de l'amour et s'en défendra, par des postures de prestance, de pauvres parades, jusqu'à se figer dans son lit, en bout de course, comme ces chiffons oubliés dans le coin d'une pièce.

Alexis ne sent même pas qu'il pleure. Les souvenirs déferlent. La main de son père qui, jadis, guidait la sienne pour lui apprendre à écrire. Son pull à losanges verts et orange imprégné de l'odeur du tabac. Ses yeux effilés, impatients, où brûlaient des feux froids. Son front haut, penché sur le journal du matin. Ces moments où il ne fallait le déranger sous aucun prétexte, puis soudain : « Allez, viens gamin, on va faire les courses. » Et alors, c'était la Volkswagen lancée comme un missile sur les routes cantonales, les escapades à l'hypermarché transformées en raids commandos, le retour triomphal avec deux fois plus de provisions que prévu. « Ta mère va encore m'engueuler. » Et elle l'engueulait, et lui riait, mais maintenant il ne rit plus et bientôt cette maladie vorace lui dévorera la voix.

Adèle. Son nom surgit, comme une fleur vénéneuse. Il pourrait l'appeler, déverser ce torrent de douleur dans le combiné. Mais non, quelle drôle d'idée. Elle doit être là-bas, lovée telle une chatte repue contre l'autre, l'usurpateur, dans la tiédeur de leur tanière conjugale. « De toute façon, pense-t-il, elle ne comprendrait rien, elle n'a jamais rien compris. Alors, lui parler de papa maintenant, laisse tomber. Quelle heure ? 21 h 10. À cette heure, la circulation devrait être fluide, à moins que l'autre dingue qui a plongé dans la Seine, et à qui il faudrait rappeler que le délai normal pour voir un dermato à Paris, c'est huit mois, n'ait encore ajouté des sens interdits. »

Un vent chaud souffle au ras du bitume tandis qu'il se dirige vers l'endroit où il a garé sa voiture. Elle a disparu. Il tourne sur lui-même, cherchant du regard, en vain. Volée ? Emportée à la fourrière ? La question le laisse étrangement indifférent.

21 h 07

« L'orchidée a flétri trop vite, mais au moins, une fois encore, j'ai réussi à porter ma valise toute seule », songe Margaux en refermant la porte de son appartement avec la précision cérémonielle d'une bibliothécaire archivant un manuscrit précieux. La France vient de s'empoigner sur les réseaux sociaux : la cérémonie d'ouverture des Jeux olympiques d'été 2024, « moment de génie créatif grandiose » ou « triomphe de laideur » ? Elle a sa petite idée sur la question, mais on vous en dispensera. Elle libère Rita Hayworth de sa cage. Les croquettes craquent sous ses crocs voraces. Elle flanque l'orchidée à la poubelle, se laisse tomber sur le canapé de son trois-pièces, où chaque meuble, choisi pour son acoustique – celle qui absorbe le son des étreintes comme des remords –, semble jouer sa partition dans l'orchestre de sa solitude heureuse. Elle allume une cigarette, son troisième « dernier paquet » de la semaine, et contemple dans sa bibliothèque l'éboulis de livres qu'elle s'apprête à lire, qu'elle prétend avoir lu ou qu'elle s'est promis de relire. Elle vient de passer quinze jours de vacances avec sa fille. Un acte maternel aussi coûteux qu'acheter sa rédemption à crédit. Il ne lui reste que cent quatre-vingt-quatorze euros et vingt centimes sur son compte en banque et elle est interdite de découvert. Face à l'éventualité de vingt, peut-être trente jours de survie financière, elle dresse mentalement un menu spartiate de jambon de dinde, de poisson et de brocolis surgelés, agrémenté de salades iceberg, se lève de nouveau, se dirige vers sa penderie, se déshabille et, sans même prendre le temps de ramasser les affaires à ses pieds, enfile un pyjama d'homme en lin bleu. Elle saisit machinalement un pot de crème. Ses doigts étalent la substance sur son visage tandis que son regard croise celui de son reflet. Elle se penche plus près du miroir, tire les coins de sa bouche vers l'extérieur. Il n'y a pas que les glaciers qui fondent. Les joues aussi, décidément.

À croire que même l'ironie n'a plus d'effet liftant, et que ce pot de crème à cinquante-six euros – une folie quand on n'a que cent quatre-vingt-quatorze euros et vingt centimes sur son compte – est une escroquerie de plus dans la longue liste des promesses non tenues. Le reflet de sa dernière passade, un jeune hussard des lettres chevelu, plus épris de son image de sorcière littéraire que de la tête qu'elle a le matin au réveil, reparti aussi soudainement qu'il était apparu, ne s'attarde plus dans la glace. Bon débarras.

21 h 14

Alexis s'arrête devant la vitrine d'une boucherie, son reflet flotte entre deux pièces de chair. La lumière des néons, impitoyable, découpe son visage en arêtes vives. Il pourrait détourner les yeux, mais quelque chose le retient – cette fascination morbide qu'on a parfois à contempler les ruines de ce qu'on a été. Pas vieux, non, mais usé, comme ces viandes derrière la vitrine, qui attendent leur acheteur avec une patience de condamné. Le costume est impeccable, pourtant, la cravate parfaitement nouée, tout ce qu'il faut pour jouer le rôle qu'on attend de lui. Mais son regard le trahit, deux puits noirs où brillent encore les braises de ce qu'il n'a pas su être. Selon la lumière et son humeur, il peut paraître plus jeune ou plus âgé. Ses cheveux, autrefois d'un noir profond, ont résisté au temps avec une résilience relative, cédant ici et là à des mèches grises, témoins d'une guerre perdue d'avance. Mais ils restent faussement disciplinés, à l'image de leur propriétaire. Avec ses yeux sombres, tantôt charbon, tantôt obsidienne, son grand front strié de lignes nettes, comme si un dieu capricieux avait pris plaisir à y graver toutes sortes de pensées contenues, ses pommettes saillantes, la courbure de son sourire qui semble dire : « Je vous vois venir et c'est tout juste divertissant », et ses mains, fines, aux articulations lisses, dépouillées de toute cette épaisseur familière des paumes masculines que l'on associe à la force ou à la maîtrise, disons seulement qu'il a tout du type plutôt pas mal, quoi qu'un peu efflanqué, même s'il se gave de sucreries, à tout moment et en tout lieu, pour calmer une faim qui, de toute évidence, n'est jamais satisfaite.

Sa main plonge dans les profondeurs de son imperméable, où dorment ses écouteurs sans fil. Il les ajuste dans ses oreilles. Le calme artificiel se referme autour de lui. La musique surgit dans l'espace clos de son esprit. *Wozzeck*, d'Alban Berg. Un cri noir, une dissonance parfaite. Une histoire de damnation, de folie, d'un homme écrasé sous la meule d'un monde carnassier. Les notes martèlent ses tempes, cognent en coups sourds contre les parois de son crâne. Quel meilleur compagnon pour celui qui se sent comme un meuble maudit : monté à l'envers, sur le point de s'écrouler, comme s'il avait perdu la notice de sa propre vie en cours de route.

Il s'apprête à prendre le métro pour regagner son antre, descend trois marches, puis fait volte-face. L'idée de s'enfoncer dans ce ventre de béton grouillant lui paraît soudain insupportable. Il a soif. Et faim. Une faim de loup. On lui dit qu'il y a un supermarché, avenue du Maine, juste après le cimetière, puis c'est tout droit. Il s'engage à pas vifs rue Froidevaux, longe l'enceinte dudit cimetière, en bordure de laquelle on laisse maintenant pousser des trèfles et, éparses, quelques roses trémières, dans une tentative, lui apprend un panneau, de *transformer ce lieu solennel en espace plus écologique et accueillant pour les familles*. Il passe devant des vitrines où trônent des canapés ni tout à fait blancs ni vraiment beiges, si laids qu'ils semblent être destinés à être achetés et jamais utilisés, ou exposés et jamais vendus. Les yeux du monde sont rivés sur les Jeux olympiques, mais, bizarrement, ce quartier semble s'être retiré dans une quiétude inhabituelle. Il marche encore, voit enfin surgir un Carrefour City rutilant, d'où sortent des touristes munis de canettes de bière, éteint Berg, à regret, au moment où Wozzeck se chante à lui-même : « Je ne peux pas, je ne peux pas, ça ne rentre pas, ça ne sort pas. »

Les portes ouvertes diffusent une fraîcheur artificielle bienvenue. Il entre, accueilli par une musique pop assourdissante, considère une pancarte : *On ne peut pas acheter le bonheur mais on peut acheter du fromage et c'est presque pareil*, s'arrête devant des chocolats pour enfants.

21 h 16

Margaux a faim. Plus de chewing-gum. Il faudrait dormir. Qui dort dîne. L'adage bien connu de celles qui maquillent leur trouble du comportement alimentaire en cure de sommeil. Mais Rita Hayworth n'a plus de litière. Il est environ 21 h 25 quand elle se décide à enfiler son chapeau favori, et un imperméable sur son pyjama, pour filer acheter de quoi composer ses repas. Elle se rend d'abord dans un premier supermarché, puis dans un second, où elle se dirige vers les boissons avec la concentration d'une femme qui semble avoir toujours parfaitement su ce qu'elle veut.

# 57

21 h 38

Alexis se dirige vers les boissons, s'arrête devant un étalage. Sa main hésite. Le thé glacé à la pêche, un choix banal, promesse d'une douceur estivale chimique ; l'Orangina, peut-être une tentative de rappel d'une innocence sucrée, perdue. Il opte pour la pêche, par résignation, plutôt que par préférence réelle, fait quelques pas, puis demi-tour, repose le thé, prend l'Orangina, le repose tout aussi vite, pour finalement revenir au thé glacé, se dirige vers la caisse tandis qu'à la radio les sirènes du port d'Alexandrie chantent encore la même mélodie, attrape sur le chemin une plaquette de chocolat, effleure le terminal de paiement avec son téléphone, en un geste discret, presque trop doux pour être une transaction. Un bip aseptisé suivi d'une notification éphémère lui confirment l'échange. Brusquement, un cri interrompt son aventure consumériste :

« Ne me touchez pas ! »

21 h 43

Il se retourne. D'abord, il ne voit qu'une silhouette au visage partiellement caché par un chapeau de style Borsalino, puis un imperméable, semblable au sien, jeté sur les épaules d'une personne dont le sexe lui paraît incertain. Un vigile l'empoigne par le bras avec l'assurance d'un homme qui a déjà vécu mille fois cette scène et qui n'a pas l'intention de faire preuve de créativité pour la mille et unième. À l'instant même le chapeau tombe, libérant un désordre de boucles brunes. La femme, puisque c'en est une, répète :

« Je ne suis pas une voleuse. »

Elle a entre quarante et cinquante ans. Difficile à dire. Ses cernes et la lumière crue du supermarché compliquent le diagnostic. Elle montre un sac, bourré à craquer, qu'on lui arrache des mains pour l'ouvrir.

« Ces surgelés, je les ai achetés il y a vingt minutes dans un autre Carrefour, juste en face, vous n'avez qu'à le leur demander, appelez-les, vous verrez. »

Autour d'eux, une foule curieuse se rassemble, certains s'attardant pour le spectacle.

Le vigile examine le contenu du sac. Il étale sur une table poissons, brocolis, les transperce du regard, fouille les deux autres sacs, dont elle vient de payer le contenu, empilant litière, salade iceberg, jambon de dinde et Coca zéro les uns sur les autres.

« Vous avez le ticket de caisse des surgelés ?

— Non, je ne le demande jamais.

— Votre pièce d'identité, alors ?

— Je ne l'ai pas sur moi, j'habite à deux pas, vous me connaissez, je suis une habituée, tenez, mon nom doit même être dans votre cahier de livraisons, vérifiez.

— Votre nom ? demande le vigile.

— Gennaro. Margaux Gennaro. »

Alexis sursaute. Ce n'est pas possible. Pas elle. Pas ici. Pas maintenant. Quarante ans, vingt et un millions deux cent vingt-huit mille minutes lui fracassent la tête. Ces yeux pâles, il les reconnaît. Et ces cheveux indomptables, et ce visage de noyée, et ces mains toujours si petites, et ce front obstiné.

Il s'approche d'elle.

« C'est toi ? » demande-t-il

Un néon grésille au-dessus d'eux. Elle porte la main à son cou, comme pour toucher un collier absent, recule.

Sous les cils drus, épaissis par le mascara, et les joues creusées, un peu affaissées de part et d'autre de la bouche, l'enfant potelée de jadis, aux cheveux souillés d'algues, apparaît tout entière.

« C'est toi ? C'est toi, Margaux. Bellevue, 1984, ta robe rose… Tu étais là avec tes parents. C'est moi, Alexis Keller. L'école du Jardinet. Tu te souviens ? »

Margaux sonde, au-delà des rides, la face longue, les yeux noirs, la bouche charnue, jolie comme celle d'une fille, regarde les cheveux qui ont dû être noirs, qu'elle avait ensevelis, avec tout le reste, sous la glace d'une saison en enfer, toujours tue, jamais oubliée.

« Alexis… Mais qu'est-ce que tu fais là ?

— Mais, et toi ? Cela fait si longtemps… »

Le vigile, impatient, vient couper court à leur interlude. Alexis s'interpose, tente de jeter un pont de calme sur les eaux troublées de cet enchaînement.

« C'est sûrement un malentendu. »

Le vigile lui lance un regard soupçonneux, évaluant le degré de risque d'un autre problème potentiel.

« Je vais devoir examiner la vidéosurveillance de tous vos gestes. Ça va être un peu long. Vous ne bougez pas. »

Quand il se remémorerait cet épisode de leur épopée, Alexis dirait plus tard à Margaux qu'à ce moment-là, elle avait répondu, sans quitter Alexis des yeux : « Je n'ai pas vraiment le choix, n'est-ce pas ? » Puis : « Ma robe n'était pas rose, mais d'un bleu profond. Je n'étais pas là avec mes parents, mais avec ma mère et le beau-père du moment. »

Elle a dit cela comme une personne résume l'intrigue d'un film sur la vie de quelqu'un d'autre. Il balbutie une excuse. Elle l'interrompt, dans un sourire rayonnant :

« Mais non, je peux m'estimer heureuse que tu ne te souviennes pas de tout. Moi, j'ai cette espèce de maladie qui fait que je n'oublie jamais rien, ou presque. Et pourtant, c'est curieux, toi, je t'avais oublié, ou plutôt, j'avais fini par me demander si tu avais vraiment existé ou si nous n'étions pas, toi et moi…

— Quoi ?

— Rien. Les personnages d'une histoire que je n'avais pas écrite mais que j'avais inventée, dans laquelle, là-bas, je n'avais pas été complètement seule. Et tes parents, comment vont-ils ? »

Alexis ne veut pas répondre à cette question. À la place, il dit :

« Alors tu as réussi ?

— Quoi ?

— Tu écris, donc, c'est ça ?

— Oui.

— Tu as toujours voulu écrire.

— Que faire d'autre ? J'existe si peu quand je n'écris pas. Pardon, je parle comme une petite conne d'une prétention inouïe, je raconte n'importe quoi.

— Non. »

À ce « non », elle sourit. Et dans le mouvement infime de ce sourire né au coin des lèvres, qui illumine son regard et le teinte d'une infinie tendresse, il y a une force qui désarme.

« Et toi ? lui demande-t-elle.

— Quoi, moi ?

— Comment t'y prends-tu pour exister ? »

La brutalité de la question le laisse sans voix. Il doute d'avoir bien entendu ce qu'elle vient de dire. Ce qu'il tente de lui répondre ensuite, un grand cabinet de conseil, pendant longtemps, puis maintenant le journalisme, c'est une longue histoire, se perd dans le brouhaha des haut-parleurs qui crachent la promesse de promotions imbattables sur des yaourts. Le vigile les interrompt, sourcils froncés, moins par le soulagement que par la déception.

« C'est bon, on a vérifié, vous êtes bien entrée ici avec les surgelés. Désolé, c'est la procédure, surtout en ce moment, vous comprenez ? »

Il marmonne une série d'avertissements concernant la nécessité de toujours bien garder son ticket de caisse pour éviter de tels incidents, qu'ils n'écoutent déjà plus. Ils quittent le supermarché. Et puis voici la nuit qui vient. Un troupeau de jeunes filles caracole dans la rue. La bouche tartinée de gloss, l'une débite une salve de : « Alors, il m'a dit… et ensuite je lui ai dit… », une autre piaille : « Laisse tomber, c'est juste un clochard des sentiments. »

« C'est mal parti, observe Margaux, en riant.

— À mon avis, répond Alexis, dans un sourire froid, c'est déjà trop tard. »

Margaux s'immobilise. Une goutte de sueur perle sous son nez. Il peut sentir l'odeur de sa peau, une odeur de miel, de métal et de tabac. Il reconnaît le parfum. Guerlain. Pour homme. Il l'a déjà respiré dans un duty free, où ? il ne s'en souvient plus, mais il l'avait aimé, aimé mais jamais acheté.

« Je ne savais pas, dit-il en pointant l'imperméable de Margaux puis le sien, que ma jumelle volait dans les supermarchés. »

Mais, comme elle ne lui répond que par une ombre de sourire, il dit ensuite :

« Je n'ai jamais su pourquoi, du jour au lendemain, tu as disparu. »

Puis, le regard perdu quelque part entre la question et l'absence, ouvrant sa tablette de chocolat, il ajoute :

« Tu en veux ? »

Margaux le fixe avec l'intensité d'un laborantin examinant une cellule au microscope, puis, brusquement, éclate de rire d'une façon tout aussi exubérante que brève. Le sac de surgelés est percé. De l'eau dégoutte sur l'asphalte, mouille leurs souliers. La bouche de Margaux se retrousse en un sourire triste et beau.

« Je crois, dit-elle, que tout est en train de décongeler. »

II

# 1

Ce n'est pas la nuit qui fait trembler sa main lorsqu'elle tourne la clé dans la serrure. C'est le poids des années, la somme des choix d'une femme, sa solitude assumée, sa liberté conquise. Derrière la porte attend le chat. Il ne miaule pas, il toise, s'approche – pas en hôte, mais en huissier. Il renifle puis rend son verdict d'un clignement d'œil dédaigneux. L'appartement demeure tel qu'elle l'a laissé – quelques vêtements épars au pied du miroir, une valise encore close comme un coffre, contenant tous les départs possibles. Et lui se tient là, immobile dans son imperméable, semblable à ces officiers que la défaite de trop a rendus à leur mélancolie, ou à un manchot empereur, il ne sait plus. Ce qu'elle contemple n'est plus un homme mais une histoire incarnée – ces tempes grises où l'âge a déposé sa cendre, ces rides aux coins des yeux, cette façon qu'il a de se tenir légèrement voûté comme pour demander pardon d'être encore là, d'avoir traversé tant d'années pour revenir à ce point précis de l'espace et du temps où leurs vies, après s'être si longtemps éloignées, acceptent enfin de se croiser de nouveau.

Elle s'empresse de ranger les surgelés.

« Un thé ? » propose-t-elle.

Il acquiesce gravement, détaille sa tenue et :

« Mais tu es en pyjama ? » s'esclaffe-t-il.

Elle lève un sourcil, comme si la véritable incongruité résidait non pas dans sa tenue mais dans la remarque de son interlocuteur.

La bouilloire murmure comme une vieille commère. Margaux sort d'abord les tasses de Limoges, puis se ravise et opte pour des mugs. Rien de tel que la médiocrité assumée pour masquer ses ambitions.

« Wintersmith, dit-il soudain, comme si ce nom était une confession ou un péché capital. J'ai travaillé pour Wintersmith. »

Dans sa bouche, cela sonne comme : « J'ai travaillé pour Lucifer, mais c'était avant sa mauvaise presse. »

Elle lève les yeux, tire doucement une chaise.

« Je sais, murmure-t-elle. J'ai lu tes articles sur les opioïdes.

— Tu les as lus ?

— Je lis tout. »

Ce qui, venant d'un écrivain, est soit un mensonge éhonté, soit un aveu d'insomnie chronique.

Elle lui tend un mug, verse l'eau bouillante. Leurs mains se cherchent sur la toile cirée, hésitent, finissent par se trouver. L'instant d'après elle est contre lui, reprenant un baiser donné il y a quarante ans, au point exact où il s'était interrompu.

## 2

Huit heures plus tard, ils sont dans sa cuisine – tableau domestique qui tente maladroitement de ne pas ressembler à une scène postcoïtale de série indigente. Elle ne porte qu'une chemise, trop grande, qui glisse sur une épaule avec cette négligence étudiée qu'on ne maîtrise vraiment qu'après cinquante ans de répétitions inconscientes. Lui est en caleçon, torse nu. À leur âge, ces marques de passion sont moins des médailles que des pense-bêtes : demain, il faudra augmenter les doses d'arnica.

« J'ai l'impression d'avoir été piétiné par un troupeau de bisons, dit-il.

— De mammouths, corrige-t-elle.

— C'était préhistorique.

— Paléolithique supérieur.

— Au moins. Je crois que nous sommes des bêtes au-delà de toute mesure. »

Derrière la fenêtre, Paris suffoque, comme si leur nuit avait contaminé l'atmosphère. Une pensée le traverse alors, fulgurante, cruelle : ne plus jamais la revoir, figer cet instant, ce désir, le laisser atteindre son apogée dans son propre refus, le préserver de toute corruption future. Cette femme qu'il a retrouvée après quarante ans, il pourrait la perdre de nouveau – mais cette fois par choix, par une forme d'ascèse qui transformerait leur nuit en légende.

« Je dois voir mon père », dit-il, renfilant sa chemise avec la précipitation coupable d'un homme marié (ce qu'il n'est plus, les vieilles habitudes ont la vie dure).

Elle ne peut s'empêcher de sourire devant cette phrase qu'elle n'a jamais pu prononcer – son père à elle repose à deux rues de là, dans une boîte élégante qui n'oblige plus aux visites de courtoisie. Elle se demande parfois ce qu'il penserait d'elle. Aurait-il ri de la voir, à cinquante ans, en pyjama sous son imperméable, à jouer les personnages de roman ? Sans doute. Les pères qu'on n'a pas connus ont toujours le sens de l'humour. C'est leur plus grande qualité, avec celle de n'être pas un obstacle pour la liberté de leur fille et de ne jamais contredire l'image qu'on se fait d'eux. Mais elle répond simplement :

« Entendu. »

Et maintenant, pense-t-elle en versant des croquettes à Rita Hayworth (qui les examine comme une experte en diamants face à une contrefaçon douteuse), il va dire « À bientôt », et disparaître. C'est le moment où, dans les romans qu'elle n'écrit pas, l'héroïne devrait sentir son cœur se briser – comme si cet organe usé avait encore la politesse de se manifester dans les grands moments. Mais à cinquante ans, les cœurs ressemblent aux bars après une longue nuit : plus personne ne fait vraiment attention aux dégâts, on se contente de passer un coup de balai sur les tessons et de resservir dans des verres ébréchés.

« Je ne peux pas te promettre que ça sera simple.

— J'ai passé l'âge des promesses, dit-elle, je ne veux rien, hormis…

— Alors quoi ?

— La vérité. C'est la seule chose qui ne déçoit jamais, même si elle fait mal. »

Il hoche la tête, recule à regret, son regard fait l'inventaire de la pièce comme un commissaire-priseur sentimental – les livres (trop nombreux pour avoir été tous lus), le chat (trop royal pour être domestique), cette nuit qui les a consumés (trop parfaite pour être répétée).

« À bientôt, Margaux. »

Il dit cela comme on ferme une porte derrière soi. Et tandis qu'il descend l'escalier, tandis que Paris cuit dans son étuve de juillet, derrière chaque fenêtre de chaque immeuble se joue la sempiternelle comédie des vies qui s'effilochent ou se renouent – ici une femme quitte son mari en emportant ses livres préférés, là un enfant ouvre les yeux sur un monde qu'il ne comprendra que trop tard, ailleurs un vieil homme contemple une dernière fois ce ciel qui l'indiffère déjà, et partout des êtres qui s'aiment ou se déchirent, qui se retrouvent ou se séparent, pendant que le soleil monte inexorablement sur les ardoises des toits, que les drapeaux olympiques pendent, dérisoires, dans l'air brûlant, et que des athlètes du monde entier poursuivent leurs rêves de gloire éphémère –, mais dans cet appartement qu'il quitte à peine, semblable à tant d'autres, le temps vient de suspendre sa course, laissant deux êtres contempler ce qu'ils ont gagné, ou perdu peut-être.

# 3

Henri est rentré de l'hôpital. Marie-Claude, l'aide-soignante qui s'occupe de lui, l'a ramené dans sa vieille Clio. Elle a fait le lit, installé les médicaments sur la table de nuit, ajusté le médaillon de téléassistance autour de son cou – ce petit boîtier noir qui le relie au monde extérieur, à son fils, aux secours, ultime fil tendu entre lui et la vie des autres.

Son pavillon ne ressemble plus à rien qu'à lui-même – un lieu où le temps se mesure désormais non plus en années mais en déclins successifs, en petites défaites quotidiennes, en dignité qui s'effrite. Le buffet en bois massif continue de monter la garde, témoin d'une époque où le mobilier se voulait indestructible. Dessus, les photos racontent une vie : Alexis à huit ans devant le lac Léman, ses dents de devant manquantes dans un grand sourire. Henri et Élise un an avant la mort de celle-ci – elle dans cette robe simple, lui déjà légèrement voûté.

Dans le salon flotte un mélange d'odeurs rances et de parfum d'ambiance. Dans la cuisine, la vaisselle du petit déjeuner attend encore – une seule tasse, un bol, la cuillère qu'Alexis a utilisée il y a trois jours pour faire manger son père. Sur le frigo, un planning méticuleux détaille les horaires : 8 heures, toilette. 9 heures, kiné. 12 heures, repas. Le quotidien comme une série de cases à cocher.

« Tu devrais peut-être changer la photo du buffet, dit Henri. Celle où ta mère porte cette horrible robe jaune.

— Elle l'aimait bien, cette robe.

— Elle disait ça pour me faire plaisir. Je la lui avais offerte. »

Les bras d'Henri reposent sur les accoudoirs du fauteuil. Ses doigts, jadis si agiles quand ils manipulaient les éprouvettes, semblent inertes. Sa jambe gauche fonctionne encore ; la droite est sans cesse ankylosée. Il sait ce que cela veut dire. Bientôt, il ne pourra plus marcher.

Une pie vient chaque matin sur le rebord de la fenêtre. Henri la suit des yeux pendant qu'Alexis l'aide à enfiler sa chemise, un geste qui prend de plus en plus de temps. Le bouton du col leur résiste. Ni l'un ni l'autre ne suggère de laisser tomber ce rituel.

Le four à micro-ondes date d'une époque où les appareils électroménagers étaient conçus pour durer une vie. Il gronde encore fidèlement quand Alexis réchauffe la soupe. Le programme est réglé sur deux minutes trente, pas une seconde de plus – Henri a toujours été précis sur la température de ce qu'il mange.

« Tu as changé de parfum, dit Henri pendant qu'Alexis teste la chaleur du bol sur son poignet.

— Je n'en mets pas.

— Si. Une odeur différente. Comme du miel. »

Alexis ne répond pas. Le parfum de Margaux est encore sur sa peau. Son père a toujours eu ce don agaçant de remarquer les détails qu'on voudrait lui cacher.

Dans la salle de bains, les médicaments s'alignent sur l'étagère. Certaines boîtes sont presque vides, d'autres encore pleines – l'histoire de leurs espoirs et de leurs défaites en capsules colorées. À droite, le rasoir électrique qu'Alexis utilise maintenant pour son père trois fois par semaine. Un geste qu'il a mis du temps à maîtriser. Au début, ses mains tremblaient tellement qu'il laissait des parcelles de barbe sur le visage paternel.

« Tu te souviens, dit Henri pendant qu'Alexis essuie une goutte de soupe sur son menton, quand tu me regardais me raser ?

— Tous les matins avant l'école.

— Tu voulais toujours essayer.

— Tu ne m'as jamais laissé.

— J'avais peur que tu te coupes. »

Le silence retombe. Par la fenêtre du salon, on voit le petit jardin, où les mauvaises herbes ont pris le dessus. Les rosiers qu'Élise avait plantés sont morts l'été dernier, pendant la canicule. Personne n'a pensé à les arroser.

« Tu devrais peut-être sortir les poubelles », dit Henri.

C'est sa façon de dire qu'il sent l'odeur de décomposition qui monte doucement de son propre corps, cette corruption lente que même le parfum d'ambiance ne masque plus tout à fait.

Sur l'étagère du salon, les livres n'ont pas bougé depuis des années. Les revues scientifiques s'empilent encore, comme si Henri allait soudain retrouver l'usage de ses mains et les feuilleter. *Science*, *Nature*, *Cell* – des noms qui résonnent maintenant comme ceux d'anciennes amantes. Devant les revues, une photo dans un cadre : Alexis en uniforme de l'X, le jour du défilé du 14 Juillet. Henri était si fier ce jour-là. À présent, il regarde la photo avec une expression qu'Alexis ne parvient pas à déchiffrer.

« Tu n'as pas l'air dans ton assiette, dit soudain Henri.

— Comment ça ?

— Je ne suis pas encore mort, tu sais. Je vois des choses. Le vrai problème avec la maladie de Charcot, c'est qu'elle te laisse tout le temps de réfléchir. L'esprit reste intact pendant que le corps s'effondre. Alors on observe. Les gens. Leurs petits arrangements avec la vie. Leurs grandes peurs. »

Une quinte de toux l'interrompt. Alexis attend, la main sur son épaule.

Un rayon de soleil traverse la pièce, illumine les particules de poussière en suspension. Sur le mur, l'horloge électrique – celle qu'Élise avait achetée à Genève en 1983 – continue son tic-tac imperturbable.

« Tu vois cette pendule ? Elle marche toujours. Même quand on ne la regarde pas. Même quand on voudrait qu'elle s'arrête.

— Tu n'as pas pris tes médicaments ce matin, dit Alexis en remarquant les comprimés encore dans la boîte.

— J'en ai assez de ces médicaments.

— Ils sont importants.

— Importants pour quoi ? Pour prolonger quoi ? »

Un silence tendu s'installe. C'est un dialogue qu'ils ont déjà eu mille fois, qui finit toujours de la même façon. Alexis prend les comprimés, verse un verre d'eau. Son père détourne la tête, comme un enfant obstiné.

« Papa...

— Ne me parle pas comme à un débile.

— Je ne...

— Si. Exactement comme ça. Avec cette voix patiente qui me donne envie de hurler. »

Le visage d'Henri paraît tout à coup taillé dans la colère elle-même : rides si profondes qu'elles semblent faire partie de son ossature, sourcils broussailleux prêts à s'entrechoquer, mâchoire crispée comme si elle ruminait la somme des vestiges de toutes ses colères depuis sa naissance.

Alexis repose le verre, un peu trop brusquement. L'eau éclabousse la table. Il cherche un torchon, ses gestes sont devenus nerveux. Ses mains tremblent légèrement – la fatigue, l'accablement, l'impuissance.

La sonnette retentit.

Marie-Claude est de retour. Elle entre du pas énergique des aides-soignantes qui ont appris à faire de la légèreté un outil de travail. La cinquantaine, des cheveux gris coupés court, un visage marqué par des années de gardes de nuit. Elle évalue la situation d'un coup d'œil – la tension dans la pièce, les médicaments non pris, le fils au bord de la rupture.

« Eh bien, monsieur Henri, on fait sa mauvaise tête aujourd'hui ?

— Pas de mauvaise tête, répond Henri. Juste un désaccord sur la pertinence des traitements. »

Il parle encore comme un scientifique. Marie-Claude range déjà ses affaires dans la salle de bains, sort les serviettes propres. Elle connaît la maison par cœur maintenant. Six mois qu'elle vient tous les après-midi.

« Je vous laisse, dit Alexis.

— Déjà ? »

Le ton d'Henri est presque accusateur.

« J'ai… du travail.

— Tu mens mal, tu sais. Tu as toujours mal menti.

— C'est vrai. Moins bien que toi. »

Marie-Claude fait couler l'eau dans la salle de bains, un bruit qui couvre leur silence. Elle a cette capacité de se faire à la fois présente et invisible, de leur laisser cet espace dont ils ont besoin pour ne pas se dire ce qu'ils devraient se dire.

« Les médicaments sont sur la table, dit Alexis en mettant son manteau.

— Je sais.

— Le kiné vient demain à…

— Je sais aussi. Je ne suis pas encore gâteux.

— Papa…

— C'est ça, va vivre. Va-t'en. »

Henri regarde Alexis enfiler son imperméable, refermer la porte.

Son regard, rivé un instant comme un poignard sur la porte refermée, plane doucement, s'éloignant du champ de bataille. La forteresse de sa bouche s'entrouvre à peine. Il marmonne, comme pour lui-même, un léger sourire aux lèvres :

« En tout cas, elle sent bon. »

# 4

Les visages apparaissent un à un dans leurs rectangles pixelisés – le rédacteur en chef depuis sa maison de campagne, la secrétaire de rédaction de son studio parisien, les autres journalistes dispersés dans toute l'Île-de-France, comme si la pandémie avait définitivement atomisé la géographie du travail.

Sur l'écran de l'ordinateur d'Alexis, la chorégraphie habituelle des visioconférences se met en place : Antoine, le reporter culture, parle micro coupé pendant trente-deux secondes avant que quelqu'un ne le lui signale ; Sophie apparaît en contre-jour, auréolée comme une sainte dans un tableau de Georges de La Tour ; Jean-Marc ne cadre que son front et le haut de ses lunettes, comme toujours depuis quatre ans ; la cheffe d'édition mange des biscuits.

Soudain, dans le rectangle du rédacteur en chef, une porte s'ouvre en arrière-plan. Une petite silhouette en pyjama Spider-Man s'avance, ignorant superbement les gestes désespérés de sa mère. « Papa, j'ai fait caca ! » L'annonce résonne dans quinze salons, bureaux et chambres à coucher. Les visages dans leurs cadres oscillent entre amusement poli et exaspération, pendant que le rédacteur en chef disparaît de l'écran dans un tourbillon d'excuses marmonnées.

Quand vient son tour, Alexis présente son sujet de sa voix la plus professionnelle, celle qu'il a apprise chez Wintersmith :

« Je travaille sur les nouveaux blockbusters de Novo Nordisk, Wegovy et Ozempic. Ces molécules antidiabète sont devenues un phénomène de société. Elon Musk en prend, tout Hollywood en parle, Wall Street s'emballe. Mais derrière le battage médiatique, on retrouve les mêmes mécanismes que pour le Duroxil : une stratégie marketing agressive, des prescriptions hors AMM qui explosent, un prix exorbitant… »

Le rédacteur en chef acquiesce, son fils maintenant assis sur ses genoux et jouant silencieusement avec un dinosaure en plastique.

« Parfait. On le cale sur dix pages pour dans deux numéros. N'oublie pas l'angle mode de vie, les réseaux sociaux, tout ça. »

Une fois la réunion terminée et les visages évanouis dans le néant numérique, Alexis fixe le curseur qui clignote sur son document vide, puis se lance, autant battre le fer tant qu'il est encore chaud :

*En 2024, les médicaments GLP-1 représentent plus qu'une révolution médicale : ils sont devenus un phénomène de société.*

Il efface. Recommence. Les mots refusent de venir. La voix de son père résonne encore dans sa tête : « Va vivre. »

Sur son téléphone, trois points de suspension lui indiquent que Margaux est en train de lui écrire. Puis ils disparaissent sans qu'un message apparaisse. Il devrait lui envoyer quelque chose. Mais quoi ? « Je pense à toi » ? Non, stupide. « C'était délicieux » ? Non plus, le mode inspecteur du guide Michelin, c'est pathétique.

En pleine nuit, il compose, efface, recommence. Au matin, il trouve une photo de la cérémonie d'ouverture des JO : cet artiste couronné de fruits qui chante sur une table de banquet, le corps peint en bleu. Il y joint un commentaire qu'il veut spirituel. Non, la fausse désinvolture est pire que le silence. Ses doigts tremblent au-dessus du clavier virtuel. Dans le silence de son appartement, où même son MacBook semble retenir le vrombissement feutré de son ventilateur, il commence enfin à écrire la seule chose qui vaille d'être dite, celle qui le terrorise depuis l'enfance.

# 5

*Margaux,*

*Quarante ans. Quarante ans depuis cette petite fille qui s'est jetée dans un lac en Suisse et ce garçon qui la regardait. Quarante ans sans toi. Quarante ans de solitude faussement peuplée. On m'a éduqué à la réussite. J'ai suivi le chemin que je devais suivre : celui des enfants à qui l'on promet un destin riche de possibilités pour peu qu'ils se dévouent à l'excellence. Moins, pour mes parents, c'eût été trop peu. J'ai couru, sans savoir pourquoi, poursuivant un idéal, la reconnaissance de mes pairs, la gloire. Résultat ? Ma vie : une farce dont je n'ai jamais su résoudre l'équation. La vanité de toutes mes batailles, l'inanité cosmique de mes conquêtes dérisoires. Des années chez Wintersmith à faire le premier de la classe, à présenter des rapports aseptisés sur la rentabilité de la douleur. Trois enfants élevés comme des projets d'investissement, qui aujourd'hui m'adressent à peine la parole. Des heures à chercher l'oubli dans les bras d'inconnus – hommes, femmes, qu'importe.*

*Cette manie sordide que j'ai d'abîmer tout ce que je touche, cette peur viscérale d'être simplement humain que j'ai enfouie sous tant d'arrogance, tant de prétention dégueulasse à vouloir me croire peut-être un peu moins bête que d'autres. Te retrouver me glace et me brûle. Je suis sot. Et toi, une sorcière. Tu me prends dans tes yeux et dans ta bouche comme si tu voulais me bouffer l'âme. Je t'ai quittée au matin mais depuis tu es partout, dans mes tripes, dans ma tête, là où je planque le petit con que j'étais dans la cour d'école, celui qui chialait en cachette en pensant à toi. Je ne sais si c'est le hasard ou une nécessité supérieure qui nous a réunis. Je sais juste que je te veux, avec une évidence qui me terrifie.*

*A.*

# 6

*Alexis,*

*Peut-être, après tout, que notre vie tient tout entière dans ces secondes où, sans en avoir le pouvoir, nous sommes contraints de choisir. J'aime assez que tu aies risqué de ne pas prendre le métro pour atterrir dans ce supermarché. À mon tour de te faire un aveu dans cet interstice où la conscience, avant de sombrer dans le sommeil, livre ses dernières vérités, et dont j'aimerais qu'ensuite nous ne reparlions plus jamais : si je suis restée irréductible, intacte dans ma solitude essentielle, c'est qu'en moi il y a tant d'êtres épars qu'il n'y a finalement personne. Juste un léger pli froid contre lequel tout – guerres, baisers, désastres – finit par se dissoudre.*

*J'ai lu et relu attentivement ta lettre. Je sais qui tu es, je vois d'où tu viens. Certes. Et alors ? Même pas peur. Et alors, inutile de me répondre. 19 heures ce soir chez moi. Viens.*

*M.*

# 7

Chez lui, Alexis consulte sa montre toutes les trois minutes, comme un adolescent avant son premier rendez-vous. Bientôt 19 heures. À cinquante ans, se dit-il, on devrait avoir passé l'âge de ces enfantillages. Pourtant le voilà qui se douche une deuxième fois. Il change de chemise à trois reprises, chaque nouvelle tentative le faisant ressembler un peu plus à ce qu'il est : un homme mûr qui joue à la poupée avec son reflet. Dans son ordinateur, son article sur l'Ozempic le nargue. Les laboratoires pharmaceutiques ne s'arrêtent pas de vendre la rédemption en pilules juste parce qu'un ancien consultant a une crise de jeunisme.

À onze stations et deux correspondances de là, Margaux fait les cent pas dans son appartement, se demandant à quel moment exactement elle est redevenue cette créature ridicule qui réarrange trois fois les mêmes livres sur une étagère. Elle ouvre le réfrigérateur sans raison, comme si le remède à sa nervosité se cachait entre les brocolis et le fromage qui attend son heure.

18 h 47

Alexis contemple les feux tricolores avec la fascination d'un mystique devant une révélation divine. Sa chemise (la quatrième) lui colle déjà à la peau.

18 h 54

Devant son miroir, Margaux observe cette femme qui lui sourit bêtement et qui est censée porter son prénom. Elle tend la main vers son parfum, hésite. Non. Cette nuit n'aura pas besoin d'artifices – ils sont déjà assez artificiels comme ça, à jouer les amants de roman.

19 heures

La sonnette retentit. Pile à l'heure. La porte s'ouvre et ils se regardent, deux quinquagénaires qui avaient préparé des phrases spirituelles sur l'étrangeté de la situation. Lui a probablement répété dans sa tête une réplique pendant tout le trajet. Elle a sans doute composé dans la glace un sourire ironique. Mais leurs corps, ces traîtres, n'ont que faire de leur distance mondaine. Ils se jettent l'un sur l'autre avec la grâce d'un accident de train. Leurs dents s'entrechoquent. Son sac tombe. Sa chemise se froisse de façon irrémédiable. Elle se cogne contre le portemanteau. Rita Hayworth, qui s'apprêtait à quitter dignement les lieux, s'arrête un instant pour observer ce désastre avec une fascination horrifiée.

Deux corps affamés qui se dévorent dans l'entrée comme si le monde allait finir – ce qui, au vu des chaînes d'information, n'est pas une hypothèse totalement absurde. C'est disgracieux, c'est urgent, c'est magnifique. Cinquante ans d'expérience et de sophistication partent en fumée.

# 8

Tard dans la nuit, elle le prend comme il n'a jamais été pris. Non pas avec violence, mais avec une autorité tranquille qui le bouleverse. Ses mains à elle connaissent des chemins qu'il ignorait en lui-même. Des territoires qu'il n'avait explorés qu'en secret, dans l'anonymat des chambres d'hôtel new-yorkaises. Mais avec elle, c'est différent. Il y a dans sa façon de le toucher quelque chose de presque clinique, comme si elle auscultait ses zones de résistance. Elle trouve ses points de rupture avec une précision qui l'effraie et le libère à la fois. Il se laisse guider, abandonné à cette femme qui comprend mieux que lui ce qu'il désire vraiment. Ce qui le frappe, c'est la douceur. Rien à voir avec la brutalité mécanique de ses expériences passées. Margaux le possède avec une tendresse impérieuse. Ses doigts tracent des routes nouvelles, s'aventurent là où personne n'avait osé aller avec tant de délicatesse. Il gémit, non pas de plaisir mais de reconnaissance. Pour la première fois depuis l'enfance, son corps n'est plus une forteresse à défendre, mais un pays à habiter. Elle murmure son prénom comme une incantation. Il sent son souffle dans sa nuque, la fermeté de ses seins contre son dos. Les rôles s'inversent naturellement, comme si leurs corps avaient toujours su que cela devait arriver. Dans cet abandon, il trouve une liberté qu'il n'a jamais connue. Être pénétré par elle – par son amour, par sa force –, c'est enfin accéder à cette part de lui-même qu'il a si longtemps réprimée.

Il est 3 heures du matin.

Alexis observe le profil de Margaux dans la pénombre. Ses cheveux sont un désastre magnifique sur l'oreiller, une tempête d'encre noire. Entre ses seins, une goutte de sueur séchée trace une ligne de sel.

« Je devrais avoir honte d'avoir tant joui, murmure-t-elle sans ouvrir les yeux.

— Pourquoi ?

— À notre âge.

— L'âge est une invention des horlogers.

— C'est venu très tard, tu sais.

— Quoi ?

— Le plaisir. Longtemps, je n'ai rien senti. »

Le silence s'épaissit entre eux, presque palpable. Au loin, un klaxon déchire la nuit, aussitôt avalé par l'obscurité.

Une ombre passe sur le visage d'Alexis. Sa voix est rauque quand il reprend :

« Plus tard, souvent, quand il m'arrivait de penser à toi, quand je pensais à tes bleus, je me disais que c'était ça qui t'était arrivé, cette catastrophe. »

Margaux fronce les sourcils. Son regard se fixe sur le mur. Un sourire étrange traverse son visage.

« Je ne veux pas de ta compassion.

— Je sais que tu ne veux pas de ma compassion, mais je suis triste que ça te soit arrivé. »

Sa réponse vient, nette comme une lame :

« Daniel est mort, maintenant. Moi, je suis vivante. Et dans ce simple fait réside mon triomphe. »

Un instant de silence, puis sa voix se fait plus douce, presque songeuse :

« C'est étrange, la renaissance. On ne la voit pas venir. Un matin, on se réveille et les continents ont changé de place. La joie, ça n'est pas l'absence de douleur. C'est sa transmutation. »

Il la regarde dans la pénombre. Cette femme qui n'est plus la petite fille du lac mais qui l'abrite encore, quelque part, comme ces poupées russes qui gardent en leur cœur leur plus petite sœur.

Il demande :

« Et ton père ? Tu ne m'as jamais parlé de lui.

— Il est enterré au cimetière, à deux rues d'ici, dit-elle, le regard suspendu quelque part entre les draps et la part effacée du monde.

— Tu m'emmèneras ?

— Où ?

— Sur sa tombe.

— Si tu veux.

— Et ta mère ?

— Elle est morte à elle-même il y a des années, mais toujours en pleine forme, et nous nous entendons merveilleusement bien. Je la vois peu, mais chaque fois avec beaucoup de plaisir. Et la tienne ?

— Elle est morte d'un cancer, en 2007.

— Je suis désolée. Et ton père ? »

L'air devient soudain plus dense. La gorge d'Alexis se noue, comme si les mots devaient franchir un barrage. Ils sortent d'abord par bribes. Dans l'obscurité, sa voix trouve son chemin :

« Il est malade. Sclérose latérale amyotrophique. La maladie de Charcot est méthodique. Ça a commencé par des chutes, de plus en plus régulières. Pendant longtemps. Et pendant longtemps on n'a pas su. Ensuite, il y a eu les bras. Il n'arrivait plus à tenir son journal le matin. Les pages glissaient entre ses doigts comme du sable. Nouveaux examens. C'est là qu'il a appris. Maintenant ses mains pendent le long de son fauteuil. Du bois sans sève. La jambe gauche tient encore. La droite commence à céder. Il la traîne comme un boulet, un peu plus chaque jour. Bientôt, elle ne le portera plus du tout. Le corps devient une prison qui se referme, cellule après cellule. L'esprit reste intact – c'est peut-être le plus cruel. Il observe sa propre dissolution avec la lucidité d'un scientifique. Parfois, il fait des blagues sur les nerfs qui lâchent. "Une expérience intéressante", dit-il. Et moi, comme mon père, je me suis perdu par étapes. Perdu comme on descend un escalier dans l'obscurité. Chaque marche – ton départ de Suisse, la trahison de mon père avec cette femme, Madeleine…

— Madeleine ?

— Chercheuse, comme lui. Back Street.

— Longtemps ?

— Des dizaines d'années. Et même après la mort de ma mère. J'étais avec Martin le jour où je les ai vus ensemble. Je lui ai fait jurer de garder le secret. Il n'a pas pu s'empêcher de parler à sa mère, qui a parlé à la mienne, qui a fini par parler à mon père. Pendant des années, mes parents m'ont préservé. La vérité, je ne l'ai apprise de la bouche de ma mère que l'avant-veille de sa mort. Voilà pourquoi je ne vois plus Martin. Tu sais tout. »

La main de Margaux se pose doucement sur le torse d'Alexis.

« Ton père, il lui reste combien de temps ?

— Peut-être un an. Trois maximum.

— Tu ne lui as jamais parlé ?

— De quoi ?

— De cette femme, Madeleine. De ta mère. De leurs non-dits, leurs faux-semblants ?

— C'est drôle, tu sais, c'est seulement maintenant que je me rends compte que je n'ai jamais parlé à mes parents, jamais vraiment. Jamais une vraie conversation. Juste des mots en transit, utilitaires, comme les instructions d'un manuel que personne ne lit. Quand ils ont quitté la Suisse, qu'ils ont débarqué à Meaux, ils m'ont fait une chambre. Ma chambre d'adolescent, la même qu'en Suisse, parfaitement reconstituée, dans une maison où tout était encore imprégné de l'odeur d'un déménagement bâclé. Avec mon lit, mes jeux, mes posters fanés qui me fixaient depuis les murs, comme pour me rappeler que ma place était là, toujours là. La semaine, j'étais interne dans le cinquième. Plus pratique pour le lycée. Mais quand je retournais chez mes parents le week-end, ce n'était pas une visite, c'était une régression. Mon corps entier s'y prêtait, d'ailleurs. À peine la porte franchie, je tombais dans un épuisement inexplicable. Je faisais des choses que je ne faisais jamais ailleurs : regarder la télévision... Surtout, je dormais. Je n'arrêtais pas de dormir. Et même après les études, même après le mariage avec Adèle, avant la mort de ma mère, avant que je ne fuie aux États-Unis, quand nous venions certains dimanches déjeuner chez mes parents, c'était le même scénario. Cette fatigue accablante. Adèle trouvait ça étrange. Moi, je trouvais ça normal. Ou plutôt, je ne me posais pas la question. Aller chez mes parents c'était redevenir ce gamin incapable de leur parler de quoi que ce soit de personnel, incapable de leur demander des comptes, de leur dire ce que je savais de leur couple. Ensuite, ma mère est morte et… je suis parti à New York. Je suis rentré, dans les circonstances dont je t'ai parlé. J'ai renoué avec mon père. Je suis allé chez lui. Et j'ai vu que rien n'avait changé. Tout est toujours là. Les affaires de ma mère dans la penderie. Et ma chambre. Mon père est comme une silhouette vide, un enfant lui-même, un enfant qui croit encore qu'il est un grand scientifique. Je lui donne à manger, parfois je le lave, je l'aide à aller aux toilettes mais… je ne lui parle pas davantage, que de l'intendance, ça n'a même pas la dignité d'une conversation. Juste des reproches. Je l'engueule, il m'engueule. On s'accroche à ça, comme si le conflit était tout ce qui nous restait, comme si c'était un fil de vie. Et cette chambre, elle est toujours là. Je n'y vais plus. Plus jamais. Je ne veux pas même en ouvrir la porte. Parce que je sais que derrière, il y a ces murs qui ont gardé ma trace, comme une empreinte fossile, et toujours ce bureau, avec ces cahiers griffonnés, ce vieux sac de cours dans un coin, comme si un jour, je devais retourner au lycée. Je devrais ranger cette chambre. Mais je ne peux pas. C'est un sanctuaire absurde, un piège tendu par le passé. Je n'arrive ni à jeter, ni à entrer. Ça reste là, suspendu. Comme moi. Comme mon père. C'est drôle, n'est-ce pas ? Une vie entière à contourner les choses, à les effleurer, et maintenant, en te le disant, c'est comme si j'entendais ma propre voix pour la première fois. »

Margaux regarde Alexis. Longtemps. Elle n'a jamais eu de chambre d'enfant à laquelle revenir, ni de fatigue qui ramène à une maison. Juste un vide, immense et muet, comme un ciel sans fond. Un vide qui rend à la fois plus seul et plus libre. Elle pense que le père d'Alexis est encore là, même en morceaux. Mais elle ne lui dit rien de tout ça. Ses mains trouvent son visage, hésitantes mais sûres, et c'est comme si elle le tenait tout entier dans ce geste, avec ce poids de son silence, de ses souvenirs, de ses absences. Ses pouces effleurent ses tempes, où elle imagine les pensées tourbillonnantes, éparpillées comme des feuilles qu'un vent obstiné refuserait de chasser pour de bon. Elle penche la tête vers lui, dépose un baiser sur son front, qui contient tout ce qu'elle a, elle, à donner : une chaleur ténue, un pont jeté vers l'endroit où il se tient enfermé. Alors seulement elle murmure, d'une voix basse, mais si claire qu'elle semble résonner plus loin que la chambre où ils se trouvent :

« Je voudrais que tu aies la conversation qu'un fils doit avoir avec son père, avant qu'il ne soit trop tard. »

Les larmes montent aux yeux d'Alexis.

« Quand ça arrivera… Quand ton père… Enfin, tu comprends ? Je serai là pour toi. »

Il y a la surprise, nette, presque choquante, de ces mots qu'il n'a jamais entendus, qu'il ne savait pas même attendre. Cette surprise brille un instant, lumière vive qui découpe les paroles de Margaux, ce moment, mais qui disparaît presque aussitôt, remplacée par quelque chose de plus trouble. On y voit l'embarras, celui d'un homme mis à nu, sommé de répondre à une vérité qu'il s'efforce depuis toujours d'éviter. Et derrière cet embarras, cette autre douleur, ancienne, indistincte, mélange d'orgueil blessé et de regret, qu'il ne sait pas nommer.

Adèle n'aurait jamais dit une chose pareille. Et le comprendre n'est pas un soulagement. C'est une absence qui s'agrandit d'un coup, une fissure qui s'étire et menace de s'ouvrir complètement. Adèle n'aimait pas ses beaux-parents. Ça, il le savait. Elle avait toujours trouvé leur maison vieillotte, leurs habitudes ternes. Elle ne disait pas grand-chose, mais Alexis sentait son mépris dans chaque regard qu'elle posait sur la table trop bien dressée, les gestes maladroits qu'ils avaient avec elle, leur manière de s'excuser d'être là. Elle n'aimait pas ces dimanches où ils allaient « chez eux ». Ni leurs sourires, ni le gigot qu'Élise cuisinait, ni leur conversation, rien.

Moyennant quoi Adèle n'avait jamais poussé Alexis à parler à ses parents. Elle l'avait laissé, seul, naviguer dans son brouillard. Son silence avait été une forme de pacte tacite. Elle ne lui demandait rien, et lui ne lui reprochait rien. Peut-être même qu'elle avait aimé son inertie, son incapacité à communiquer avec eux. Peut-être qu'au fond, elle ne voulait pas qu'il les aime davantage, ou qu'il s'en libère. Parce que s'il l'avait fait, il aurait fallu qu'il devienne autre chose. Quelqu'un d'imprévisible.

Et voilà cette femme devant lui maintenant, cette Margaux, qui n'a rien à gagner à le pousser ainsi, à poser sur lui des mots qui pèsent si lourd, et c'est insupportable, parce que c'est la vérité. Ses yeux la cherchent, la défient, implorent et disent quelque chose qu'il ne peut formuler : « Je te retrouve comme on retrouve une langue qu'on croyait perdue – celle de l'enfant que j'étais, celle de l'homme que je n'ai jamais osé devenir. Tu me redonnes des mots que je ne savais plus dire, des gestes que je pensais impossibles. Ne me pousse pas plus loin, même si c'est exactement ce dont j'ai besoin. »

# 9

Ils ne voient ni les feuilles qui tombent, ni la ville qui s'éteint. Quand ils se retrouvent, tout disparaît – les enfants qui grandissent, le père qui meurt, les romans à écrire, les articles à finir. Ne reste que cette urgence qui les dévore. Ils passent de longues heures allongés, mêlés, bouches chuchotantes, déjeunent à des heures impossibles, dans un café, toujours le même, en bas de chez elle, où ils prennent toujours la même chose, lui un tartare, elle une omelette, ils marchent dans les rues, main dans la main, fatigués, heureux. Parfois ils rient, de ce rire qui vient quand le bonheur est trop grand pour être contenu. Plus tard, lui dans sa voiture, sur le chemin du retour, elle sous la douche ou face au miroir de la salle de bains, ils laissent monter ces larmes qu'ils ne montreront jamais.

Il y a cette joie, d'abord, celle d'avoir échappé, pas seulement au tiède, pas seulement à l'idée que ça n'arriverait plus jamais, mais à tout ce qu'on croyait être l'avenir : une solitude qu'on a voulue, mais où jamais personne ne tend la main. On est passé à côté de ça. On est vivant.

Il y a les matins. Les réveils lents, quand le jour s'invite entre les rideaux, que la première chose qu'on sent c'est l'odeur de l'autre, familière déjà, pas encore banale. L'envie de rester au lit, simplement pour entendre sa voix, les mots qui n'ont rien d'exceptionnel, mais qui, prononcés à ce moment-là, sont tout.

Il y a le bonheur ridicule des messages échangés au cours de la journée :

*C'est moi.*

*Oui, et ?*

*Je n'ai pas de déclaration particulière à faire mais j'ai envie de te parler.*

*Ah, je croyais que tu allais me dire : « Gennaro, vous êtes exceptionnelle », ou « Je voulais te demander des conseils pour déboucher mes chiottes ».*

*Tu es exceptionnelle et tu sais déboucher les chiottes, si tant est que l'on puisse assimiler un cerveau à une fosse « sceptique ». Et par sceptique, j'entends ce doute fondateur et nourrissant.*

Il y a les premières sorties. Rien d'ambitieux. Un vieux film au cinéma, une exposition. Marcher côte à côte, inventer des souvenirs à un âge où on pensait qu'on n'en fabriquerait plus. Se dire : ce café, ce cinéma, ce musée, c'est notre endroit.

Il y a ce train qu'il prend pour Marseille, pour aller faire une enquête sur l'effondrement d'un fonds d'investissement lié à la crise des prêts à effet de levier et dans lequel elle le rejoint par surprise. Stupeur. Tu es folle. C'est, mon cher, un scénario dont la probabilité n'est pas nulle. J'ai envie de toi. Moi aussi. Ces toilettes qu'ils transforment en alcôve de fortune pour s'y livrer à tout ce que votre imagination permet d'envisager – et même pire. L'hôte de propreté qui tape à la porte. Le contrôleur qui s'en mêle. Et eux de finir par sortir, très dignes, des sanitaires, sous les applaudissements et les gloussements de trois voyageurs qui attendaient de pouvoir faire usage de cet espace dévolu à d'autres besoins primaires.

Ils ne dorment plus, ou si peu.

# 10

Le monde brûle pendant que Paris se remet de sa gueule de bois olympique. Sur son fauteuil médicalisé, Henri navigue dans le flux continu des catastrophes grâce à une danse subtile entre biologie et technologie : le système Tobii, cette interface où l'organique rencontre le numérique. Tapie sous l'écran de son ordinateur, une caméra infrarouge capture chaque micromouvement de ses iris avec une précision que la nature elle-même pourrait envier. Les algorithmes transforment ces impulsions en commandes. Quand ses yeux se posent sur un point de l'écran, des milliers de calculs s'effectuent en une fraction de seconde, traduisant l'intention en action, comme si le désir seul suffisait à plier le silicium. Dans ce ballet entre neurones et processeur, chaque clignement de paupière devient un clic, chaque regard soutenu une commande, chaque balayage visuel une exploration. Donald Trump vient d'être réélu. À Kiev, une fillette joue du piano dans un abri et sa mère filme pour TikTok. À Gaza, un médecin opère à la lampe frontale, les mains plongées dans le ventre d'un enfant dont il ne connaîtra jamais le nom. À Taipei, on repeint les lignes jaunes des abris antiatomiques et les satellites chinois photographient chaque recoin de l'île. À Pyongyang, un missile traverse le ciel comme une prière de fer et de feu. À Tel-Aviv, les sirènes hurlent. À Séoul, on commence à stocker du riz. À Moscou, on parle de « solution » au « problème ukrainien ».

« C'est fascinant, dit Henri à son fils, qui vient de lui donner à manger, la façon dont tout s'effondre. Comme dans la maladie de Charcot. Les systèmes lâchent les uns après les autres, mais dans un ordre précis. Une chorégraphie de la destruction. Comme les motoneurones. D'abord les extrémités qui dysfonctionnent – les petites démocraties en périphérie. Puis le centre qui commence à trembler. Bientôt, les fonctions vitales seront touchées.

— Tu crois encore aux systèmes immunitaires, papa ? Aux défenses naturelles ? »

Henri sourit – ce demi-rictus que la maladie lui laisse encore.

« Tu sais ce qui est… affreux ? » articule-t-il avec effort, pendant qu'Alexis essuie un filet de salive au coin de sa bouche.

Il prend une longue respiration.

« La façon dont nous normalisons l'horreur. »

Les mots sortent plus clairement maintenant, comme s'il avait rassemblé ses forces.

« Comme le corps qui… s'habitue à fonctionner avec moins de neurones. On s'adapte. »

Sa voix grésille, mais le flot de pensées semble lui donner de l'énergie.

« On apprend à vivre avec moins de… démocratie, moins d'empathie… moins d'humanité. »

Il s'arrête, cherche son souffle.

« Jusqu'à ce qu'il ne reste que ça… respirer, manger, haïr. Et le plus terrible… – il tousse légèrement – c'est la lucidité. »

Alexis se rapproche pour mieux entendre. La voix d'Henri, malgré ses accrocs, porte encore la force de sa conviction.

« Être témoin de sa propre… dissolution. Comme ces scientifiques qui calculent la date de l'effondrement… ces économistes… »

Il s'interrompt, avale sa salive avec difficulté.

« On voit tout venir, dans les moindres détails, et on ne peut rien faire. »

Sa voix trouve un rythme saccadé mais déterminé.

« C'est comme un théorème. La somme des catastrophes tend vers l'infini, mais chacune… séparément… semble gérable. »

Il reprend son souffle.

« Un missile par-ci, un pogrom par-là, une élection volée, une espèce qui disparaît. »

Les derniers mots sortent dans un murmure rauque :

« Mon corps fait pareil. Chaque jour, je perds une fonction si infime que ça paraît… supportable. Jusqu'à ce que… »

Il se tait. Sur l'écran, Trump annonce qu'il va « nettoyer » le département de la Justice.

## 11

Le Transilien tangue doucement entre Meaux et Paris. Alexis regarde son reflet dans la vitre – cette version translucide de lui-même qui se superpose au paysage de banlieue. Sur son téléphone, un message de Margaux :

*J'ai changé les draps. Ils sentent « la mer allée avec le soleil ».*

Avant de la retrouver, Alexis est repassé par son appartement. Le rituel est immuable : se déshabiller méthodiquement, ranger les vêtements qu'il portait chez son père dans un sac à part, comme s'ils étaient contaminés par la maladie. La douche – trop chaude, presque brûlante. Il frotte sa peau jusqu'à ce qu'elle rougisse, comme pour effacer toute trace de la mort qui rôde. Chaque fois, le même geste absurde : sentir ses muscles, s'assurer qu'ils répondent encore, qu'ils ne sont pas en train de se calcifier comme ceux de son père.

Chez Margaux, l'air est différent. Une odeur de pain grillé, de café. Elle ouvre la porte, vêtue d'une robe qu'il n'a jamais vue. Elle le regarde comme s'il était encore celui qu'elle avait connu enfant – intact, lumineux, invincible. Elle ne dit rien, l'attire contre elle. Leurs corps se reconnaissent avec une évidence qui le fait trembler. Ses mains trouvent sa nuque, ses lèvres. Elle murmure son prénom – non pas celui qu'il est devenu, mais celui qu'il était, celui qu'il redevient entre ses bras.

Plus tard, allongés dans le lit, ils écoutent les bruits de la ville qui montent jusqu'à eux. Il pense à son père, seul dans son fauteuil à Meaux. À ses enfants à Londres. À cette capacité bizarre qu'a Margaux de le faire exister pleinement dans l'instant présent, comme si tous les malheurs – la maladie, la culpabilité, la peur – n'étaient plus que des fantômes promis à l'oubli.

# 12

Les platanes du boulevard Raspail se défont de leurs dernières feuilles. À cinquante kilomètres de là, Henri perd peu à peu ses mots. Mais dans l'appartement de Margaux, le temps obéit à une autre gravité : les chaussures qu'Alexis abandonne à la porte, le thé qu'elle leur sert dans des tasses dépareillées, leurs douches prises séparément – il existe des pudeurs que même l'amour le plus total ne saurait abolir.

Chaque matin, pendant qu'il rase son père, guidant la lame sur cette peau toujours plus fine, Alexis pense à celle qui dort encore dans leur lit défait. Il se reprend aussitôt, comme un criminel pris en flagrant délit par sa propre conscience. Non, pas notre lit. Son lit. Son territoire à elle, sur lequel il n'a posé qu'un droit d'occupation temporaire, renouvelable et révocable à tout instant. C'est effroyable, cette précision avec laquelle leurs vies s'emboîtent. Ces détails le hantent : le mug qu'elle lui a assigné dans son placard, comme un présage domestique, le tiroir de la commode vidé sans un mot pour qu'il y range quelques affaires, et jusqu'à Rita Hayworth qui a fait de son côté du lit son endroit de prédilection quand il s'en va.

Tout s'organise autour de sa présence avec une fluidité qui ressemble trop à un piège. Comme ces molécules qu'Henri manipulait jadis : plus l'assemblage est harmonieux, plus la structure menace de s'effondrer. Leurs territoires restent séparés. Son appartement de Meaux demeure une zone interdite, un musée de sa vie d'avant, où les chambres de ses enfants – ces enfants qu'il n'a pas voulu présenter à Margaux, qui ne viennent de toute manière plus le voir depuis des mois, prétextant examens et week-ends entre amis – attendent, intactes et accusatrices. Il se douche toujours avant d'y rentrer, comme s'il devait se décontaminer d'une vie précédente avant d'en rejoindre une autre. Même le parfum de Margaux n'a pas le droit de franchir ce seuil.

Ce qui le terrifie, c'est cette sensation de mener deux vies parallèles. D'un côté, Lucas, Thomas, Emma à Londres, qui grandissent en apprenant les codes de la City, de l'autre Margaux, qui vit dans un chaos créatif où les livres s'empilent comme des tours de Babel miniatures, où le frigo ne contient que du champagne et des chocolats Weiss, où les jours s'écoulent au rythme des phrases qu'elle traque. Certains matins, elle disparaît complètement dans son écriture. D'autres, elle lui est présente avec une intensité qui le bouleverse.

« Ça m'arrange que tu partes, j'ai à faire, dit Margaux avec ce sourire qui cache tout. Tu vois, c'est ça l'avantage de vivre avec un écrivain. »

Elle a dit « vivre avec », comme on lâcherait une bombe à retardement.

Pendant ce temps, la maladie de Charcot grignote Henri. Bientôt, il faudra être là plusieurs fois par jour. Comment lui dire, à elle qui peut passer des semaines enfermée dans son monde de mots, que l'homme dont elle est amoureuse va devenir l'ombre de lui-même ? Un fils qui regarde son père s'effacer, qui apprend à le nourrir, à décoder des syllabes de plus en plus confuses.

Cette armée silencieuse des aidants, il l'a découverte peu à peu. Ces êtres qui vivent dans un temps parallèle, où chaque geste du quotidien devient un combat – faire manger, laver, habiller celui qu'on a connu debout. On apprend vite le vocabulaire médical, les dosages, les effets secondaires. On devient expert en soins palliatifs, en bureaucratie hospitalière, en négociations avec la Sécurité sociale. La nuit, on dort d'un sommeil léger. Le jour, on jongle entre les rendez-vous médicaux et sa propre vie qui s'effiloche. Les amis s'éloignent doucement. Le monde se rétrécit jusqu'à tenir dans une chambre médicalisée. On se fait tour à tour infirmier, psychologue, bouc émissaire de la colère du malade contre son propre déclin. On développe une force qu'on ne se connaissait pas, une dureté nouvelle, aussi.

Cette femme, dans l'ascenseur de l'hôpital, quand il a renoué avec son père. Son sourire de vétéran quand elle l'a vu tenir le bras d'Henri. « Première année ? » avait-elle demandé, comme on demanderait son grade à un soldat. Il avait hoché la tête. « Dans un an, vous ne compterez plus en mois mais en pertes. Ce qu'il ne peut plus faire. Comme un bébé, mais à l'envers. »

Elle avait ri – un son sec comme une branche qui casse.

# 13

Alexis lit – ou plutôt fait semblant de lire tout en réfléchissant à la façon dont il va organiser sa soirée, deux articles à rendre… Quand la clé tourne dans la serrure. Rita Hayworth, lovée sur ses genoux, lève une oreille puis la rabaisse aussitôt, comme pour dire : celle-là, je la connais, pas de quoi s'affoler. Alexis redresse à moitié la tête. Déjà ? pense-t-il. Margaux est partie faire des courses « rapides », ce qui, dans son langage, signifie au moins une heure à hésiter entre deux variétés de tomates.

La porte s'ouvre sur ce qui semble être un manifeste vivant de la rébellion adolescente : jupe plissée portée sur des Dr. Martens, Rimbaud qui dépasse d'une poche de veste.

« Oh », dit-elle simplement.

Puis :

« Évidemment. »

Il y a dans ce « évidemment » toute la science des adolescents qui en savent plus long que les adultes sur la vie de ces derniers.

Elle traverse le salon, balance son sac quelque part entre deux piles de livres, et disparaît dans la cuisine. Il entend la bouilloire se mettre en route, des tasses s'entrechoquer. Elle revient avec deux mugs dont l'un proclame *Kant But Won't* et l'autre arbore simplement un point-virgule. Elle tend à Alexis le premier. Évidemment.

« Je suppose que je devrais faire un commentaire sarcastique sur le fait de trouver l'amant de ma mère dans son salon, dit-elle. Mais ça serait un peu facile. Et puis je suis à peu près sûre que vous n'êtes pas vraiment son amant. Les amants, c'est pour les femmes qui ont quelque chose à prouver. Maman a passé l'âge des preuves. »

À peine Alexis a-t-il le temps de se dire que cette synthèse dialectique de Margaux Gennaro et d'Hagauer est finalement ce que ces deux esprits tordus ont créé de mieux et de plus redoutable, la voilà qui s'installe en tailleur dans le fauteuil en face de lui, comme une reine qui accorde une audience. Son regard balaie la pièce, les piles de livres, le chat qui ronronne. Ladite synthèse dialectique a les yeux de sa mère – ce vert changeant, aussi beau que dangereux. Elle boit une gorgée de thé, grimace.

« C'est dégueulasse. Bio et équitable, évidemment. Au fait, je suis Chloé Hagauer. »

Et la répartie de son père, donc. Évidemment.

Alexis se force à sourire. Il sait qu'il est déjà en train de perdre quand elle lui lance :

« Moi, de toute façon, j'ai toujours tout compris.

— Quoi ?

— Qu'il y avait un garçon dans l'histoire. Pas à cause de ce qu'elle me disait sur la Suisse. À cause de ce qu'elle ne disait pas. Les absences dans ses phrases. Les trous dans ses récits. C'est comme dans ses bouquins. Il faut toujours chercher ce qui n'est pas écrit. Et puis, il y a un truc avec le lac. Un truc qu'elle ne raconte pas mais qui sort quand même. Dans ses livres, il y a toujours quelqu'un qui se noie. Pas forcément littéralement. Mais il y a toujours de l'eau, et quelqu'un qui coule. Une servante dans la Venise du XVIIIe siècle qui glisse d'une gondole. Un soldat de la Grande Guerre qui s'enfonce dans les boues d'Ypres. Et le machin qu'elle est en train d'écrire en ce moment, vous savez, n'est-ce pas ?

— Non.

— Vous ne connaissez pas l'histoire ? C'est drôle, moi, elle me l'a racontée. (Elle marque une pause théâtrale, comme elle a dû voir faire les adultes.) C'est un livre avec une dame poète qui meurt parce qu'elle a posé dans un bain glacé pour un peintre. Sir John quelque chose Millais. Non, en fait c'est plus tordu que ça : la poétesse pose dans un bain glacé pendant des heures. Elle ne se plaint pas. Logique, c'est une femme. Elle chope une pneumonie, logique, encore.

Mais après, elle devient accro au laudanum qu'on lui file pour la soigner. C'est ça qui la tue, en vrai. »

Elle s'anime soudain, les mots se bousculent dans son empressement à partager son analyse.

« Mais vous voyez, maman est maligne. Elle n'écrit jamais directement sur elle. Pas de petites filles qui sautent dans des lacs en Suisse, non. »

Ses doigts tambourinent sur la table tandis qu'elle expose sa théorie.

« L'eau est toujours là, qui monte, qui attend. C'est comme… comme une idée fixe qu'elle promène partout – dans plein d'époques différentes, plein de pays, plein de… situations sociales. »

Son visage s'illumine de fierté.

« J'ai même fait des calculs. Quarante-sept personnes qui se noient en douze livres. »

Elle hoche la tête avec la gravité d'une petite scientifique.

« C'est beaucoup, non ?

— Toi aussi tu fais des statistiques sur tout ? s'étonne Alexis.

— Oui, pourquoi ? Ça m'aide à dormir. Soyons réalistes : compter les moutons, ça marche pas. »

Rita Hayworth choisit ce moment pour changer de camp, sautant sur les genoux de Chloé avec la précision d'un missile à tête chercheuse.

« Je devrais probablement vous détester, dit Chloé en grattant le chat derrière les oreilles. C'est ce que font les ados de dix-sept ans quand leur mère recommence à vivre. Mais j'ai déjà un père, que j'adore, à emmerder, parce que je suis en plein Œdipe, voyez-vous, et franchement, il fait le job à la perfection. Et puis… »

Elle s'interrompt, et reprend :

« Et puis maman sourit depuis que vous êtes là. Vous savez ce qu'elle m'a dit l'autre jour ? "Chloé, il se peut que mon prochain livre sur la poétesse du XIXe siècle morte d'une overdose après avoir posé dans une baignoire se finisse bien." Gênant, non ? Je lui ai dit : "C'est vraiment dégueulasse, les gens achètent du Margaux Gennaro parce qu'ils savent que ce sera glauque, gothique, des morts, des deuils, de grandes amours impossibles, et toi tu vas les arnaquer ?" Tout ça, Alexis Keller, c'est de votre faute. »

Elle prononce son nom comme s'il était un titre officiel. Pas son prénom. Son nom complet. Alexikeller. Comme si elle venait de rendre un verdict. Pas tout à fait coupable, mais définitivement impliqué. Alexis rit, puis ose un :

« Ta mère est bien plus douée pour le bonheur qu'elle le laisse paraître.

— Ça c'est vrai. Savez-vous que j'ai des vidéos d'elle, dans mon téléphone, quand elle est montée dans Big Thunder Mountain, la première fois qu'elle a fait une émission à la radio pour un de ses livres ?

— Qu'est-ce que c'est que cette histoire ?

— Vous n'êtes pas au courant ? Elle m'avait dit : "On ne m'invitera jamais, ce que j'écris est bien trop inactuel." Je lui avais dit : "On parie ?" "Quoi ?" elle m'avait dit. Et moi : "Si on t'invite, tu fais avec moi les montagnes russes de Big Thunder Mountain à Disneyland Paris." Elle m'avait dit : "Bingo, sûre de gagner." Trois semaines plus tard, *bam*, invitation : elle est allée faire le guignol sur la matinale de France Culture et raconter tout un tas de choses avec sa voix numéro 32, en mode débit lent, hypnose, je suis la grande Margaux Gennaro revenue de tout et je vais vous expliquer la vie alors que je ne sais même pas faire cuire un rôti.

— Et alors ?

— Et alors le lendemain de l'émission, maman et moi, on est allées faire Big Thunder Mountain et elle hurlait en chantant du Barbara pour tenir le coup. Culte. Je garde les vidéos précieusement pour les diffuser le jour de son enterrement. »

Alexis retient un petit rire sec. De nouveau, Chloé grimace, puis se lève, récupère son sac.

« Je vais bosser Rimbaud. "Par délicatesse, j'ai perdu ma vie." L'ironie, c'est qu'il l'a écrit à mon âge. »

À la porte de sa chambre, elle s'arrête. Sans se retourner :

« J'ai vu la photo sur votre téléphone tout à l'heure. La fille vous ressemble. Elle sourit pas.

Genre : regardez comme je suis complexe. J'espère que vous nous présenterez bientôt à vos enfants. »

La porte se referme. Alexis reste là, son thé bio refroidi entre les mains, songeant qu'il vient peut-être de rencontrer la seule personne au monde capable de lire entre les lignes de sa propre lâcheté.

# 14

Trois semaines ont passé. Chaque jour, Alexis aide son père à effectuer les exercices de kinésithérapie respiratoire – cette routine vitale pour maintenir les poumons fonctionnels. Ses doigts suivent les indications du kiné, tapotant doucement le dos d'Henri pour décoller les sécrétions, l'aidant à tousser quand c'est nécessaire. La toux est devenue plus faible. Les muscles intercostaux commencent à faiblir. Bientôt, il faudra envisager une assistance respiratoire.

Ce matin, au réveil, dans ce demi-sommeil où l'esprit ne gouverne pas encore, les lèvres de Margaux avaient trouvé la moiteur de sa nuque. Ils s'étaient aimés, encore pris dans le coton des rêves. Puis les gestes du quotidien : la douche, le rasage, les œufs au petit déjeuner. À 8 h 30, il avait quitté l'appartement de Margaux, le cœur étrangement léger.

Mais en route vers le métro, ça lui était tombé dessus, et ça le poursuit, maintenant qu'il est au chevet de son père. Adèle lui manque. Non, pas Adèle elle-même – cette femme qui vit maintenant à Londres avec un banquier aux boutons de manchette en or –, mais l'illusion de perfection qu'elle avait construite autour d'eux. Les petits déjeuners raffinés dans leur appartement de l'Upper East Side, chaque enfant à sa place assignée, son verre de jus d'orange pressé, son bol de céréales bio. Cette vie où même l'adultère était une variable acceptable, tant qu'il restait discret, élégant, comme ces particules que leurs purificateurs d'air hors de prix étaient censés filtrer. C'était plus facile avec Adèle, dans un sens. La perfection a ses avantages : elle ne vous demande jamais d'être vrai, juste d'être à la hauteur.

Son amour pour Margaux, pense Alexis, ne peut que se dégrader. Il le sait comme il sait que les marchés finissent par chuter, que les molécules se décomposent, que l'entropie gagne toujours. Un jour, se dit-il, les gestes deviendront mécaniques. Un jour, la passion s'érodera. Un jour, l'un d'eux regardera ailleurs. Ses enfants continuent d'exister dans un univers parallèle, celui des messages WhatsApp et des virements bancaires. Les présenter à Margaux serait rendre tout trop réel. Ce serait admettre que ce qu'ils vivent n'est pas juste une parenthèse, une folie passagère, mais quelque chose qui pourrait durer. Et laisser durer, c'est risquer de tout perdre.

Henri marque une pause, reprenant son souffle. Une mouche cogne contre la vitre, obstinée dans son erreur. Il la regarde avec curiosité. Dehors, un arbre solitaire tend ses branches vers un ciel gris d'hiver.

Henri fixe sa cravate, accrochée à la patère, vestige d'une autre vie. Alexis la décroche, la range dans un tiroir. Certaines batailles ne méritent plus d'être livrées.

# 15

Il est à peine 7 h 14 et déjà le téléphone de Margaux bourdonne. Les Dorothy sont en chasse. Dans leur groupe WhatsApp, elles traquent le bonheur comme d'autres débusquent le gibier, avec la même férocité joyeuse.

Jeanne : *Avez-vous vu cet article dans* Philosophie Magazine *sur « La pierre, nouvel animal de compagnie » ? En Chine, de plus en plus de gens adoptent des cailloux qu'ils affublent de petits yeux. La solution à tous nos problèmes ?*

Joséphine : *Je m'y mettrai quand j'aurai fini d'expliquer à mes seconde pourquoi Phèdre n'avait pas besoin de TikTok pour exprimer son désir.*

Margaux : *Une pierre, c'est rigide et fixe, ce qui, notez-le, présente des avantages. Mais Jo, dis plutôt que tu veux nous parler de ton prof d'histoire. Encore une dispute sur le traité de Tordesillas ?*

Joséphine : *Il a insinué que je n'avais jamais lu Voltaire sérieusement. Je lui ai répondu qu'au moins, moi, je ne surlignais pas Marivaux avec un Stabilo.*

Jeanne : *Vous êtes assortis : deux coqs de bibliothèque. Parfait pour une tragédie en cinq actes.*

Margaux : *Ou une comédie en trois nuits. Moi, je ne peux plus regarder un homme sans penser au prix du gel anti-inflammatoire.*

Jeanne : *Arrête, Margaux. Ton air de carmélite désabusée ne trompe personne. Ce sourire béat que tu traînes, on sait que ce n'est pas l'effet de ta énième dissection des œuvres complètes de Thomas Bernhard. Alors, c'est qui ?*

Joséphine : *Oh oui, on veut des détails. Je parie sur un archéologue. La seule profession capable de comprendre ton cerveau.*

Jeanne : *Ou alors un orphelin de mère. Les orphelins de mère sont parfaits. Tout le désespoir, et aucun risque qu'ils comparent ta cuisine à celle de leur mère.*

Margaux : *Vous êtes pathétiques.*

Jeanne : *Oui, mais on est drôles.*

Margaux, agacée, change de sujet, mais Jeanne insiste :

*Tu sais, on pourrait t'aider à gérer. Jo a fait tout un tableau Excel sur la typologie des amants, basé sur ses lectures et ses expériences.*

Joséphine : *Oui, mon commentaire sur les profs est particulièrement savoureux. Surtout les ratés en velours côtelé.*

Jeanne : *Tu es trop dure. Les hommes ne sont pas tous mauvais.*

Joséphine : *Non. Ils sont tous médiocres, ce n'est pas de leur faute. C'est génétique.*

Margaux les observe discourir avec cette estime qu'on éprouve pour les êtres qui nous connaissent assez pour deviner nos secrets, mais nous aiment trop pour les nommer. Leurs hypothèses, leur habileté à inventer des histoires pour mieux saisir le réel, rappellent ces jeux de salon où l'on parlait d'amour en vers codés. Elle les aime pour cela, pour cette légèreté savante qui transforme les drames en comédies, les tragédies en badinages.

Mais elle ne leur dira rien. Pas encore. Les plaisanteries, les anecdotes, les souvenirs polis par le temps peuvent circuler pareils à des pièces de monnaie dont l'usage a effacé l'effigie. Mais ce qui brûle doit rester dans l'ombre. C'est une nuit qui voit le jour comme une offense.

# 16

*Monsieur,*

*Votre souffle, votre impétuosité, votre habileté : voilà, j'ai fait l'inventaire de mes ruines. Il me reste de toi le goût de tes baisers, nos rires idiots, et ton foutre dans mes cheveux, qui les fait onduler comme des serpents, ou des flammes, qu'importe.*

*Je t'embrasse.*

*M.*

Que voici, ma vieille Margaux, un mot bien troussé. Mais ne fais pas la fière, et maintenant, face au miroir impitoyable de ta salle de bains, regarde-toi bien. L'autre jour, tu lui as dit « vivre avec ». Comme ça, négligemment, comme on commande un café, comme on éternue. Des années de construction méthodique d'une indépendance parfaite, balayées par quatre syllabes. Quelle idiote magnifique tu fais.

Tu t'étais pourtant forgé une conviction en acier trempé : tu finirais seule. Pas par défaut, oh non, par choix, par une logique implacable. Pendant que les autres se vautraient dans leurs passions comme des porcs, tu les observais de ton piédestal. Quelle sagesse, pensais-tu. Quelle clairvoyance.

Ta solitude, ta précieuse solitude, tu l'avais ciselée comme une œuvre d'art. Le silence : ton bien le plus précieux. L'écriture : ton alibi parfait. Les livres : tes seuls véritables amants. Les après-midi préservés comme des reliques, les soirées barricadées contre toute intrusion. Et les hommes ? Des figurants. Quelques semaines, rarement plus. Une conversation qui singe l'intelligence, une étreinte qui mime la passion. Et au revoir.

Mais le voilà maintenant, ton amour de toujours, avec ses gestes d'une simplicité insultante, son regard qui feint de tout comprendre, et cette voix, bon sang, cette voix qui s'infiltre dans tes os. Il dort dans ton lit. Vos corps se reconnaissent avec l'évidence des pièces d'un puzzle qu'un enfant assemblerait. Les autres, ces amants d'avant, ils n'ont fait que passer sur ta peau comme l'eau sur les plumes d'un canard. Mais lui… L'amour n'est pas dans ces grands vertiges dont on fait des romans. Il est là, dans ce silence obscène qui suit, quand les corps repus retrouvent leur solitude et que quelque chose persiste, comme une infection.

Te voilà qui erres dans ton appartement, dépenaillée comme une héroïne de roman russe, les cuisses encore humides – quelle vulgarité. Tu ramasses ses cheveux et ses poils sur l'oreiller comme une sorcière collectionnant des ingrédients pour un philtre. Tu lui prépares – toi ! – des repas. Tu rêves – comble du pathétique – de rencontrer ses enfants. Et cette voix, ce refrain idiot qui te martèle le crâne : « Complètement. Maintenant. Pour toujours. »

Pauvre fille. Tu mérites la potence de ton bonheur.

# 17

*Margaux,*

*« La médecine, c'est-à-dire la statistique », étais-je en train de taper sur mon clavier, la gorge serrée par la colère, juste avant de t'écrire. Je viens de lire un communiqué de la Haute Autorité de santé. J'y ai vu cinquante vies réduites à une ligne dans un tableur Excel. L'ironie me frappe de plein fouet : moi qui ai passé des années chez Wintersmith à transformer la souffrance humaine en courbes, je reconnais cette arithmétique qui s'arroge le droit de décider qui mérite de vivre. La HAS vient de prononcer sa sentence : le retrait du marché du Tofersen, ce traitement destiné à une poignée de gens atteints de la maladie de Charcot liée à la mutation du gène SOD1. Mon père n'est pas concerné par l'affaire. Sa maladie à lui n'est pas liée à la mutation de ce gène. Il est rare qu'elle le soit. Cinquante personnes en France. Une anomalie statistique dans notre système où les priorités se mesurent en millions de vies. Cinquante êtres humains confrontés à l'une des pathologies les plus cruelles jamais conçues par la nature : la sclérose latérale*

*amyotrophique, cette prison de chair qui garde l'esprit intact pour contempler sa propre déchéance.*

*Pour eux, le Tofersen n'était pas qu'un traitement. C'était l'incarnation de l'espoir, la promesse d'un répit face à l'inexorable. Les études montraient des résultats modestes, certes, mais réels : une stabilisation ici, une amélioration là. Des victoires infimes mais précieuses contre le temps qui s'écoule. Mais voilà le nœud du problème : cinquante vies ne pèsent pas lourd dans la balance de la santé publique. « Une utilité clinique marginale », a tranché la HAS avec cette froideur bureaucratique qui me glace le sang. Le Tofersen coûtait cher, trop cher pour si peu de vies à sauver. Une équation simple, implacable, qui transforme l'espoir en luxe inabordable.*

*Dans les couloirs feutrés du pouvoir, on murmure une autre crainte : l'effet domino. Si nous cédons pour le Tofersen, quelle digue tiendra face aux prochaines demandes ? L'innovation pharmaceutique devient le théâtre d'un dilemme moral insoutenable : jusqu'où pousser le progrès médical face aux limites d'un système collectif à bout de souffle ?*

*Sur les réseaux sociaux défilent des images qui me hantent : des êtres humains en fauteuil roulant, leurs mains tremblantes, mais leur regard brûlant de dignité, posant cette question lancinante : « Nos vies valent-elles si peu ? » La société, engluée dans ses crises perpétuelles, détourne pudiquement les yeux. Ce n'est pas la science qui nous fait défaut. C'est notre humanité qui vacille. Nous savons comment ralentir leur descente aux enfers, mais nous choisissons de les laisser tomber.*

*La question de la fin de vie revient me tourmenter, comme une ombre planant sur nos consciences. Va-t-elle enfin évoluer, notre France, rejoindre ces pays européens qui ont déjà franchi le pas de l'aide active à mourir ? Je regarde mes notes, accumule les dates, les promesses, les reports. Dix-huit mois après l'avis du CCNE ouvrant une brèche dans nos certitudes, un an après les travaux de la Convention citoyenne, le Président dévoile enfin sa vision, le 10 mars 2024. Je l'ai écouté peser chaque mot, éviter soigneusement les termes qui fâchent – « euthanasie », « suicide assisté » – pour leur préférer cette formule plus douce : « aide à mourir ». Une substance létale, des conditions strictes, un chemin nouveau plutôt qu'un droit nouveau. La prudence présidentielle danse sur un fil. Le calendrier politique s'accélère. Les débats s'ouvrent le 27 mai, le vote prévu pour le 11 juin. Mais le 9 juin, coup de théâtre : la dissolution de l'Assemblée fait tomber le rideau. Tu connais la suite. Et en attendant ?*

*Au-delà des lignes de front habituelles – ce peuple qui dit oui dans le confort de ses sondages, ce corps médical qui se déchire, ces religions qui brandissent leurs interdits millénaires –, se dessine une fracture plus vertigineuse encore, qui touche à notre rapport même au progrès médical, à cette course effrénée vers le dépassement de nos limites biologiques. Dans les laboratoires s'accomplit chaque jour ce qui, hier encore, relevait de la science-fiction. Des pensées qui commandent des machines, des corps brisés qui se redressent dans leurs armures d'acier et de silicium, des intentions qui se métamorphosent en mouvements. Courtine, Sirigu, ces nouveaux démiurges, repoussent les frontières de l'impossible dans leurs sanctuaires de l'EPFL et du CNRS, pendant que les entreprises transforment leurs découvertes en réalité tangible. Mais cette danse du progrès fait naître un dilemme cruel : comment oser parler de faciliter la mort quand la science promet de réinventer la vie ? Certains dénoncent l'obscénité d'une société qui préférerait financer sa propre fin plutôt que ces technologies salvatrices. D'autres répondent avec la sagesse amère de ceux qui connaissent le prix des miracles : ces avancées spectaculaires resteront, comme toujours, le privilège de quelques-uns. Car voilà le cœur sombre de cette révolution : elle creuse un gouffre entre deux humanités. D'un côté, ceux qui pourront s'offrir ces prothèses dignes des rêves de Jules Verne – cent cinquante mille euros pour une interface cerveau-machine, deux cent mille pour un exosquelette, ces prix vertigineux qui transforment l'espoir en luxe. De l'autre, la masse des oubliés du progrès, condamnés à regarder le train du futur passer sans pouvoir y monter.*

*Je referme mon ordinateur, épuisé par cette valse des dates et des promesses. Dehors, la vie continue son cours imperturbable, pendant que nous débattons du droit de la quitter dignement. Je pense à ton regard fiché dans le mien quand tu murmures : « Encore. » Je peux m'y réfugier. Mais je pourrais aussi te dire que je t'aime.*

*A.*

Alexis relit l'ensemble de sa lettre. Puis soudain, d'un clic, il efface tout. L'anéantissement numérique, prélude à sa propre disparition. Lui, l'ancien maestro des algorithmes, qui a transformé le Duroxil en religion moderne pour rednecks désœuvrés, contemple désormais sa propre extinction avec la précision méthodique d'un homme découvrant, dans l'art de s'effacer, une excitation froide et mécanique qu'aucun succès ne lui avait procurée. Comme ces joueurs qui ne s'éveillent vraiment qu'au bord de la ruine, il trouve dans son éclipse programmée une forme d'érotisme cérébral, une dernière mainmise sur ce qu'il peut encore contrôler : sa fin. Le voilà qui choisit pour lui-même un poison subtil : la mort par petites touches. Pas le grand suicide romantique qui fait les manchettes. Non, quelque chose de plus insidieux : se tenir à distance des mots, comme un pyromane repenti qui, fasciné par les flammes qu'il refuse d'allumer, préfère geler lentement dans l'hiver de son silence plutôt que de risquer l'incendie d'un « je t'aime ».

L'amour ? Parlons-en, songe-t-il. Dans les livres, c'est propre, c'est net, c'est édité. Pas de pellicules sur l'oreiller, pas d'haleine du matin, pas de ces petites humiliations quotidiennes qui vous pourrissent l'âme à petit feu. Anna Karénine se jette sous un train, et voilà, c'est fini, c'est beau, c'est tragique. Rideau. Elle ne se dispute pas pour la télécommande avec Vronski ou pour des miettes dans le lit qu'il a mises en boulottant une vatrouchka. Et personne ne parle des factures qu'elle a laissées derrière elle, de son compte Netflix qu'il faut résilier. Mais la réalité ? C'est WhatsApp qui affiche *Lu à 23 h 47*, et pas de réponse. C'est le silence gêné quand elle te demande « À quoi tu penses ? ». C'est la terreur existentielle devant ses sous-vêtements qui envahissent peu à peu ton tiroir. La littérature nous a menti. Elle nous a fait croire que l'amour était cette chose sublime qui nous permet de nous tenir dans l'existence à une hauteur un peu moins basse. Mais regardons autour de nous : des gens qui se déchirent devant le lave-vaisselle, des couples qui restent ensemble « pour les enfants ». Et nous, les intellos, les cultivés, on est peut-être les pires. On compare chaque relation à un roman de Fitzgerald, chaque rupture à du Tolstoï. On vit par procuration à travers des personnages de papier parce que la chair, la vraie, celle qui vieillit, qui a des défauts, qui ronfle la nuit, nous fait terriblement peur. Je peux réciter du Ronsard, du Aragon, du Cohen. Mais qu'est-ce que ça m'a appris sur la façon de tenir la main de quelqu'un qui a eu un enfant d'un autre ? Sur l'art difficile de supporter la banalité du quotidien ? Sur la terreur paralysante de dire « Je t'aime » sans être sûr qu'on le pense ?

Quant au grand marché du célibat, quel foutoir, se dit-il brusquement. Pendant que certains, trop timides, trop inadaptés ou simplement invisibles pour les algorithmes du désir, contemplent ce théâtre de la séduction comme on regarde une vitrine de Noël, le front collé au verre, d'autres collectionnent les « matchs » sur leur profil Tinder tels des papillons morts. Des quinquagénaires en mal de reconnaissance exhibant leurs plumes fatiguées : photos de voyage au Machu Picchu (« Regardez comme je suis aventurier »), clichés en costume trois pièces devant leur grosse voiture (« Admirez ma réussite sociale »), citations de Proust qu'ils font semblant d'avoir lu (« Je suis cultivé ») ou qu'ils ont vraiment lu (« Je suis vraiment cultivé, et je vais te faire sentir combien tu ne seras pour moi à la hauteur ni d'Albertine ou d'Albert, c'est selon, ni du baiser de maman le soir, ni des gâteaux de Françoise, ni de l'*auctoritas* d'Oriane de Guermantes, ni même d'Odette qui n'est tout compte fait pas mon genre »), ou pire encore, ces instantanés pris à la salle de sport, muscles gonflés aux stéroïdes bon marché et sourire ultra-blanc, dans une parodie grotesque de virilité qui ne trompe plus grand monde. Et dire que moi, j'ai fait une « vraie » rencontre, une de ces rencontres à l'ancienne dont on se vante encore – pas sur Tinder, pas sur Bumble, non : dans un supermarché, lieu mythique s'il en est. Mon amour d'enfance. Quarante ans après. Entre les pizzas quatre fromages et les haricots verts en promotion. Le genre de coïncidence qui vous fait croire au destin, jusqu'à ce que le destin vous file une trouille bleue.

Il attend quelque chose, se dit-il. Que ça passe, peut-être. Mais c'est un mensonge, et il le sait. Ce qu'il attend, c'est que sa vie s'effrite sans faire de bruit, que le désir se dissolve dans le confort tiède des petites lâchetés. Une existence sans plus de passion, sans surprise, sans risque – la mort sans le courage de mourir. L'art consommé des hommes qui préfèrent se faire fossoyeurs d'eux-mêmes plutôt que d'affronter cette obscénité ultime : la possibilité du bonheur.

# 18

Le soleil dessine des rectangles sur le carrelage. Alexis, assis à la table du petit déjeuner, regarde Margaux et Chloé évoluer dans leur rituel matinal. Elles se déplacent dans l'espace exigu avec une coordination parfaite, fruit de mille matins partagés. Chloé tend une tasse à sa mère sans que celle-ci ait besoin de la demander. Margaux attrape le miel au moment exact où sa fille finit de tartiner son pain.

« Tu te souviens, lance Chloé en versant le café, quand tu m'as fait croire que le miel bio était fait par des abeilles qui avaient passé leur bac ? »

Margaux rit.

« Et toi tu l'as répété à ta maîtresse de CP.

— Qui m'a mise au coin pour insolence.

— La seule fois de ta scolarité... Tu parles ! Et la fois où... »

Elles finissent les phrases l'une de l'autre, rient au même instant, comme si un langage secret les reliait.

Le téléphone d'Alexis vibre. Un message de sa fille à Londres : *Merci pour le virement, papa. Bonne journée.* Sept mots et un point. Une transaction accomplie. Il fixe l'écran, cherchant dans ces caractères formatés une trace de la petite fille qui, autrefois, dessinait des cœurs sur les cartes d'anniversaire de son père.

« Tu veux du café ? » demande Margaux.

Il hoche la tête, incapable de répondre. Devant lui, Chloé étale du miel sur une deuxième tartine en gloussant. Le petit déjeuner suit son cours. Alexis assiste à la scène comme à une pièce dont il ignore les répliques.

# 19

Les jours qui suivent, le silence d'Alexis s'installe avec la précision d'une expérience scientifique. D'abord le silence numérique – ces messages qu'il ne tape plus, ces appels qu'il ne passe plus. Un jour. Puis deux. Puis une semaine. Juste l'écran noir, le moniteur figé après l'arrêt du cœur. Puis vient le silence – ces visites qu'il reporte, ces rendez-vous qu'il annule. Enfin, le grand silence, celui qui engloutit tout. Pas de cris, pas de drames.

« C'est pour son bien », se répète Alexis comme un mantra. Il ne sait pas à qui renvoie ce « son » : Margaux ? Son père ? Lui-même ? Tous ces gens qu'il essaie de protéger en les faisant souffrir. La logique même du bourreau bienveillant. Il se fait rire avec sa pseudo-lucidité. Se concentrer sur les articles. Les articles, oui. Une chronique à rendre sur la contamination au mercure du thon en boîte. Une autre sur l'éthique des données. Les mots ne viennent plus. Ou plutôt si, ils viennent, mais ce ne sont pas les bons. Il commence un paragraphe sur les biais algorithmiques et se retrouve à écrire sur la façon dont Margaux mordille son stylo quand elle cherche une phrase. Il tape trois lignes sur la gouvernance des données et dérive sur ce matin où il l'a surprise en train de danser dans la cuisine sur du Leonard Cohen.

*Tu es sûr que ça va ?* lui écrit le rédacteur en chef de *Société*. Bien sûr que ça va. Tout va toujours bien. C'est ça qu'on attend de lui, non ? Qu'il fonctionne, qu'il produise, qu'il reste professionnel.

Le pire, c'est qu'il sait exactement ce qu'il est en train de faire. Tout saboter, méthodiquement, froidement. Comme ces rats de laboratoire qui, placés dans une situation impossible, finissent par s'automutiler. Son père dirait que c'est un phénomène chimique prévisible. Action, réaction. Le bonheur approche ? Vite, déclenchons le protocole d'autodestruction.

# 20

Adossée au chambranle de la porte, Margaux observe la scène avec une expression soigneusement calculée d'indifférence maternelle. Dans le salon, sa fille et deux de ses amies, agglutinées telles des conspiratrices, les yeux plissés, penchées sur l'écran lumineux d'un téléphone. Margaux les regarde sans bouger, témoin de ce que, dans une autre vie, elle aurait qualifié de tragédie universelle. L'effort collectif pour déchiffrer le message d'un garçon, message qui semble aussi cryptique que celui d'un émule de Mallarmé, est à son comble.

Fille 1 (la propriétaire du téléphone) : « Mais il veut dire quoi ? Il m'a mis un vent ou quoi ? »

Fille 2 (la plus pragmatique, fronçant les sourcils) : « Non, attends, on relit : *Désolé, je n'ai pas une minute à moi.* Ben ça veut juste dire qu'il est très occupé en ce moment. »

Fille 3 (Chloé, les mains jointes comme une tragédienne grecque) : « Sérieux, il te parle comme un daron ? »

Fille 1 (se couvrant le visage) : « Mais pourquoi il pouvait pas juste dire un truc gentil ? Genre "Je pense à toi", ou même un émoji cœur, je sais pas. »

Fille 2 (levant les yeux au ciel) : « Parce qu'il est débile. Ou pire : parce qu'il pense qu'il est intelligent. »

Fille 3 (définitive) : « Non, mais c'est clair, ça veut juste dire que t'es pas sa priorité, mais qu'il peut pas te le dire. Il essaie de minimiser en mode : "Toi et moi, l'autre soir, à la fête de Blandine, c'était rien, mais c'était un peu quelque chose." C'est tellement lâche. Il veut que tu sois triste mais pas trop. Ma mère a une théorie là-dessus, la théorie du jambon. »

Depuis la pièce d'à côté, Margaux se retient de ricaner.

Fille 1 et 2 (en chœur) : « C'est quoi ? »

Fille 3 (sarcastique) : « Il te dit ni oui ni non, mais te garde au frais pour l'hiver, comme un bon jambon. Au cas où. »

Fille 1 (ulcérée) : « Je veux pas être son jambon. Je réponds quoi ? »

Fille 3 (définitive) : « Tu réponds rien. »

Fille 2 (hochant la tête avec gravité) : « C'est ça. Le silence. Ma mère dit que le silence, c'est toujours classe. »

Le visage de la propriétaire du téléphone se désintègre lentement, comme si elle regardait le soleil se coucher sur ses illusions, mais trop près.

Margaux inspire profondément, pas assez pour qu'on la remarque. Elle regarde avec tendresse ces trois petites prêtresses de la douleur moderne puis repart en silence vers sa chambre. Elles apprendront, comme tout le monde. Ou pas.

# 21

Le mutisme d'Alexis ravage Margaux avec une force qui la surprend elle-même. Pour une femme qui a fait de sa solitude un art de vivre, qui s'est construit une forteresse de livres et de mots, cette nouvelle forme d'absence a le goût d'une défaite idéologique. Elle ne mange plus, ne dort plus, arpente son appartement la nuit, parlant toute seule comme ces folles qu'elle a tant moquées. « Il te quittera, il te quitte, il est en train de te quitter. » La litanie tourne en boucle dans sa tête. « De toute façon, tu veux vivre seule, seule, seule. La preuve : cette nausée poisseuse qui te saisit quand tu écoutes Chloé et Alexis bavarder politique ou séries, et que tu sens, à leur insu, la lourde main du destin s'abattre sur ta nuque – famille, conjugalité. Tout ce que tu t'étais promis d'éviter. »

Elle a tenu sans lui pendant quarante ans, elle n'a pas besoin de lui, pas besoin. À tous, même à ses fidèles Dorothy, elle tait son malheur – ce gémissement pathétique d'une bête prise dans un piège vieux comme le monde.

Un matin, elle se surprend à traverser deux rues pour aller parler à la tombe de son père au cimetière du Montparnasse. L'ironie ne lui échappe pas : discuter avec un mort de l'absence d'un vivant. La pierre reste muette – au moins, elle, ne fait pas semblant d'être occupée ailleurs.

C'est curieux, cette manie qu'ont les hommes de sa vie de se transformer en fantômes. Son père qui l'a aimée comme un fou, ce dont elle ne se souvient pas. Hagauer qui s'est évaporé de sa vie avec la grâce d'un danseur. Et maintenant Alexis qui joue les Houdini numériques. À ce stade, elle devrait songer à ouvrir un commerce : *Margaux Gennaro, négociante en spectres de qualité. Fantômes sur mesure. Disparitions soignées. Tarifs sur demande.*

# 22

Il n'est, de toute façon, point donné à l'homme de servir deux maîtres sans trahir l'un des deux. Le chagrin est un tyran jaloux – il exige une présence constante, une attention sans faille, une dévotion monastique. L'écriture, elle, est pire encore : elle réclame l'abolition pure et simple du monde des vivants. Entre ces deux despotes, pas de compromis possible. Car l'écriture ne connaît ni repos ni partage. Elle colonise l'esprit comme un cancer. Elle s'infiltre partout – dans les courses au supermarché, les devoirs à superviser, jusque dans les étreintes les plus intimes. Elle ne se nourrit même plus des petits remords quotidiens, mais d'une culpabilité plus toxique : celle de voir pleurer sa fille sans lever les yeux de l'écran ; celle de penser, avouons-le, à un point-virgule pendant l'orgasme d'un amant que pourtant on adore ; celle de laisser pourrir les amitiés dans le vinaigre du silence.

La veille, Chloé l'a fusillée de reproches : ses absences chroniques, son art de l'esquive, son incapacité à aller à un buffet organisé par les parents d'élèves, un théâtre social dans lequel Margaux ne parvient pas à s'incarner. « Tu pourrais faire une pause, maman. » Une pause. Alors, Margaux est allée faire sa pause. Margaux y est allée à ce buffet, dans une salle qui sentait la craie et les biscuits trop sucrés. Elle s'est postée dans un coin, un verre de vin blanc tiède à la main, entourée de silhouettes enthousiastes capables de disserter indéfiniment sur la meilleure façon d'organiser une tombola ou de faire cuire un gâteau en forme de ballon de foot. Elle a souri, opiné du chef, tout en sentant les mots grignoter l'intérieur de sa tête, impatients, exaspérés, méprisants.

Margaux regarde sa tasse de café froid. Dixième depuis ce matin. Il est minuit.

Elle fixe son écran. Les cent quarante-deux misérables pages de son roman la narguent.

« À nous deux, Elizabeth Siddal », murmure-t-elle.

La poétesse aux cheveux de cuivre que ces esthètes victoriens ont transformée en muse tragique, la faisant poser dans une baignoire d'eau glacée pour leur Ophélie mourante, jusqu'à ce que la pneumonie la jette dans les bras du laudanum, la scrute depuis son tombeau. Sacré destin : ouvrière de chapellerie devenue modèle, puis peintre elle-même, avant que Dante Gabriel Rossetti ne l'épouse et ne la transforme en fantôme de poésie et d'opium. Pauvre Lizzie.

Les mots qui raconteront sa fin sont déjà là, tapis dans l'ombre du curseur qui clignote comme un reproche. Trois cents pages promises pour janvier. Nous sommes en décembre, et Margaux erre dans son désert de feuilles immaculées, aussi pathétique que ces écrivains alcooliques qui prétendent que leur vice est le prix de leur génie. Les doigts s'animent sur le clavier, et dans la pénombre, impossible de distinguer le bourreau de sa victime heureuse, nul ne saurait dire qui, de l'écriture ou de l'écrivain, est en train de dévorer l'autre.

# 23

Les nuits sont interminables. Alexis arpente son appartement comme un fantôme, entre les chambres vides de ses enfants et le bureau où s'empilent les livres qu'il n'arrive plus à lire. Parfois, il ouvre son ordinateur, commence à écrire à Margaux. *Je sais que je suis un connard…* Non, trop direct. *Tu me manques…* Trop facile. *Je voudrais t'expliquer…* Non, il n'y a rien à expliquer.

Vers 3 heures du matin, il se retrouve souvent sur son balcon, à fumer ces cigarettes qu'il avait arrêtées il y a dix ans. De là, il voit presque la fenêtre de la chambre de son père, où une veilleuse brûle toute la nuit maintenant – Henri ne supporte plus le noir complet. Père et fils, chacun dans leur insomnie, séparés par cinq cents mètres et un demi-siècle de non-dits.

Il se souvient de la dernière fois qu'il a vu Margaux. Elle le regardait comme si elle savait déjà. Les femmes savent toujours. La lâcheté des hommes s'annonce à elles telle la gangrène aux chirurgiens de guerre

– une pourriture qui se déclare bien avant que la chair ne noircisse. Il aurait voulu lui dire… Quoi, au juste ? Qu'il l'aime comme il n'a jamais aimé ? Que c'est justement ça le problème ? Ce don qu'elle a d'être exactement ce qu'il est, en mieux, en plus libre. Sa vivacité tranchante qui le fait rire et vibrer. Son amour des arts qui donne envie de tout relire, tout revoir, tout redécouvrir. Il repense à leurs matins au lit, quand elle lui racontait ses rêves d'écrivain en fumant une cigarette. À leurs fous rires devant des conneries à la télé. À sa manière de poser sa main sur sa nuque pendant qu'il conduisait. Ces moments où ils ne disaient rien, où le silence entre eux était plus intime que tous les mots d'amour. C'est ça qui le tue : cette intimité qu'il n'avait jamais connue. Cette sensation d'être enfin chez lui, non pas dans un lieu, mais dans une personne. Et c'est précisément ça qu'il est en train de détruire, proprement, comme il détruisait autrefois des entreprises à coups de « restructurations stratégiques ».

La nuit, il rêve d'elle. Pas des rêves érotiques – ce serait trop simple. Non, des scènes banales, en séquences discontinues : elle qui cherche ses lunettes alors qu'elles sont sur sa tête, elle concentrée sur son ordinateur pendant qu'il fait semblant de lire, Rita Hayworth qui dort entre eux. Parfois, il se réveille en sursaut, persuadé qu'elle est là. Il se demande si c'est ce qu'on appelle devenir fou : sentir la présence de quelqu'un qu'on a soi-même chassé de sa vie. Et pendant qu'il compte les heures sans elle comme il comptait autrefois les doses de Duroxil, Margaux continue sûrement de danser dans sa cuisine sur du Leonard Cohen. C'est ça, peut-être, la vraie différence entre eux : mille fois elle a failli mourir et pourtant elle sait vivre, lui sait seulement mesurer la vie des autres.

# 24

Décembre avance, étranglant la France de ses guirlandes en toc et de sa joie réglementaire. Margaux maigrit avec l'ardeur des nouvelles converties à la souffrance – ce qui, à cinquante ans, relève soit du miracle esthétique, soit du désastre médical, selon qu'on se place du point de vue des magazines féminins ou de la Sécurité sociale. Ses pommettes saillent désormais, comme un personnage de Pasternak qui aurait survécu à la révolution mais pas à l'abandon de son dernier amant, ses pantalons flottent autour de son corps, oriflammes dérisoires d'une défaite qu'on voudrait faire passer pour un choix de vie.

Quand Chloé est là, elle joue la partition parfaite de la mère insubmersible. À peine la porte refermée, elle retourne à sa vraie vie : Elizabeth Siddal, cette autre femme, que le XIXe siècle a d'abord divinisée puis dévorée comme un bonbon légèrement avarié. L'histoire de la poétesse prend forme dans la fumée des Marlboro – à ce rythme, elle aura terminé son roman avant que ne se déclenche son cancer du poumon. Après tout, il y a pire comme course contre la montre.

Une semaine avant Noël, le message de Jeanne, liké par Joséphine, arrive, aussi précis qu'un diagnostic :

*Nous ne savons rien. Mais nous devinons. Nous sommes avec toi.*

Une heure plus tard, elles sont chez elle, armées d'une bouteille de gin et de cette férocité joyeuse qui est leur marque de fabrique. Jeanne a apporté des macarons – « Perfusion de glucose, ma vieille. Et on restera là jusqu'à ce que tu les aies mangés. À ce stade, tu n'as guère le choix. » Joséphine a son rire de guerrière, celui qui fait fuir les mélancolies comme les balles font fuir les corbeaux.

Le visage défait de leur amie ne leur arrache pas même un froncement de sourcils. Elles s'installent dans son salon. Elle raconte, peu, le strict minimum. Elles écoutent. Les heures passent. Pas de conseils. Pas de conclusions hâtives. Juste cette présence aiguisée comme un scalpel, cette attention qui fait d'elles depuis toujours les meilleures anatomistes des cœurs brisés.

« J'ai décidé, annonce finalement Margaux en reposant son verre, que désormais je vivrai aussi sèchement qu'une pierre. »

Jeanne et Joséphine échangent un regard – celui qu'elles réservent aux grandes déclarations tragiques qui ne survivront pas à la première aube.

# 25

Les cartons d'Élise attendent depuis dix-huit ans. Dix-huit ans que personne n'a osé les ouvrir, comme si le temps devait d'abord déposer sa patine sur la douleur. Henri les a rangés dans le garage de Meaux, entre sa Volkswagen et les étagères métalliques où s'empilent d'autres revues scientifiques. Des piles de volumes de *Nature*, au papier ambré par les décennies.

Ce matin-là, Alexis s'est enfin décidé. Son père dort encore, épuisé par sa dernière séance de kinésithérapie.

Le premier carton contient des vêtements. L'odeur le frappe d'abord – ce parfum d'Élise, *Fracas*, de Robert Piguet, encore présent après toutes ces années. Il reconnaît le chemisier de soie bleue qu'elle portait sur la dernière photo d'eux trois, prise dans le jardin. Été 2006. Henri souriait à l'appareil, Élise regardait ailleurs. Elle était déjà malade.

Le deuxième carton : des livres. Marcel Proust, Joseph Kessel, Maurice Druon. Sur les pages de garde, des dates, des annotations de sa main. *1971. Lu pendant ma grossesse.* Mais Alexis est né en 1974.

Le troisième : des papiers administratifs. Bulletins scolaires, dessins d'Alexis, certificats médicaux, factures classées par année. Sa mère avait cette manie de tout garder, de tout classer. Comme si l'ordre des papiers pouvait compenser le désordre des sentiments.

C'est dans le dernier carton qu'il trouve le sac. Un Lancel noir qu'elle portait en Suisse. La doublure est décousue sur un côté. Ses doigts rencontrent le bord rugueux d'une enveloppe, glissée là comme un secret qu'on veut à la fois cacher et garder près de soi. Au dos, le rabat s'ouvre sans résistance.

La missive est datée du 15 mars 1971. Alexis regarde par la fenêtre du garage. Le jardin est gris sous la pluie de décembre. Les rosiers qu'Élise aimait tant ne sont plus que des tiges noires et épineuses. Il pense soudain à cette phrase qu'elle répétait souvent : « Il y a des fleurs qui ne s'épanouissent que dans l'ombre. »

Ses mains tremblent légèrement quand il déplie la lettre. Le papier est fin, presque translucide. En-tête d'un cabinet d'avocats genevois. L'écriture de David Milshtein semble danser sur la page, comme les notes d'une partition maléfique.

*Ma chère Élise,*

*Votre lettre m'est parvenue hier. Je l'ai lue, relue. Cet enfant dont vous m'annoncez l'existence – notre enfant – ne peut pas être. Vous me dites que vous voulez le garder. C'est votre choix. Mais ne comptez pas sur moi pour être là. Je ne le rencontrerai pas. Je ne le regarderai pas. Il ne sera jamais mien. Je ne peux défaire ma vie avec Nelly, pas plus que vous ne pouvez détruire ce que vous avez avec Henri. Nous sommes, vous et moi, prisonniers de nos loyautés. Il n'y a rien de noble ou de romantique à vouloir « garder une trace de nous », comme vous l'écrivez. Vous m'accusez d'être lâche. Vous n'avez pas tort. Mais vous, vous êtes tout à fait folle et égoïste de tout sacrifier pour une idée, pour ce que vous imaginez être un prolongement de ce que nous étions. Je vais vous dire une chose, Élise. Nous ne valons pas ce sacrifice. Ce que nous avions ? Une fuite, un souffle dans le noir, une parenthèse qu'il nous faut refermer et que vous refusez de laisser mourir. Vous croyez que cet enfant va vous sauver de ce vide que vous ressentez ? Que le regarder grandir, voir qu'il a mes yeux ou mes gestes vous donnera quelque chose à quoi vous raccrocher ? C'est une illusion. Et je refuse d'en être complice. Il existe des cliniques à Londres. Je peux arranger cela, discrètement. L'argent n'est pas un problème.*

*D.*

## 26

Dans tout système, il existe un point de non-retour, un instant où les variables s'affolent et où les certitudes vacillent. Pour Alexis, c'est au moment où les mots de cette lettre se gravent dans son esprit. Certains termes semblent se détacher des autres, plus noirs, plus profonds : *cet enfant… prisonniers de nos loyautés… une trace de nous.*

Il repense soudain à cette photo qu'il a toujours vue sur la coiffeuse d'Élise : un bébé en robe de baptême, le regard déjà grave sous la dentelle. Cet enfant ressemblait à une fille. Il a toujours cru que c'était lui. Sa mère n'a jamais rien dit pour démentir. Est-ce qu'Henri savait que ce bébé n'était pas de lui ? Avait-il deviné ? Était-ce juste une ombre de plus dans leur mariage, une de ces choses qu'on préfère ne pas voir, pareilles à ces fausses notes qu'on fait semblant de ne pas entendre pendant un concert ?

La combustion d'une lettre, comme l'effondrement d'une fonction d'onde, est un processus irréversible.

Alexis brûle la lettre dans le jardin. La fumée monte dans l'air froid, emportant avec elle les dernières traces de cette histoire qui n'a jamais été racontée.

Il rentre chez lui. Les phrases continuent de tourbillonner derrière ses paupières. *Une fuite, un souffle dans le noir, une parenthèse qu'il nous faut refermer.*

Les cendres de la lettre collent encore à ses doigts quand il saisit son téléphone. Comme si les mots de David Milshtein avaient traversé le temps pour venir le hanter, lui souffler ce qu'il doit écrire. Après tout, n'est-ce pas le même courage qu'il faut pour brûler une lettre et pour en écrire une ? Le même talent pour transformer l'abandon en nécessité, la lâcheté en sagesse ?

22 h 03. La lumière bleue de l'écran de son téléphone illumine le visage d'Alexis. Chaque phrase est calibrée pour faire mal avec précision.

*Margaux, ce n'est pas toi, c'est moi* : non, trop cliché.

*Tu mérites mieux* : non, trop condescendant.

*En vérité, je ne veux rien. Je ne veux que la dépossession, la lame froide d'un repos qui viendrait me délivrer de ton feu* : non, trop janséniste.

*Margaux, je ne mets pas dans cette histoire tout ce que tu y mets* : oui, pourquoi pas, mais encore faut-il le démontrer point par point.

*Mon père se meurt selon un calendrier précis. Ses muscles se calcifient un par un, dans un ordre que les neurologues connaissent par cœur. Pendant ce temps, je baise comme un adolescent. Je me réveille la nuit en bandant. Il y a quelque chose d'obscène là-dedans. Mon père ne peut plus lever ses bras, et moi je jouis comme si j'avais vingt ans* : non, trop explicite.

*Nous savons tous les deux que cela ne peut pas durer et que tôt ou tard, le quotidien, le poison de la conjugalité...* : mieux, plus factuel.

Il écrit, efface, réécrit. Introduction, développement, conclusion. PowerPoint de la rupture.

22 h 47. L'écran du téléphone de Chloé éclaire son visage dans l'obscurité. Elle est à Corentin-Celton, chez son père. Elle tape un premier nom sur Instagram : *Emma Keller*. Rien, évidemment, trop sérieuse pour être sur les réseaux sociaux. *Thomas Keller*, rien non plus. Sûrement une famille de mabouls, pas de smartphone, extinction des feux à 22 heures chaque soir. *Lucas Keller*. Ah tiens. Elle ne sait même pas si c'est bien le fils d'Alexis. Même sourire en coin pourtant. Mêmes yeux. Elle observe son profil : Londres, photos de matchs de squash, une publication intitulée : *Le dernier article de mon père #fier*.

Le pouce de Chloé reste suspendu en l'air. Hagauer et sa compagne passent dans le couloir, elle les entend rire à gorge déployée. Brusquement, son doigt s'abat sur l'écran de son téléphone. Elle appuie sur *Suivre Lucas Keller*.

Son geste se propage comme une onde. À Londres, Lucas non plus ne dort pas. Il regarde une vidéo parodique qui, ces temps-ci, fait le bonheur d'Instagram : une certaine Josiane Pichet, « professeur de danse de forêt », propose des cours pour « devenir un avec son arbre intérieur ». C'est Thomas qui lui a envoyé. Une notification s'affiche. Nouvelle demande d'ami. Chloé Hagauer. Inconnue au bataillon. Il parcourt son profil : Paris, lycéenne, photos de chat roux, de livres, citations de Franz Kafka, analyses de films, plutôt pointues dis donc, une intello, une vraie. Il accepte la demande. Plus bas, sur sa page, il voit une nouvelle photo. Une femme qui doit être sa mère. Puis il tape : *Hagauer*. Purée, un sociologue. Et avec ça, crypto-anarchiste. Bon.

À 23 h 02, Lucas reçoit un message privé de cette Chloé Hagauer. C'est une photo. Dessus, une femme et un homme, dans une cuisine, en train de rire. Lucas fixe l'image. Il reconnaît la silhouette. Son père. Il a l'air différent. Plus léger peut-être. Plus vivant. Cette manière de sourire qu'il ne lui connaît pas – les commissures relevées avec une douceur presque étrangère. Quelque chose s'est dénoué dans ses traits. Les muscles détendus sous la peau trahissent un apaisement secret, une réconciliation avec quelque part obscure de lui-même. Et cette expression, si inhabituelle qu'elle en est troublante, transfigure toute sa physionomie d'une grâce tardive, inattendue.

Lucas hésite. Son pouce reste suspendu au-dessus du bouton *Message*. Son père ne leur dit plus rien depuis des mois. Les appels sont devenus mécaniques, espacés. « Tout va bien », répète-t-il comme un mantra. Mais cette photo… Il n'a jamais vu cette cuisine. Ni ce chat. Ni cette expression sur le visage de son père.

Il pourrait envoyer une capture d'écran à Thomas. Il devrait, peut-être. Mais quelque chose le retient. Une intuition. La sensation qu'il y a des vérités qui doivent mûrir dans le silence. Il se souvient de son père qui lui disait toujours : « En finance, ce n'est pas la donnée qui compte, c'est le moment où tu la révèles. » Il ferme Instagram. Ouvre le mail que son grand-père lui a envoyé la veille grâce à sa tablette – Henri qui demande de ses nouvelles, parle de la météo, de ses traitements. Lucas relit la dernière ligne : *Et ton père, il te parle de lui, en ce moment* ?

Le curseur clignote. Lucas commence à taper.

Il commence trois fois son mail. Efface. Recommence. Comment dire à son grand-père, avec qui il communique sans que son père ne le sache, que celui que sa mère a quitté semble avoir trouvé une joie nouvelle ? Comment formuler cela à Henri, immobilisé dans son fauteuil à Meaux, tandis que lui, Lucas, contemple la Tamise depuis que le divorce de ses parents a fait de Londres son refuge involontaire ? Ses doigts suspendus au-dessus de l'écran de son smartphone hésitent, comme le marcheur s'arrête avant de franchir un pont suspendu au-dessus du vide. *Papa va bien* : trop simple. *Papa semble différent* : trop cryptique. *J'ai vu une photo* : non, ça ressemble à de la délation. Il se lève, fait les cent pas dans sa chambre. Finalement, il écrit : *Bonsoir grand-père, papa a l'air en forme. Je crois qu'il voit quelqu'un*. Puis, il efface tout.

Alexis sort de son lit à 5 h 17. Il sait l'heure exacte parce qu'il regarde son téléphone toutes les trois minutes depuis 4 h 32. Soixante-quinze minutes d'insomnie, quinze consultations de l'écran. Il compte tout, c'est plus fort que lui. Les somnifères dans la boîte (douze), les jours depuis qu'il a laissé sa brosse à dents dans la salle de bains de Margaux (quarante-trois), le nombre de fois où ses enfants ont écourté leurs appels FaceTime ce mois-ci (sept).

À 6 h 20, il est déjà douché, rasé. Il énumère les raisons de la quitter : trois enfants à Londres, un père qui meurt à Meaux, une mère qui, non, il ne veut pas même y penser, le couple, quelle imposture, une vie trop pleine de trous pour y faire entrer quelqu'un. Les chiffres sont propres, comme ceux qu'il alignait chez Wintersmith quand il calculait combien de doses de Duroxil on pouvait écouler dans le Missouri.

Margaux n'a pas fermé l'œil de la nuit. À 7 h 09, elle se dirige vers la cuisine. Sur le chemin, elle croise Rita Hayworth, endormie. Ce qu'elle voit la bouleverse. C'est plus fort qu'elle. Elle prend une photo avec son téléphone et appuie sur *Envoyer*.

7 h 15. Le téléphone d'Alexis s'affole dans sa poche. Sur l'écran illuminé, une notification de Margaux. Elle a partagé une image : son chat, lové en boule, la tête nichée contre une chaussette d'Alexis. Il fixe l'écran. Le bonheur est une chose dangereuse. Plus dangereuse encore quand elle prend la forme d'un chat qui vole vos chaussettes.

Alexis efface son mail. Non, plutôt aller chez elle, lui parler de vive voix. C'est plus honnête. Il lui envoie un message :

*Désolé, Margaux, pour mon silence. Il faut qu'on parle. Je serai chez toi à 19 h 30.*

À cet instant précis le ciel se divise. Comme si l'univers lui-même hésitait entre deux versions de l'histoire. La lumière s'altère. L'air frémit. La densité de l'atmosphère est d'abord si subtile que seuls les oiseaux semblent la remarquer. En altitude, des millions de cristaux se forment. Et la neige commence à tomber sur les deux réalités qui se superposent. Dans la première, Alexis envoie un message : *Je viendrai plutôt chez toi demain*. La neige tombe dans le vide. Dans la seconde, il sort affronter les flocons. Les deux versions de lui-même traversent Meaux – l'un dans sa voiture, l'autre à pied vers la gare.

Dans le Transilien qui le porte vers Paris, les deux versions d'Alexis établissent la même liste méthodique des raisons de quitter Margaux :

La peur immense du bonheur – cette chose si fragile qu'on la brise rien qu'à la regarder trop longtemps. Elle se loge dans son ventre comme une pierre, fait trembler ses mains quand il tient son café du matin, serre sa gorge quand il regarde Margaux dormir.

La culpabilité ensuite. Envers ses enfants – comment leur expliquer qu'on peut aimer après leur mère ? Envers son père, qui s'éteint dans son fauteuil à Meaux – quel droit a-t-il de sentir la vie pulser si fort dans ses veines pendant qu'Henri est en train de crever ?

La sagesse : il n'a plus l'âge des crises cardiaques déguisées en sentiment (ces cheveux gris qu'il trouve chaque matin sur l'oreiller, ces lunettes qu'il doit maintenant porter pour lire, cette façon dont son corps craque au réveil comme un vieux parquet).

La logistique : deux vies, deux appartements, le temps qui s'émiette entre son père à soigner et ses enfants à Londres.

Les complications : la fatigue qui vient plus vite maintenant, ce besoin nouveau de siestes, qu'il cache comme une honte.

Le vertige devant l'intimité vraie. Son corps nu dans la lumière du matin, avec ses cicatrices, ses imperfections, son histoire écrite dans la chair. Elle, qui le regarde comme s'il était encore beau, encore jeune, encore capable de tout. La terreur d'être vu ainsi, sans les costumes sur mesure de Manhattan, sans le masque de l'homme qui contrôle tout.

L'angoisse, indicible, que sa queue le lâche. Pas d'un coup, bien sûr. Mais petit à petit, comme tout ce qui vieillit, tout ce qui se lasse sous le poids des habitudes. Un jour, tu te rends compte que ça prend plus de temps. Un autre jour, tu bandes, mais pas vraiment, pas assez pour elle. Tu fais comme si de rien n'était, elle aussi d'ailleurs. Vous faites semblant tous les deux.

La nostalgie perverse du malheur connu. Le confort sinistre des insomnies solitaires, des repas devant l'ordinateur. Cette routine de fils dévoué, de père absent, qui lui sert d'alibi pour ne pas vivre.

L'autopunition – les mêmes gestes que son père autrefois : se réfugier dans le travail, transformer l'amour en problème théorique, fuir dans l'abstraction pendant que la vie s'échappe. Se condamner à répéter l'histoire familiale comme une malédiction génétique.

Le doute obsessionnel : et si son corps le trahissait ? Si la maladie était déjà là, tapie dans ses gènes, attendant son heure, comme chez Henri ? Chaque tremblement devient un présage, chaque oubli un symptôme.

La panique devant l'irréversible : l'odeur de Margaux sur ses mains, ce tiroir qu'elle a vidé dans sa commode pour lui faire de la place. Cette invasion douce qui rend le retour à la solitude chaque jour plus impensable.

L'angoisse du temps : compter les années qui restent, peut-être, avant que son corps ne le trahisse comme celui d'Henri. Regarder ses enfants grandir sur FaceTime pendant que son père se ratatine dans son fauteuil. Être pris entre deux déclins : celui qu'il observe et celui qu'il anticipe.

Et sous tout ça, plus terrible encore : l'amour lui-même. Cette mémoire inscrite dans la chair. Ces gestes qui survivent à l'absence. Cette évidence physique qui rend toutes les autres pensées absurdes, sans les faire taire.

Gare de l'Est. Métro. Montparnasse. Changement. Longs couloirs, flot de voyageurs qui se déverse vers la ligne 13. Alexis entend le signal sonore des portes qui se ferment, se précipite entre deux costumes-cravates, son épaule heurte la porte qui coulisse, à une seconde près, il aurait pu ne pas être dans la rame, mais il est dans la rame. Gaîté. Il descend. Escalator. L'avenue du Maine s'étend devant lui, grise sous la neige. En passant devant le cimetière déjà fermé, il ralentit imperceptiblement le pas. Il a sa liste d'arguments bien en tête. Elle est parfaite, imparable. Le genre de liste qui ne laisse aucune chance à l'espoir.

C'est précisément au même moment que, dans le bus 394 qui la ramène chez son père à Corentin-Celton, et dans le Sainsbury's de Londres où Lucas fait quelques courses pour le dîner, les pouces des deux adolescents se suspendent de nouveau au-dessus de leur téléphone. Lucas hésite. Dans cet instant de doute, deux réalités continuent d'exister simultanément.

Lucas va dans l'onglet *Messages privés* et envoie à Chloé : *Salut*. Et l'univers bascule.

Alexis aperçoit Margaux. Il la trouve devant son immeuble, les cheveux poudrés de neige, tenant des sacs en plastique qui lui scient les mains.

« J'ai ton gâteau, dit-elle. Celui au chocolat, que tu aimes tant. »

La pâtisserie est à vingt minutes à pied de chez elle. Elle est sortie sous la neige pour aller lui chercher ce gâteau. Ses cheveux collent à ses tempes. Elle sourit. Le gâteau au chocolat coûte 6,20 euros la part. Alexis le sait parce qu'il regarde toujours les prix. Une habitude dont il n'arrive pas à se défaire, comme celle de vouloir tout contrôler, tout prévoir, tout détruire avant que ça ne se détruise tout seul.

Dans sa tête, sa liste de rupture. Dans le sac plastique, le gâteau. 6,20 euros et quarante minutes de marche sous la neige pour lui faire plaisir. Il se demande combien de variables il faudrait pour mettre ça dans une équation.

# 27

Il lève les yeux vers le ciel. Et soudain, c'est comme si la neige était la même que celle qui, jadis, blanchissait leurs épaules d'enfants, établissant ainsi une continuité secrète entre les années, pareille à celle qui, mystérieusement, les a conduits à se retrouver dans cette ville, où les flocons effacent peu à peu les traces de leurs vies séparées. Il regarde Margaux monter les marches devant lui, ses cheveux encore humides, portant ce gâteau qu'elle est allée chercher comme on va quérir un trésor, et il songe à ces replis mystérieux du temps où, en un même instant, l'enfant qu'elle a été au bord de ce lac se superpose à la femme qu'elle est devenue, et à cette autre femme encore, celle qu'elle serait peut-être pour lui s'il avait le courage de laisser le bonheur entrer dans sa vie avec la même évidence tranquille que la neige entre dans Paris.

Le gâteau est maintenant posé sur la table de la cuisine. Alexis observe Margaux le découper avec une précision qui le touche plus qu'il n'aurait su le dire. Ses yeux ont cette beauté étrange que l'on ne trouve que chez les êtres habitués à masquer des jours entiers de larmes. À Meaux, dans son fauteuil, un vieil homme contemple peut-être lui aussi la neige tomber, et une question traverse Alexis : Henri a-t-il connu, jadis, avec Élise, ou avec Madeleine, ou peut-être avec les deux, différemment, ces instants où l'amour se révèle dans sa vérité la plus simple et la plus terrible à la fois ? Les flocons continuent de danser derrière les vitres, et dans cette chute poudroyante, Alexis croit voir se dessiner toutes les vies qu'ils auraient pu mener, Margaux et lui, si le destin n'avait pas choisi de les séparer pendant quarante ans.

La nuit venue, dans le lit où ils se sont réfugiés comme deux enfants surpris par la tempête, Alexis contemple ce visage que le sommeil a rendu à une sorte d'innocence, et il songe encore à son père, à sa façon de regarder cette cravate accrochée à la patère comme un vestige d'une époque où il était encore maître de ses gestes, à cette manière qu'il a désormais de suivre des yeux la pie qui vient se poser sur sa branche, comme si cet oiseau était devenu le dernier lien entre lui et ce monde qui, peu à peu, se retire de lui. Il revoit cette photo sur la coiffeuse de sa mère, cet enfant en robe de baptême dont il avait toujours cru qu'il s'agissait de lui, alors que c'était peut-être une sœur qu'il n'avait jamais eue, comme si nos vies n'étaient au fond qu'une succession de malentendus que seul le temps finit par éclaircir.

Le jour monte lentement sur Paris, et avec lui cette résolution qu'Alexis sent grandir en lui :

« J'aimerais que tu viennes avec moi voir mon père », dit-il enfin, et dans le silence qui suit ces mots, Margaux croit entendre le bruit des vagues sur ce lac où tout avait commencé.

Elle sourit.

« Si tu veux », dit-elle simplement.

Rita Hayworth, qui n'a cessé de les observer, s'étire sur le lit avec une grâce nonchalante, comme pour signifier que cette décision, qui leur semble si lourde de conséquences, n'est peut-être au fond qu'une de ces évidences que seuls les humains ont le don de compliquer à l'infini.

Dehors, la neige a commencé à fondre, laissant apparaître par endroits le gris des trottoirs. La ville retrouve peu à peu son visage ordinaire. Assise près d'Alexis dans le Transilien, Margaux observe par la fenêtre ce paysage de banlieue que le givre a transformé en une succession d'estampes où le blanc n'est jamais vraiment blanc, mais décline toute une gamme de nuances que seul un œil exercé peut percevoir. Par moments, la main d'Alexis effleure la sienne, et dans ce contact furtif se dit tout ce qu'ils n'osent pas encore exprimer – cette peur trouée d'amour, cette certitude que quelque chose d'irréversible est en train de se produire.

Sur le chemin qui l'emmène vers un pavillon, un fils se demande si son père n'a pas pressenti, avec cette intuition propre aux malades, que quelque chose se préparait.

# 28

Henri est couché dans son lit. Les persiennes découpent la lumière en segments réguliers sur le sol. Quand Margaux paraît dans l'encadrement de la porte, quelque chose s'anime dans le regard du vieil homme.

« La petite fille du lac, dit-il d'une voix faible. J'ai lu tous vos livres. »

La surprise d'Alexis est presque comique.

« Tu lisais Margaux et tu ne m'en as jamais rien dit ?

— Je lis encore, fort heureusement… corrige Henri. Même si mes anciens collègues préféreraient sans doute me voir relire mes articles dans *Nature*… La science a ses dogmes, comme la religion. Mais j'ai toujours pensé… qu'un bon chercheur doit savoir regarder ailleurs que dans son microscope. La première fois que je vous ai vue, reprend Henri en s'adressant à Margaux, l'eau était exactement à dix degrés. Vous avez meilleure mine aujourd'hui. »

Le matelas médicalisé émet un grincement quand Margaux s'assied. Henri tousse. Un son sec, minéral.

Alexis esquisse un geste, mais son père l'arrête d'un imperceptible mouvement de paupières.

« Les protéines Tau, dit-il en effleurant du regard sa tablette ouverte sur un article scientifique, ont au moins le mérite de la prévisibilité. On peut calculer leur agrégation, modéliser leur comportement. C'est d'une élégance presque grecque. »

Il tousse de nouveau, son visage se tourne vers Margaux.

« Je n'ai jamais su pourquoi j'ai plongé ce jour-là, dit-il enfin. Peut-être parce que, pendant une seconde, j'ai vu quelque chose que je passais ma vie à chercher dans mes éprouvettes : la vérité nue. »

La lumière d'hiver décline. Le marronnier esquisse sur le mur une arborescence d'ombres qui évoque ces dendrites qu'Henri dessinait autrefois sur son tableau blanc.

« Mon fils vous regarde… comme certains regardent leurs résultats au microscope, dit Henri avec ce qui pourrait être un sourire. Avec cette peur de voir ce qu'on cherche vraiment. Mais moi… je goûte la satisfaction du chercheur qui voit une vieille, très vieille hypothèse de travail prendre enfin corps devant lui. »

Margaux se lève, efface une poussière invisible sur son chemisier. Elle pose un instant sa main sur l'épaule d'Henri.

« Je devrais peut-être vous laisser, murmure-t-elle.
— Reste », dit Alexis, surpris par la fermeté de sa propre voix.

Henri les observe. Son regard s'anime d'une clarté qui n'appartient déjà plus tout à fait à ce monde.

# 29

L'hiver s'efface devant le printemps. Le printemps se fond dans l'été. Août 2025 arrive. En huit mois, la maladie a accompli son œuvre : de cet homme à la stature imposante, elle n'a laissé qu'une figure hiératique, à demi redressée contre ses oreillers. Le respirateur rythme son souffle d'une cadence implacable.

Henri s'est tu. La sclérose latérale amyotrophique a dévoré sa voix, comme elle lui avait pris ses gestes. Ce mutisme, plus que toute dégradation physique, est pour Alexis un supplice sans nom. Il scrute ces yeux où passent tant de lueurs indéchiffrables, y cherche des réponses à des questions qu'il n'ose formuler. Son père désire-t-il poursuivre ce combat ? Lui pardonne-t-il d'être encore debout quand lui ne l'est plus ? Chaque matin il pense : est-ce le dernier jour ? Il se prend à le souhaiter.

Le pavillon est devenu un sanctuaire et une prison. Margaux s'est établie là avec la simplicité des grandes résolutions. Dans la chambre d'adolescent d'Alexis, ils dorment enlacés sur une couche trop étroite, leurs corps las mais vigilants. Ils ne font plus l'amour. Ils n'en ont plus la force.

Parfois, Alexis s'effondre, pris d'une colère muette. Il ne sait plus contre qui : son père, lui-même, Margaux, cette maison où l'air s'alourdit. Alors il sort, marche dans les rues, regarde les passants. Les parents qui promènent leur enfant en poussette. Les gens qui promènent leur chien. Tout l'insulte, tout le blesse. Quand il revient, il trouve Margaux toujours là. Immobile ou en mouvement, cela n'a pas d'importance. Elle est là.

# 30

Le jour s'étiole entre les persiennes mal closes. Alexis s'immobilise au seuil de la chambre. Margaux est penchée sur son père. Elle lave son corps au gant de toilette. Dans la pénombre grandissante, Henri apparaît : amaigri, presque translucide. Alexis veut détourner les yeux, incapable de soutenir la scène. Margaux chante à mi-voix. Une comptine qu'Alexis reconnaît sans peine. Ils l'avaient apprise à l'école, en 1983, à Bellevue, quand les matins de décembre semblaient encore éternels et que rien ne laissait présager qu'un jour, dans cette chambre, ils se retrouveraient ainsi.

# 31

Henri s'éteint un matin, à l'heure où les infirmières se relaient. Une mort ordonnée, presque courtoise.

Dans la chambre devenue trop vaste, Margaux, Alexis et ses trois enfants demeurent immobiles jusqu'à ce qu'on les en chasse. Emma cherche la main de Margaux. Thomas étreint les épaules de son père.

À la cafétéria, où Chloé les attend, Alexis met machinalement deux morceaux de sucre dans son café, oubliant qu'il n'en prend plus depuis ce jour lointain où son père, penché sur un microscope, lui avait dévoilé les mystères du saccharose. Il regarde Margaux, puis ses enfants, puis la fille de celle-ci, puis la tasse. Les cristaux se dissolvent dans le noir liquide, pareils à ces souvenirs d'enfance dont la douceur accentue l'amertume de la perte.

# 32

Trois décennies passent. Ils ont quatre-vingts ans. Ils s'aiment ; ils ne se disent donc jamais « Je t'aime » ; ils s'aiment ; ils ne vivent donc pas ensemble. L'appartement de Margaux est toujours leur refuge, pas leur prison. Ils y lisent, parlent, écrivent. Alexis a quitté Meaux. Il habite désormais de l'autre côté du cimetière – un espace en miroir de celui de Margaux, suffisamment proche pour que leurs enfants, lorsqu'ils daignent accorder quelques heures à ces parents devenus étrangement jeunes dans leur vieillesse, puissent aller l'un vers l'autre.

Ils ont traversé les métamorphoses d'un monde qui se défaisait par pans entiers, impuissants mais lucides. Les pandémies se sont succédé comme autant de vagues sur une grève déjà meurtrie ; les guerres ont redessiné les frontières avec l'insouciance cruelle des enfants qui détruisent leurs châteaux de sable. Ils ont dormi entassés contre leurs voisins dans des abris souterrains. Ils ont couru dans les rues de la ville, comme tant d'autres, ailleurs, dans d'autres villes, affolés par les drones de combat. Pendant deux ans, grâce à Hagauer, qui avait senti l'enfer venir de loin, Margaux, Alexis et Chloé ont trouvé refuge dans une constellation de fermes du Soissonnais, au milieu de livres sauvés des bûchers numériques et des autodafés algorithmiques.

Au cœur de ces années sombres, ils ont pourtant vu l'intelligence artificielle ouvrir des portes inespérées. Les cerveaux-machines ont cartographié puis réparé les synapses endommagées, redonnant la parole aux aphasiques, le mouvement aux paralysés, la mémoire aux oublieux. Les implants neuronaux ont permis aux aveugles de voir, aux sourds d'entendre la musique directement dans leur cortex. Les maladies neurodégénératives sont devenues aussi facilement traitables qu'un rhume d'autrefois – les souvenirs perdus, stockés dans le grand cloud neuronal, ont pu être réintroduits dans la mémoire comme on replace un livre sur une étagère. Face à la maladie de Charcot, la révolution est venue de l'alliance entre l'IA et la thérapie génique. Des nanocapteurs, plus fins qu'un cheveu, implantés le long de la moelle épinière, ont créé un pont digital là où la maladie avait rompu les connexions. Des IA microscopiques ont identifié les neurones endommagés pour les restaurer, protéine par protéine. Les malades ont pu de nouveau bouger, d'abord maladroitement, puis avec une précision croissante. Les plus chanceux ont retrouvé leurs mouvements en quelques mois. Pour d'autres, c'était plus long, plus incertain, mais même chez eux, la progression de la maladie a été stoppée.

La mère de Margaux est partie, elle, de sa propre volonté, ainsi qu'elle l'avait décidé depuis toujours, un matin de janvier si glacial que la terre elle-même semblait refuser d'accueillir son corps. Margaux a traversé un cancer, comme elle avait traversé tous les drames de son enfance, sans rien en dire à qui que ce soit. Le cœur d'Alexis a trahi sa poitrine. Il y a eu cette fois où Thomas a disparu pendant deux semaines en Californie sans qu'on sache si oui ou non il avait survécu au séisme, ces nuits où Chloé s'est cachée avec son vieux père dans des tunnels aux côtés de groupes de résistance berlinois que l'État traquait, cette année où Lucas s'est retrouvé bloqué à Shanghai pendant la guerre de Taïwan. Emma est devenue danseuse. Adèle a continué sa vie londonienne, remariée à son banquier, devenu ministre conservateur avant d'être limogé à la suite d'un scandale financier. Rita Hayworth est morte. Ils ont perdu des amis – certains partis trop tôt, d'autres simplement évaporés dans le chaos du monde. Joséphine a quitté Paris pour une ferme collective du Lot. Jeanne est restée, continuant jusqu'à l'âge de quatre-vingts ans d'anesthésier les corps, et de réveiller les âmes avec son humour intact.

Puis, les vents se sont apaisés. La guerre, cette vieille démence des hommes, s'est lassée d'elle-même. Une à une, les armes se sont tues, d'abord en Asie, puis en Europe, comme si la fatigue des peuples avait fini par l'emporter sur la fureur des États. Le monde a réappris la paix comme on réapprend à respirer après une longue apnée – par petites goulées d'air d'abord, puis plus profondément, jusqu'à ce que le souffle redevienne naturel.

Ils peuvent passer une semaine ou deux sans se voir quand elle plonge dans l'écriture d'un nouveau livre, ou quand il écrit un éditorial pour la revue en ligne dont il s'occupe désormais. Mais toujours ils reviennent l'un vers l'autre avec la même évidence qu'au premier jour. On peut souvent les croiser dans le même café qui a vu, trente ans plus tôt, dans le plein été, l'éclosion de leurs retrouvailles. Ils y entrent bras dessus, bras dessous, commandent toujours les mêmes plats – lui, un tartare, elle, une omelette – et repartent une heure plus tard, du même pas.

Les cheveux de Margaux sont devenus d'un blanc lumineux. Ceux d'Alexis ont déserté son front. Ils portent leurs années comme des arbres leurs cernes. Chaque ride, chaque geste fatigué témoignent de leur roman commun. Certains après-midi, elle le trouve endormi dans son fauteuil, un livre sur les genoux, ses lunettes de travers sur son nez – tableau qui lui serre le cœur d'une joie presque douloureuse. D'autres fois, c'est lui qui la regarde écrire, penchée sur son carnet, les doigts tremblants mais déterminés.

Un soir, dans leur lit, leurs corps s'étirent encore sous le drap, leurs souffles s'accordent. Soudain, elle niche son visage dans le creux de son épaule, puis murmure :

« As-tu une idée de ce que j'écrivais, tout à l'heure, avant ton arrivée ?

— Non.

— Notre histoire. Depuis le début. Le lac, le chocolat, tout. »

Il sourit dans l'obscurité.

« Lis-moi le début, demande-t-il.

— Tu sais bien que je n'aime pas lire ce que je suis en train d'écrire.

— Juste la première phrase. »

Elle hésite, attrape le carnet posé sur sa table de chevet.

« *Comme Alexis, Margaux avait neuf ans.* »

Il ferme les yeux. Ses lèvres bougent comme pour goûter ses mots.

« Et comment ça finit ? » demande-t-il d'une voix rauque.

Elle pose une main sur sa joue, paume tiède contre la peau vieillie.

« Ça ne finit pas, répond-elle. Ça commence. »

Le sommeil les prend, par vagues où les années s'enroulent et se déroulent, où un petit garçon au bord du lac et l'homme qu'il est devenu se confondent dans cette conscience flottante qui précède les grands abandons, où la petite fille en robe bleue avec des algues dans les cheveux devient cette femme qui écrit leur histoire, où le père qui plonge pour la sauver et celui qui meurt dans son fauteuil ne font plus qu'un seul être aux contours indistincts, où une mère redevient ce qu'elle n'a jamais cessé d'être, une énigme vêtue de robes diverses, une succession de gestes et de silences que l'on tentera de relier en vain, tandis qu'au seuil des songes, posée sur la cheminée, la photographie d'un chat veille sur ce mystère plus ancien que la mémoire elle-même :

*Nous avons quitté le siècle. Pour ceux comme nous, le temps n'existe pas tout à fait. Il se plie, se contracte, éclate en une infinité volée dans le vertige d'une peur, d'un courage, ou de deux corps scellés l'un à l'autre. Je vois ce visage qui n'a jamais porté l'âge qu'il affiche. Je le vois depuis toujours, dans ce lit où il est venu avec l'été, ce lit où nous nous retrouvons, où nous nous retrouverons encore, jusqu'à la fin. Je ne suis pas pressée ; j'ai hâte.*

*Nous ne mourrons pas, mon amour. Nous redeviendrons ce que nous avons toujours été : un éclat, une écriture. Nous serons une ligne sans terme, une phrase sans fin, de glace et de feu. Aimer est le plus beau paradoxe. Une force obstinée qui hurle contre le temps dans des corps voués à la ruine. Et dans ce tremblement se dessine toute une cosmogonie : non pas celle que trace quelque fatalité qui condamne d'avance, mais celle qui impose l'évidence d'une géométrie secrète, comme si certaines rencontres portaient en elles, dès le premier regard échangé, le plan d'un édifice invisible, patient et muet – ce que l'on nomme parfois, faute de mieux, l'éternité.*

# 33

L'aube se lève sur le Léman comme elle se levait il y a soixante et onze ans – même douceur laiteuse sur les eaux, même silence ouaté. Ils marchent lentement sur le chemin qui mène au lac. L'herbe, sous leurs pas, est encore humide de rosée.

Les premières lumières du jour révèlent peu à peu le paysage de leur enfance. Rien n'a changé, tout est différent. Les chalets sont là, leurs volets clos à cette heure. Les arbres ont grandi, leurs ombres sont plus denses qu'autrefois.

« C'était là », dit Margaux, s'arrêtant devant un châtaignier plus massif que les autres.

Ils s'approchent. L'écorce a presque englouti leurs initiales, les lettres se sont déformées, comme si l'arbre les avait digérées, les faisant siennes, mais on les devine encore, *A M*, leur trace à peine visible. Ils passent leurs doigts sur les lettres : le bois a gardé en lui la mémoire du soleil.

« Je me souviens » dit Alexis.

Les cimes enneigées contemplent les allées et venues des passants avec la même indifférence qu'autrefois. Le lac les attend. L'eau est toujours de ce bleu gris qui défie les peintres, cette profondeur qui ne figure dans aucun nuancier. Il fait chaud. C'est l'été. Ils se déshabillent sans pudeur, leurs corps marqués par les années s'offrent au plein soleil. Ils entrent dans le lac, main dans la main. Ils nagent jusqu'à perdre pied.

Dans l'eau tiède et lente, ils se cherchent. Margaux entoure Alexis de ses bras, il glisse ses mains le long de son dos. Les montagnes les regardent s'effacer dans la lumière.

Toute ressemblance avec des faits et des personnes existant ou ayant existé serait purement fortuite.